CW00420185

LAS NUBES

LAS RANAS

PLUTO

LETRAS UNIVERSALES

ARISTÓFANES

Las Nubes • Las Ranas • Pluto

Edición de Francisco Rodríguez Adrados
y Juan Rodríguez Somolinos

Traducción de Francisco Rodríguez Adrados
y Juan Rodríguez Somolinos

CUARTA EDICIÓN

CATEDRA
LETRAS UNIVERSALES

Título original de las obras:
Nephelai. Batrachoi. Ploutos

1.ª edición, 1995
4.ª edición, 2004

Diseño de cubierta: Diego Lara

© Ediciones Cátedra (Grupo Anaya, S.A.), 1995, 2004
Juan Ignacio Luca de Tena, 15. 28027 Madrid
Depósito legal: M.11.783-2004
ISBN: 84-376-1367-1
Printed in Spain
Impreso en Closas-Orcoyen, S.L.
Paracuellos de Jarama (Madrid)

INTRODUCCIÓN

ΑΡΙΣΤΟΦΑΝΗΣ
ΦΙΛΙΠΠΙΔΟΥ

E<small>L</small> presente volumen contiene la traducción, con las correspondientes bibliografías, introducciones y notas, de las tres comedias de Aristófanes que faltaban en esta serie: *Nubes, Ranas* y *Pluto,* que podríamos traducir *La Riqueza* (pero *Pluto,* "Riqueza", es masculino). Con esto queda completada esta traducción de Aristófanes, con excepción de los fragmentos.

A diferencia de los dos volúmenes precedentes, éste está escrito en colaboración: de Francisco Rodríguez Adrados son solamente *Ranas* y *Pluto,* mientras que *Nubes* es de Juan Rodríguez Somolinos. Pero los criterios seguidos en la traducción son los de los volúmenes anteriores, a fin de lograr una homogeneidad.

Nubes, del año 423, y *Ranas,* del 405, tienen algunas características comunes: el tema de la educación, en relación con el de la vida intelectual de Atenas. En la primera obra, Sócrates y los sofistas, en bloque, son los corifeos de la nueva educación, que es condenada a favor de la antigua. En la segunda, en que Esquilo y Eurípides son enfrentados en relación con el mismo tema, es Esquilo, el campeón de la vieja educación y los viejos valores, el triunfador: aunque no sin dudas, por causa de esa ambigua posición, de prevención y de admiración al mismo tiempo, que tiene Aristófanes para con Eurípides, el representante de la nueva música y las nuevas ideas.

Por lo demás, *Ranas,* escrita al final de la guerra del Peloponeso, inmediatamente antes de la derrota, no podía esquivar el tema político: el deseo de paz, el rechazo de los belicistas a ultranza. En cambio *Nubes,* escrita dieciocho años antes, en un momento en que ya casi se tocaba con la mano una paz (desgraciadamente provisional) favorable a Atenas, no trata el tema político.

No es que los temas intelectuales y literarios, unidos al de la educación y la sociedad ateniense, sean extraños a Aristófanes, ni tampoco la crítica de intelectuales y poetas. Están en toda su obra. Pero en estas dos comedias tienen una relevancia especial.

Esto hace que, como comedias, sean un poco extrañas. Coinciden con el esquema cómico en virtud del cual los vicios del presente son borrados y retorna el antiguo y mítico estado de virtud y felicidad: la escuela de Sócrates es quemada, Eurípides es derrotado. Pero falta el antiguo esquema en que el héroe cómico es el que logra imponerse con una idea ingeniosa desarrollada a lo largo de la obra a través de uno o más *agones* que llevan a la presencia y rechazo de los impostores y al *como* victorioso, a veces erótico, final.

Aquí Estrepsíades, el campesino que va a la escuela de Sócrates a aprender a no pagar las deudas y que luego envía a su hijo con igual intención, no es un verdadero héroe cómico, aunque al final triunfe, como es lógico. Ni lo es el bufonesco Dioniso de *Ranas,* que baja a los infiernos a devolver a la tierra al trágico Eurípides y luego acaba sentenciando a favor de Esquilo contra él. Ni hay coros combativos a favor o en contra del héroe. Y los *agones* son más bien aditicios, ilustrativos de la idea cómica: el del Discursos Justo y el Injusto en la primera obra, el de los dos trágicos en la segunda.

Son obras desiguales, con una tratamiento nuevo, libre, de la idea cómica, que nos llega con lagunas, duplicados y alteraciones diversas. No tuvo mucho éxito *Nubes:* la que tenemos es una segunda versión, la primera había sido derrotada; sí *Ranas,* que es también seguramente una segunda versión (e igual *Pluto)* y alcanzó el honor de la reposición. Pero no sabemos si fue por los esfuerzos de Aristófanes por encontrar nuevos recursos cómicos o porque sintonizaba políticamente, en aquel momento, con la mayoría de los oyentes.

Ambas obras son espléndidos documentos del mundo intelectual y poético de su tiempo. Por supuesto, caricaturizado de una manera que en el caso de Sócrates es poco justa.

En cuanto al *Pluto,* del 388, es la última obra que Aristófanes puso en escena con su nombre. Es una continuación, de una parte, de *Nubes* y *Ranas:* el tema de la educación es el punto de partida. Pero también lo es de la *Asamblea*, pues es central el tema de la distribución de la riqueza, vital en un tiempo de crisis económica.

En cierto modo, *Pluto* es más tradicional: el héroe cómico, Crémilo, logra, mediante la curación del dios ciego de la riqueza, que haya un reparto justo de la misma y se vuelva a la antigua felicidad. Pero el coro carece de importancia y el *agón* de Riqueza y Pobreza es puramente aditicio e ilustrativo, como los de las otras dos comedias. Y hay menos escarnio cómico, no se alude a personas vivas y la escena erótica del Joven y la Vieja es un episodio, no una culminación de la comedia.

La Comedia antigua de Aristófanes y sus competidores tocaba a su fin en una nueva sociedad menos politizada y de gustos más burgueses y modernos, con menos lugar para el ataque personal, la obscenidad y la grosería. Una obra como el *Pluto* anticipa ya, en cierta medida, la Comedia media, a la que seguirá la nueva de Menandro, que tocará temas de uniones eróticas que acaban en boda, a satisfacción de todos.

Los problemas que este nuevo tipo de comedia va a resolver son los de la gente común de Atenas, los de sus vidas privadas, no los de la sociedad y la política de la ciudad. Será la nueva forma a través de la cual la comedia griega, continuada por Terencio y Plauto, llegará a nosotros.

En las introducciones a las tres comedias se darán más detalles sobre diversos puntos, entre ellos sobre las ediciones y textos seguido en cada traducción.

BIBLIOGRAFÍA

ARISTÓFANES Y LA COMEDIA ANTIGUA

BOWIE, A. M., *Aristophanes. Myth, Ritual and Comedy*, Cambridge, Cambridge University Press, 1993.

BREMER, J. M. y HANDLEY, E.W. (eds.), *Aristophane, Entretiens sur l'Antiquité Classique* XXXVIII, Vandoeuvres-Ginebra, Fondation Hardt, 1993.

CANTARELLA, R., *Aristofane. Le comedie, vol. I, Prolegomenoi*, Milán, 1949.

CARTLDEGE, P., *Aristophanes and his Theatre of the Absurd*, Bristol, Bristol Classical Press, 1990.

CORNFORD, F. M., *The Origin of Attic Comedy*, Cambridge, 1934.

CORSINI, E., "Aristofane", en DELLA CORTE, F. (ed.), *Dizionario degli scrittori greci e latini*, Milán, Marzorati, 1987, vol. I, págs. 143-184.

DAVID, E., *Aristophanes and Athenian Society of the Early Fourth Century B.C.*, Leiden, Brill, 1984.

DEGANI, E., "Insulto ed escrologia in Aristofane", *Dioniso* 57, 1987, 31-47.

—, "Aristofane e la tradizione dell' invettiva personale in Grecia", en BREMER, J. M. y HANDLEY, E. W. (eds.), *op.cit.*, páginas 1-49.

DUNBAR, H., *A Complete Concordance of the Comedies and Fragments of Aristophanes*, Oxford, Clarendon Press, 1883 (2ª ed. revisada por MARZULLO, B., Hildesheim, Olms, 1973).

---

* Esta *Bibliografía* es suplementaria de las de los dos volúmenes anteriores.

GIL, L., "Forma y contenido de la comedia aristofánica", en *Estudios de forma y contenido sobre los géneros literarios griegos*, Cáceres, Univ. de Extremadura, 1982, págs. 67-81.

HARRIOT, R., *Aristophanes Poet and Dramatist*, Londres, Croom Helm, 1986.

HEATH, M., *Political Comedy in Aristophanes*, Gotinga, Vandenhoeck & Ruprecht, 1987.

HENDERSON, J., *The Maculate Muse. Obscene Language in Attic Comedy*, New Haven y Londres, 1975.

HUBBARD, Th. K., *The Mask of Comedy. Aristophanes and the Intertextual Parabasis,* Itaca-Londres, Cornell University Press, 1991.

LANDFESTER, M., *Handlungsverlauf und Komik in den frühen Komödien des Aristophanes*, Berlín, de Gruyter, 1977.

LEVER, K., *The Art of Greek Comedy,* Londres, 1956.

LÓPEZ EIRE, A., "La lengua de la comedia aristofánica", *Emerita* 54, 1986, págs. 237-274.

—, *Ático, koiné y aticismo. Estudios sobre Aristófanes y Libanio*, Murcia, 1991.

MASTROMARCO, G., "Aristofane e il problema del tradurre", en NICOSIA, S. (ed.), *La traduzione dei testi classici. Teoria prassi storia. Atti del Convegno di Palermo, 6-9 aprile 1988,* Nápoles, D'Auria, 1991, págs. 103-126.

—, *Introduzione a Aristofane*, Roma-Bari, Laterza, 1994.

McLEISH, *The Theatre of Aristophanes,* Londres, Thames & Hudson, 1980.

MOULTON, C., *Aristophanic Poetry. Hypomnemata* 68, Gotinga, Vandenhoeck & Ruprecht, 1981.

MURPHY, C. T., "A Survey of Recent Work on Aristophanes and Old Comedy", *Classical World* 65, 1972, págs. 261-272.

NEWIGER, H. J., *Metapher und Allegorie. Studien zu Aristophanes*, Múnich, Beck, 1957.

—, *Aristophanes un die alte Komödie, Wege der Forschung* 265, Darmstadt, Wissenschaftliche Buchgesellschaft, 1975.

PINTACUDA, M., *Interpretazioni musicali sul teatro di Aristofane,* Palermo, Palumbo, 1982.

ROSEN, R. M., *Old Comedy and the Iambographic Tradition*, Atlanta, Scholars Press, 1988.

RÖSLER, W. y ZIMMERMANN, B., *Carnevale e utopia nella Grecia antica*, Bari, Levante, 1991.

SHAREIKA, H., *Der Realismus der aristophanischen Komödie. Exemplarische Analysen zur Funktion der Komischen in den Werken des Aristophanes*, Berna, Lang, 1979.

Silk, M., "Aristophanes as a Lyric Poet", *Yale Classical Studies* 26, 1980, págs. 99-151.

Stone, L. M., *Costume in Aristophanic Comedy*, Nueva York, Arno Press, 1981.

Storey, I. C., "Old Comedy 1975-1984", *Echos du Monde Classique* 31, 1987, págs. 1-46.

Strauss, L., *Socrates and Aristophanes*, Nueva York, 1966.

Taillardat, J., *Les images d'Aristophane. Études de langue et de style*, París, Les Belles Lettres, 1965.

Thiercy, P., *Aristophane: fiction et dramaturgie*, París, Les Belles Lettres, 1986.

Todd, O. J., *Index Aristophaneus*, Cambridge, Mass., Harvard University Press, 1932 (reimpr. Hildesheim, 1962).

White, J. W., *The Verse of Greek Comedy*, Londres, Macmillan and Co., 1912.

Zieliński, Th. H., *Die Gliederung der altattischen Komödie*, Leipzig, Teubner, 1885.

Zimmermann, B., *Untersuchungen zur Form und dramatischen Technik der Aristophanischen Komödien*, I, *Parodos und Amoibaion*; II, *Die andere lyrischen Partien*; III, *Metrische Analysen*, Königstein, Hain, 1984-87, 3 vols.

—, "Griechische Komödie", *Anzeiger für die Altertumswissenschaft* 45, 1992, cols. 161-184.

EDICIONES, TRADUCCIONES Y COMENTARIOS
DE LA TOTALIDAD DE LA OBRA

Cantarella, R., Turín 1972 (traducción italiana).

Debidour, V.-H., París, Gallimard, 1966 (traducción francesa).

Gil Fernández, L., *Aristófanes. Comedias. I. Los Acarnienses. Los Caballeros,* Madrid, Gredos, 1995.

Macía Aparicio, L. M., *Aristófanes. Comedias,* Madrid, Ediciones Clásicas, 1993, 3 vols. (traducción española).

Rogers, B. B., Londres, Loeb Classical Library, 1924 y reeds., 3 vols. (edición y traducción inglesa).

EDICIONES, TRADUCCIONES Y COMENTARIOS
DE LAS OBRAS CONTENIDAS EN ESTE VOLUMEN

Nubes

Amado Rodríguez, Mª. T., *Aristófanes. Nubes. Asamblearias*, Santiago de Compostela 1991.

Brelich, A, "Aristofane come fonte per la storia dell' educazione ateniese", *Dioniso* 43, 1969, págs. 385-398.

De Carli, E., *Aristofane e la sofistica*, Florencia, La Nuova Italia, 1971.

Degani, E., "Appunti per una traduzione delle «Nuvole» aristofanee", *EIKASMOS* 1, 1990, págs. 119-145.

Dover, K. J., *Aristophanes. Clouds*, edited with introduction and commentary, Oxford, Clarendon Press, 1968.

Edmunds, Lowell, "Il Socrate aristofaneo e l'ironia pratica", *Quaderni Urbinati di Cultura Classica* 55, 1987, págs. 7-21.

Fisher, R. K., *Aristophanes Clouds. Purpose and Technique*, Amsterdam, Hakkert, 1984.

—, "The Relevance of Aristophanes: A New Look at Clouds", *Greece & Rome* 35, 1988, 23-28.

García Novo, E., *Aristófanes. Las Nubes, Lisístrata, Dinero*. Introducción, traducción española y notas, Madrid, Alianza Editorial, 1982.

Holwerda, D., *Scholia vetera in Nubes*, Groninga, 1977.

Kleve, K., "Anti-Dover or Socrates in the Clouds", *SO* 58, 1983, págs. 23-37.

Martinband, J. M., *Four Plays of Aristophanes. The Clouds, The Birds, Lysistrata, The Frogs*, translated by ..., Nueva York, University Press of America, 1983.

Mastromarco, G., *Commedie di Aristofane*. Volume primo, Turín, UTET, 1983.

McLeish, K., *Aristophanes. Clouds, Women in Power, Knights*, Cambridge, Cambridge University Press, 1979.

Nevola, M. L., "Meccanismi comici nelle *Nuvole* di Aristofane", *Museum Criticum* 25-28, 1990-93, págs. 151-174.

Pallí Bonet, J., *Pluto o la Riqueza, Las Nubes, Las Ranas*, trad. española, Barcelona, Bruguera, 1969.

Sommerstein, A. H., *Aristophanes. Clouds*, edited with translation and notes by ..., Warminster, Aris & Phillips, 1982.

Tomin, J., "Socratic gymnasium in the Clouds", *Symbolae Osloenses* 62, 1987, págs. 25-32.

Ranas

Del Corno, D., *Aristofane. Le Rane*, a cura di ..., Florencia, Mondadori, 1985.

Dover, K.J., "The Chorus of Initiates in Aristophanes' *Frogs*", en Bremer, J. M. y Handley, E. W. (eds.), *op. cit.*, págs. 173-201.

DOVER, K., *Aristophanes. Frogs*, edición y comentario, Oxford, Clarendon Press, 1993.

EBERLINE, Ch. N., *Studies in the Manuscript Tradition of the Ranae of Aristophanes*, Meisenheim am Glan, Hain, 1980.

GARCÍA LÓPEZ, J., *Aristófanes. Ranas*. Introducción y comentario, Murcia, 1993.

HOOKER, J. T., "The composition of the *Frogs*", *Hermes* 108, 1980, págs. 169-182.

MARTINBAND, J. M., *op. cit.*

RADERMACHER, L., *Aristophanes. "Frösche"*. Einleitung, Text und Kommentar, Graz-Viena-Colonia, Böhlaus, 1967.

RUSSO, C. F., *Storia delle Rane di Aristofane*, Padua, Antenore, 1961.

STANFORD, W. B., *Aristophanes. The Frogs*, edited with Introduction, Revised Text, Commentary and Index, Londres, 2ª ed., 1968.

SÜSS, W., *Die Frösche des Aristophanes*, mit ausgewählten antiken Scholien, Berlín, de Gruyter, 1959.

Pluto

ALBINI, U., "La struttura del Pluto di Aristofane", *La Parola del Passato* 20, 1965, págs. 427-442.

DA COSTA RAMALHO, A., *Pluto (A Riqueza), Aristófanes*, traducción portuguesa, Coimbra, Centro de Estudos Clássicos, 1982.

GARCÍA NOVO, E., *op. cit.*

HEBERLEIN, F., "Zur Ironie im Plutos des Aristophanes", *Würzburger Jahrbücher für die Altertumswissenschaft* 16, 1981, págs. 27-49.

HERTEL, G., *Die Allegorie von Reichtum und Armut. Ein aristophanisches Motiv und seine Abwandlungen in den abendländischen Literatur*, Nuremberg, Carl, 1969.

HOLZINGER, K., *Kritisch-exegetischer Kommentar zu Aristophanes' Plutos*, Nueva York, Arno Press, 1979.

KONSTAN, D. y DILLON, M., "The Ideology of Aristophanes' Wealth", *American Journal of Philology* 102, 1981, páginas 371-394.

MARZULLO, B., *Aristofane. Le Commedie. Lisistrata, Ecclesiazusae, Pluto*, traducción italiana, Bari, Laterza, 1982.

OLSON, S. D., "Economics and Ideology in Aristophanes' Wealth", *Harvard Studies in Classical Philology* 93, 1990, págs. 223-242.

Pallí Bonet, J., *op. cit.*

Rogers, B. B., *The Plutus of Aristophanes*, edición y traducción inglesa con notas, Londres, Bell and Sons, 1907.

Sommerstein, A. H., "Aristophanes and the Demon Poverty", *Classical Quarterly* 34, 1984, págs. 314-333.

LAS NUBES

INTRODUCCIÓN

L as Nubes, en su versión primera, fue presentada en las Dionisias urbanas del año 423. Obtuvo el tercer premio, siendo derrotada por *La Botella* de Cratino y el *Connos* de Amipsias, que obtuvieron el primer y segundo premio, respectivamente. Curiosamente, el *Connos* trataba también sobre Sócrates. Aristófanes encajó mal esta derrota, que consideraba injusta. Pasados unos pocos años, decidió hacer una segunda versión de la comedia, que es la que nos ha llegado. Su intención era probablemente volver a ponerla en escena. Por razones que ignoramos, no llegó nunca a hacerlo y de hecho, según se deduce de diversos indicios e inconsecuencias formales y de contenido, su revisión, que cabe fechar entre el 420 y el 417, quedó inacabada. Lo poco que sabemos de la primera versión se reduce a unos cuantos fragmentos y a la información que nos suministra una de las hipótesis. Del resto sólo podemos hacer conjeturas. El estado incompleto de la revisión puede ser también la causa de algunas complicaciones escénicas que no hallan fácil explicación de otro modo.

El campesino Estrepsíades, casado con una mujer de ciudad, de familia aristocrática y gustos refinados, y padre de Fidípides, que ha salido a su madre, vive angustiado por las deudas que ha contraído para dar satisfacción a los caros caprichos de su hijo, las carreras de caballos y de carros. Ha oído que en la escuela vecina a su casa, que él llama cómicamente el "Pensadero", dirigida por Sócrates y Querefonte, se enseña, entre otros saberes extraños, el arte de triunfar por la palabra en todo tipo de pleitos, justos o injustos. Idea enviar a su hijo allí para que le ayude a escapar de las previsibles acciones legales de sus acreedores. Al rehusar Fidípides, Estrepsíades ve como única solución la de presentarse él mismo, a pesar de su avanzada edad.

Un discípulo recibe al anciano, que se queda boquiabierto ante las cosas que ve y que escucha de boca de aquél. Cuando es presentado a Sócrates y le comunica sus intenciones, tiene lugar la iniciación previa, consistente en una ceremonia que parodia ritos pertenecientes a cultos mistéricos, seguida de la invocación a las Nubes, las deidades de los sofistas. Estrepsíades, anonadado ante la visión de estas deidades, nuevas para él, y ante las cosas que de ellas le cuenta Sócrates, reniega de todos los demás dioses y jura rendir culto en el futuro sólo a los dioses de Sócrates: el Vacío, la Lengua y las Nubes. Éstas le prometen atender sus demandas y lo confían a su ministro Sócrates.

Sin embargo, el anciano se muestra completamente incapaz de aprender o retener nada de lo que se le enseña ni menos de idear algo coherente por sí mismo y Sócrates acaba expulsándolo del Pensadero. Estrepsíades, siguiendo el consejo del corifeo, recurre de nuevo a su hijo, quien esta vez se deja convencer y llevar ante Sócrates. Éste a su vez deja a padre e hijo en presencia de dos entes abstractos, el Discurso Bueno y el Discurso Malo, salidos de la escuela, para que Fidípides decida por sí mismo, escuchando sus razones enfrentadas, qué tipo de educación, la tradicional o la "moderna", es mejor, y para que escoja a aquel de los dos que habrá de hacerse cargo de su educación. El Discurso Malo derrota a su oponente y toma a su cargo a Fidípides, ante el alborozo de su padre.

Una vez terminado su aprendizaje, a tiempo para afrontar las exigencias de los acreedores que acuden el último día del mes, Estrepsíades acude al Pensadero a recoger a su hijo. Exultante ante los nuevos saberes adquiridos por Fidípides, despacha sucesivamente a dos acreedores que vienen a por su dinero y se marchan indignados ante la negativa y las burlas del anciano. Sin embargo, la alegría de Estrepsíades se troca en desesperación cuando poco después tiene una discusión con su hijo sobre poesía y éste le golpea e incluso llega a hacerle reconocer que es justo y de razón pegar a los padres. Estrepsíades se muestra horrorizado y las Nubes le revelan que todo ha sido un plan diseñado por ellas para castigarle por sus malos propósitos e impíos comportamientos. Arrepentido, el anciano se presenta furioso en el Pensadero y con ayuda de un esclavo le prende fuego y pone en fuga a Sócrates y sus discípulos.

El material de base para la obra viene dado por la confluencia de dos importantes desarrollos de la cultura griega contemporánea y su choque con las creencias y prácticas tradicionales de la sociedad griega. Por un lado, tenemos la especulación científica en general, en virtud de la cual se daban explicaciones racionales a hechos tradicionalmente considerados de naturaleza sobrenatural. Por otro, el gran auge de las técnicas de persuasión en la oratoria forense y política. Para uno y otro baste pensar en nombres como los de Protágoras o Gorgias. El papel destacado de ambos elementos en lo que podríamos llamar "educación moderna" de la juventud, frente a una educación tradicional orientada a disciplinas como la música, la gimnasia o la poesía, es aquí juzgado negativamente. *Las Nubes* describe bien cómo este movimiento cultural podía ser visto por las personas ajenas a él: Sócrates es representado como interesado en materias tan variadas como astronomía, meteorología, geología, geografía, entomología, métrica y gramática. Fidípides sale de la escuela sosteniendo discusiones incluso sobre lo que hoy llamaríamos antropología. En conexión con varios de estos saberes planea como especialmente grave la acusación de ateísmo.

El principal recurso cómico, entre otros, con que

cuenta el autor consiste en poner en ridículo dichas especulaciones científicas reduciéndolas al absurdo mediante ejemplificaciones disparatadas o mediante el contraste con las peregrinas réplicas y observaciones del ignorante Estrepsíades, que, como hombre pragmático y anticonceptual, en su total incapacidad para el pensamiento complejo o abstracto lo entiende todo al revés o en sentido literal. La parodia trágica y de otro tipo ocupa aquí un lugar secundario con respecto a la parodia de teorías filosóficas y científicas contemporáneas.

Las Nubes es una comedia extraña, por varias razones. En primer lugar, no hay, al modo de otras comedias, un héroe cómico, ingenioso y con recursos, capaz de sacar adelante su plan y triunfar sobre sus adversarios dando pie a la celebración y la fiesta final, un héroe con el cual el espectador pueda sentirse identificado. El "héroe" aquí es estúpido, carente de recursos y su plan cómico ("poner patas arriba la justicia y escurrirme de los acreedores", en palabras suyas) es malintencionado y sólo puede conducir al desastre. Además, el desenlace de la comedia en modo alguno resuelve su problema. Consecuentemente, tampoco los *agones* son comparables a los de comedias como *Los Acarnienses* o *Los Caballeros,* ni tampoco el coro desempeña realmente el papel de aliado del héroe. Su posición es equívoca y sólo al final se descubre que su intención al ayudar a Estrepsíades era justamente la de castigarle.

En segundo lugar, el carácter moralizante de la comedia es de destacar. Las intenciones iniciales de Estrepsíades son, como digo, claramente inmorales. Se deja convencer alegremente por Sócrates para que renuncie a los dioses tradicionales ante la perspectiva de provechosas ganancias y su alborozo llega al máximo cuando su hijo consigue convertirse en un maestro de los saberes perversos que se enseñan en el Pensadero. Pero Estrepsíades se horroriza cuando su hijo pretende demostrarle lo bueno y razonable que es pegar no sólo al padre sino incluso a la propia madre. Es en ese mo-

[24]

mento (aunque ha habido alguna velada advertencia previa) cuando las Nubes revelan al anciano su verdadera naturaleza de auténticas divinidades y le explican que está recibiendo un justo castigo por haber planeado malas acciones. Estrepsíades se arrepiente. Este tono moralizante es en cierto modo precursor de la comedia nueva y tiene poco que ver con el optimismo festivo de otras comedias del autor, característico de la comedia antigua.

En tercer lugar, lo que no deja de sorprendernos una y otra vez es la imagen que esta comedia nos transmite de Sócrates. La inmensa mayoría de las fuentes antiguas sobre Sócrates se oponen diametralmente a esta imagen en varios puntos capitales. Sócrates era completamente hostil a las técnicas retóricas, así como al principio de enseñar a cambio de dinero. Por otra parte su desinterés por las cuestiones científicas y filológicas era inversamente proporcional a su devoción por la verdad y la justicia. Aristófanes atribuye a Sócrates prácticas y creencias que podría haber atribuido a los sofistas o a otros intelectuales, ignorando lo que le distinguía de ellos. Resulta impensable hoy en día reconstruir una imagen del Sócrates real basada en la que nos transmite Aristófanes, que es, a pesar de algunos puntos de contacto ciertos con los sofistas, excesivamente forzada.

La única explicación admisible es que el cómico optó por tomarlo como paradigma de los sofistas y le asignó de golpe todas las características e intereses de ellos con el propósito de ridiculizarlo. No quiso o no supo advertir rasgos distintivos de su personalidad de la mayor importancia ni tampoco supo profundizar en las razones de sus actitudes hacia la religión tradicional. El joven Aristófanes malinterpretó algunas aparentes similitudes en su comportamiento con los sofistas. El hecho además de que fuese ateniense y no extranjero como aquéllos iba en su contra y lo hacía más apto para protagonizar la comedia con éxito.

Este hecho, como digo, no deja de chocarnos hoy en

día, acostumbrados como estamos a la figura de Sócrates tal como la conocemos por los diálogos de Platón, en los que a menudo justamente ridiculiza y desenmascara a los sofistas y sus vanos saberes, y sin duda es una de las causas de una cierta antipatía moderna hacia esta pieza

Sabemos que esta comedia fue muy popular ya en la antigüedad. Hay diversas menciones y alusiones a la misma, en particular referidas a la imagen negativa que ofrece de Sócrates, en Platón, Jenofonte y otros autores. Aunque su planteamiento y su estructura es discutible, no podemos obviar sus indudables méritos. Hay numerosos hallazgos de gran comicidad, especialmente logrados en la caracterización de Estrepsíades. También es de destacar la belleza de algunos coros, especialmente de la párodos, y el enorme interés literario de la parábasis. En general, toda la comedia sigue siendo una mina de información inagotable para el estudio de las más variadas cuestiones, por ejemplo en sus diversas alusiones a teorías filosóficas contemporáneas.

Lo que desconocemos es por qué fracasó en el 423, pues por desgracia no sabemos cómo era la versión original ni las comedias rivales. Quizá el momento no era muy adecuado pues poco tiempo antes Sócrates, según nos cuenta Platón, se había comportado con gran valor en la batalla de Delion. En cualquier caso, el descrédito sufrido por Sócrates a manos de los cómicos le hizo mucho daño. Sabemos que fue puesto en solfa durante su vida en varias comedias al menos por otros tres poetas, en términos similares a los empleados por Aristófanes. Resulta especialmente llamativo que la acusación que llevó a Sócrates a ser condenado a muerte en el 399 estaba planteada en términos muy similares a los aquí esgrimidos.

He seguido el texto de Dover con una veintena de excepciones tomadas de editores y críticos posteriores, especialmente Mastromarco y Degani. Para la interpretación de pasajes difíciles y para las notas me han sido especialmente útiles los comentarios de Dover, Sommerstein y Rogers así como las observaciones de Mastromarco, Degani, Taillardat y Henderson. Entre las traducciones me han sido especialmente útiles las de Mastromarco y Macía. También ha sido muy provechosa la consulta seguida de los *scholia vetera*.

Con respecto a la traducción, no estará de más decir que traducir a Aristófanes nunca es fácil, y ello no sólo por los numerosos pasajes difíciles o de interpretación discutible. A menudo, para no caer en el defecto de presentar traducciones demasiado explicativas para realidades o imágenes que no son las nuestras y por ende poco ágiles y nada representables, no hay más remedio que proponer a veces otras que acerquen al lector o al público a la idea con una idea parecida o análoga pero difícilmente idéntica. Otras veces los chistes y juegos de palabras son sencillamente intraducibles y su explicación queda reducida a las notas. En cuanto a las partes cantadas, según las normas seguidas en las demás comedias por el profesor Adrados, vienen traducidas en versos de distinta medida que tratan de ajustarse a la extensión de los versos griegos, aun a riesgo de alterar ligeramente el contenido original. Remito para más detalles sobre esta y otras cuestiones de traducción y presentación a la introducción general del profesor Adrados en el primer volumen de la serie.

PERSONAJES

ESTREPSÍADES, anciano campesino
FIDÍPIDES, jovencito, hijo del anterior
ESCLAVO de Estrepsíades
SÓCRATES, el filósofo
CORO de Nubes
DISCURSO BUENO
DISCURSO MALO
ACREEDOR 1º.
ACREEDOR 2º.
DISCÍPULO 1º. de Sócrates
DISCÍPULO 2º. de Sócrates
TESTIGO del acreedor 1º. (personaje mudo)
DISCÍPULOS de Sócrates (personajes mudos)
JANTIAS, esclavo de Estrepsíades (personaje mudo)

(Es de noche, poco antes del amanecer. En un lado de la escena está la casa de ESTREPSÍADES, *junto a cuya puerta hay un Hermes. En el otro lado está la escuela de* SÓCRATES, *con un gran cántaro de arcilla junto a su puerta. En el interior de la primera casa,* ESTREPSÍADES *y* FIDÍPIDES *están tendidos en sus lechos. Éste duerme plácidamente, mientras que aquél no deja de moverse, incapaz de dormir, hasta que por fin se incorpora.)*

ESTREPSÍADES. ¡Ay, ay! Oh Zeus soberano, ¡qué larga es esta noche! No tiene fin. ¿No se hará nunca de día? Y eso que hace ya rato que oí al gallo... ¡Y mis esclavos roncando! No habría sido así en otro tiempo. ¡Maldita seas, guerra, por mil razones! Ni castigar a los esclavos puedo. *(Indicando al personaje que duerme al lado.)* Y tampoco este virtuoso jovencito se despierta por la noche, no, se la pasa tirándose pedos, hecho una bola entre sus cinco pieles de abrigo. Bueno, pues muy bien, a roncar todos bien tapaditos. *(Se envuelve en la manta y empieza a removerse hasta que al poco vuelve a incorporarse.)* Si es que no puedo dormir, desgraciado de mí: me están comiendo vivo los gastos, la cuadra y las deudas[1], por culpa de este hijo mío. Él, con sus largas melenas, monta a caballo, conduce su carro y hasta sueña

---

[1] Por la situación (Estrepsíades en cama sin poder dormir) y el verbo empleado ("morder"), parecería que la causa de su insomnio son las chinches.

con caballos. Mientras tanto yo me consumo hasta [15] morir viendo cómo se acerca el fin de mes[2]. Pues los intereses suben y suben. (*En voz alta.*) Chico, enciende la lámpara y tráeme el libro de cuentas: voy a repasar a cuántos debo dinero y hacer el cálculo de los intereses. (*El esclavo le trae el libro de registro.*) [20] Venga, a ver que yo vea cuánto debo. (*Leyendo.*) Doce minas a Pasias. ¿De qué, doce minas a Pasias? ¿Por qué le pedí prestado? Ah ya, fue cuando compré el caballo marcado con la *koppa*[3]. ¡Ay de mí desdichado! Mejor me habría marcado[4] un ojo de una pedrada.

FIDÍPIDES. (*Hablando en sueños.*) Filón, haces trampas. [25] No te salgas de tu calle.

ESTREPSÍADES. Ésta, ésta es la desgracia que me ha llevado a la ruina: hasta cuando duerme sueña con caballos.

FIDÍPIDES. (*Hablando en sueños.*) ¿Cuántas vueltas tendrán que dar los carros de guerra?

ESTREPSÍADES. A mí, a tu padre, sí que me haces tú dar muchas vueltas a la pista. (*Vuelve a consultar el libro.*) Pero veamos, "¿qué luctuosa deuda me sobrevino" [30] después de Pasias?[5]. Tres minas a Aminias por una sillita de carro y un par de ruedas.

FIDÍPIDES. (*Hablando en sueños.*) Haz que el caballo se revuelque[6] y luego llévatelo a casa.

ESTREPSÍADES. A mí sí que me has limpiado los bienes de un revolcón, querido. Pues ya he perdido juicios y

---

2 Literalmente, "cómo la luna trae los días veinte", expresión que designa los últimos nueve o diez días de cada mes, según el calendario lunar. Estrepsíades tiembla al ver acercarse el fin de mes, en que se pagaban los intereses.

3 *Koppatías* era nombre muy común para los caballos marcados con la letra dórica *koppa*.

4 Literalmente dice "saltado", con un juego de palabras con *koppa* difícilmente traducible. Para reproducirlo digo "marcado".

5 Parodia de Eurípides, con juego de palabras intraducible basado en el doble sentido de *chreos*, "hecho luctuoso, desgraciado" y "deuda".

6 Antes de llevar los caballos al establo era habitual que los esclavos los hiciesen revolcarse en la arena para enjugar el sudor.

otros acreedores amenazan con tomar garantías so- 35
bre los intereses.

FIDÍPIDES. (*Despertándose e incorporándose.*) Joder, padre, ¿por qué estás toda la noche refunfuñando y
dando vueltas?

ESTREPSÍADES. Me sacan de la cama los mordiscos de un
demarco[7].

FIDÍPIDES. Demonio de hombre, déjame dormir un poco.
(*Vuelve a tumbarse y a cubrirse con la manta.*)

ESTREPSÍADES. Muy bien, duerme. Pero sabe que todas es- 40
tas deudas caerán sobre tu cabeza[8]. ¡Ay! ¡Ojalá hubiese perecido cruelmente la casamentera que me incitó
a tomar por esposa a tu madre! Yo llevaba una agradable vida campestre, tumbado a la bartola entre la
mugre y el abandono, una vida rebosante de abejas,
corderitos y aceitunas machacadas. Y entonces fui y 45
me casé con la sobrina de Megacles hijo de Megacles[9], yo, un campesino, con una de la ciudad, una
gran señora, todo lujo, tan peripuesta como la mis-
mísima Cesira[10]. La noche de bodas, allí estaba yo
reclinado a su lado, oliendo a mosto, a higos secos, a

---

[7] El inicio de la frase hacía esperar "una chinche". Entre las com-
petencias de los demarcos, presidentes de los demos áticos, estaba la
de ocuparse de que el deudor diese garantías al acreedor sobre el
pago de la deuda.

[8] Las deudas de los padres eran heredadas por los hijos.

[9] Quizá sea sólo un nombre rimbombante con resonancias nobi-
liarias, pero es probable que se trate de un personaje histórico, perteneciente, como otros de mismo nombre, a la noble familia de los Alc-
meónidas. Esta segunda posibilidad tiene un mayor efecto cómico.

[10] Según la hipótesis apuntada en la nota anterior, Cesira, originaria
de Eretria según los escolios, habría sido, en la primera mitad del siglo V, la mujer de Megacles, padre del Megacles mencionado en el
verso 46 como tío de la mujer de Estrepsíades. El Megacles mencionado en el verso 124 como tío de Fidípides sería un tercero, hermano de
la mujer de Estrepsíades. Cesira habría sido por tanto la abuela de esta
última. En el verso 800 Estrepsíades dice que Fidípides "ha salido a
Cesira y a mujeres de altos vuelos". En cualquier caso, Cesira, existiese
o no, llegó a ser una especie de paradigma de la gran señora aristocrática.

copos de lana, a dinerito contante y sonante, y ella 50
en cambio a perfume, a vestiditos de color azafrán, a
besos de tornillo, a gastos y más gastos, a bocados
exquisitos, a Afrodita Coléade y Genetílide[11]. Y no seré
yo el que diga que ella estaba mano sobre mano, al
contrario, bien que batía la trama en el telar, y yo,
mostrándole este manto como excusa le solía decir:
"mujer, tejes demasiado"[12].   55

Esclavo. (*Se apaga la lámpara.*) No nos queda aceite en
la lámpara.

Estrepsíades. ¡Ay de mí! ¡Tenías que encender la lámpara
que más bebe! Ven aquí que te dé un sopapo.

Esclavo. ¿Por qué tienes que pegarme? (*Se aparta evitando el golpe.*)

Estrepsíades. Por haber puesto una mecha gorda. (*El
esclavo entra en casa.*) Después de esto, cuando nos 60
nació este hijo que veis aquí, yo y mi distinguida
esposa nos pusimos entonces a discutir y a lanzarnos
venablos por el nombre de la criaturita. Ella quería a
toda costa meter un caballo en el nombre y llamarlo
Jantipo, Jaripo o Calípides[13], y yo quería ponerle Fi-
dónides por su abuelo[14]. Y así estuvimos tiempo y 65
tiempo discutiendo. Finalmente llegamos a un acuer-

---

[11] Genetílide es una diosa de la procreación perteneciente al círculo de Afrodita. Recibía culto, sobre todo femenino, en el santuario de
Afrodita Coléade, sito en el promontorio Coléade, cerca del puerto de
Falero. En algunas fuentes aparece desdoblada en varias diosas Gene-
tílides, y en algún caso, como aquí, asociada a la seducción femenina.

[12] Alusión a la avidez sexual de su mujer, ya apuntada en la frase
anterior. Está basada en el doble sentido del verbo *spathân*. El viejo
puntualiza que no todo era dilapidar su fortuna, sino que su mujer
también "tejía", y cómo, demasiado para un hombre como él. De
modo que le mostraba su manto y le decía: "mujer, no hace falta que
tejas tanto, no ves que con éste me basta."

[13] Nombres todos ellos con el radical *ippo-* "caballo", lo que les da
un cierto tono "noble".

[14] En el verso 134 averiguamos que en realidad se llamaba Fidón.
En cualquier caso, se trata de nombres relacionados con la idea de
"ahorrar".

do y le pusimos Fidípides. Ella solía coger a nuestro hijo en brazos y entre mimos y carantoñas le decía cosas como éstas: "cuando seas grande y vayas en carro a la ciudad, como Megacles, con tu larga túnica 70 de púrpura..." y yo en cambio le decía: "cuando traigas las cabras del pedregal, como tu padre, vistiendo una pelliza de cuero ..." Pero ningún caso hizo a mis palabras, sino que le contagió la "caballitis" a mis bienes. Ahora bien, después de pasar la noche entera 75 preocupado buscando una salida, he dado con la única posible, un sendero extraordinario y providencial. Si le convenzo de que lo tome, estoy salvado. Pero primero quiero despertarle. ¿Cómo podría hacerlo de la manera más dulce? ¿Cómo? (*Se incorpo-* 80 *ra, se calza las zapatillas y acercándose al lecho de su hijo, le dice al oído.*) ¡Fidípides, Fidipidito!

FIDÍPIDES. ¿Qué, padre?

ESTREPSÍADES. Dame un beso y pon tu diestra en la mía.

FIDÍPIDES. Aquí la tienes. ¿Qué sucede?

ESTREPSÍADES. Dime: ¿tú me quieres?

FIDÍPIDES. Claro, por Posidón Hípico[15].

ESTREPSÍADES. Al Hípico ni me lo menciones. Pues este 85 dios es el culpable de mis males. Pero si de verdad me quieres de corazón, hazme caso, hijo.

FIDÍPIDES. ¿Que te haga caso? ¿Y en qué?

ESTREPSÍADES. Cambia cuanto antes tus costumbres y ponte a aprender lo que te voy a aconsejar.

FIDÍPIDES. Dime pues. ¿Qué me mandas?   90

ESTREPSÍADES. ¿Me obedecerás?

FIDÍPIDES. Te obedeceré, por Dioniso.

ESTREPSÍADES. Ahora vuelve la mirada hacia aquí. (*Lleva a* FIDÍPIDES *ante la puerta del Pensadero.*) ¿Ves esta puertecita y esta casita?

---

[15] Fidípides invoca espontáneamente a Posidón Hipio, esto es, Hípico, ecuestre. En algunas tradiciones Posidón es el padre del caballo alado Pegaso. El pasaje da a entender que Fidípides señala a una estatua del dios que había junto a la casa, pero no es seguro.

FIDÍPIDES. Las veo. ¿Qué es todo esto, padre?

ESTREPSÍADES. Esto es el Pensadero de los espíritus geniales. Allí dentro habitan hombres que discursean sobre el cielo y te persuaden de que es un horno que
está todo alrededor nuestro y de que nosotros somos
los carbones[16]. A quien pague por ello, estos hombres le enseñan a triunfar en cualquier pleito, sea justo o injusto.

FIDÍPIDES. ¿Y quiénes son?

ESTREPSÍADES. No conozco a ciencia cierta sus nombres.
"Preocupadopensadores", hombres de pro.

FIDÍPIDES. ¡Acabáramos! La gentuza esa. ¡Si los conozco!
Tú te estás refiriendo a esos charlatanes, esos carapá-
lidas siempre descalzos entre los que se cuentan
Querefonte y el desgraciado de Sócrates.

ESTREPSÍADES. ¡Eh! ¡Eh! Para el carro. No digas niñerías. Y si
te preocupa lo más mínimo que tu padre tenga algo
que llevarse a la boca, sé uno de ellos, hazlo por mí,
y manda la hípica al cuerno.

FIDÍPIDES. Eso no lo haría yo, por Dioniso, ni aunque me
dieras los faisanes que cría Leógoras[17].

ESTREPSÍADES. Ve, te lo suplico, "oh tú el más caro para mi
entre los hombres"[18], ve y déjate enseñar.

FIDÍPIDES. ¿Y qué quieres que aprenda?

ESTREPSÍADES. Cuentan que entre ellos se encuentran los
dos razonamientos, el bueno, en cualquier situación,
y el malo. Y cuentan que uno de estos dos, el malo,
es capaz de triunfar mediante argumentos en las causas injustas. Por lo tanto, si me hicieras el favor de
aprenderte este razonamiento injusto, del dinero que

---

[16] Parodia de teorías cosmológicas contemporáneas. La palabra
que traducimos por "horno" alude a una especie de tapadera en forma
de cúpula bajo la cual se cocía el pan.

[17] Rico aristócrata ateniense, padre del orador Andócides. Otro
autor cómico alude a él como paradigma del lujo y el sibaritismo culi-
nario.

[18] Parodia trágica.

debo por culpa tuya no tendría que devolver ni un óbolo a nadie.

FIDÍPIDES. No puedo obedecerte. Me faltaría valor para mirar a la cara a los caballeros si me quedo pálido y descolorido.   120

ESTREPSÍADES. Pues entonces, te juro por Deméter que no volveréis a comer a mi costa, ni tú, ni tu caballo de vara[19], ni el Sánfora[20]. Te echaré de casa derechito a los cuervos[21].

FIDÍPIDES. Pues mi tío Megacles no consentirá que me quede sin caballos. Me voy. No pienso hacerte caso. 125 (*Entra en casa.*)

ESTREPSÍADES. Pues tampoco yo yaceré caído en el suelo[22]. Tras encomendarme a los dioses dirigiré mis pasos hacia el Pensadero para que me instruyan a mí. (*Se encamina hacia la puerta de* SÓCRATES *y a mitad de camino se detiene vacilante.*) Pero ¿cómo yo que soy un viejo desmemoriado y tardo en comprender las cosas voy a ser capaz de meter en mi mollera las sutiles astillitas de los razonamientos rigurosos y exactos?[23] (*Hace acopio de valor y reemprende la marcha.*) No hay más remedio que ir. ¿Por qué sigo entreteniéndome de este modo y no llamo a la puerta? ¡Chico! ¡Chiquillo!   130

_____

[19] Estrepsíades se refiere a los caballos internos uncidos a la vara del carro en un tiro de cuatro caballos.

[20] *Sánfora* era nombre habitual de los caballos marcados con la letra dórica *san*, equivalente a la *sigma* ática.

[21] "Mandar a los cuervos" a alguien equivale a nuestra expresión "mandar al cuerno" o "a la mierda".

[22] Cual amante desdeñado. La última réplica de Fidípides y esta respuesta de su padre tienen resonancias eróticas. Estrepsíades interpreta cómicamente la frase de su hijo, que entra en casa dando un portazo, como si dijese "no atenderé tus ruegos amorosos" y responde con una frase casi estereotipada propia del amante que yace en la calle desdeñado a la puerta de su amada. El juego se prosigue con la escena del anciano llamando ahora a la puerta de Sócrates.

[23] La expresión que emplea Estrepsíades es equiparable a la nuestra "cortar pelos en el aire".

DISCÍPULO. Vete a los cuervos. ¿Quién llama a la puerta?

ESTREPSÍADES. Estrepsíades hijo de Fidón, del demo de Cicina.

DISCÍPULO. Pues, por Zeus, eres un bruto y un maleducado. Por haber aporreado así de fuerte e irreflexivamente la puerta has conseguido abortar un pensamiento que había ideado[24].

ESTREPSÍADES. Perdóname: es que "en un rincón perdido moro de los campos"[25]. Pero dime: ¿qué es esa cosa que has abortado?[26].

DISCÍPULO. No está permitido decirlo[27], excepto a los discípulos.

ESTREPSÍADES. Cuéntamelo sin miedo: aquí donde me ves he venido al Pensadero con la intención de ser discípulo.

DISCÍPULO. Te lo diré, pero ten bien presente que estas cosas son para iniciados. (*Sale y cierra la puerta tras él.*) Hace un rato andaba Sócrates preguntándole a Querefonte cuántos pies de los suyos era capaz de saltar una pulga, pues tras darle un mordisco a Querefonte en la ceja pegó un salto hasta la cabeza de Sócrates.

ESTREPSÍADES. ¿Y cómo diablos hizo semejante medición?[28].

DISCÍPULO. Del modo más ingenioso. Primero fundió cera, luego cogió la pulga y le sumergió las dos patas

---

[24] Probablemente el humor del pasaje radica en que unos golpes en la puerta, no fuertes sino más bien tímidos y suaves, han bastado para "abortar" un pensamiento sutil del discípulo de Sócrates, que abre la puerta de golpe hecho un basilisco ante el acobardado anciano.

[25] Estrepsíades se disculpa diciendo que "es de pueblo" con una frase rimbombante tomada de Eurípides, al que parodia.

[26] En este pasaje parece haber una interesante alusión a la mayéutica socrática. Naturalmente, Estrepsíades, sin entender a su interlocutor, cree que está hablando en sentido literal.

[27] La expresión empleada es característica de los cultos mistéricos para formular la prohibición de revelar sus secretos a los no iniciados.

[28] Esto es, dividir la distancia saltada por la longitud del pie de la pulga para saber el número de pies de pulga saltados.

en la cera, y después, al enfriarse, le salieron al bicho   150
alrededor de los pies unas sandalias persas[29]. Las
desató y se puso a medir la distancia[30].

ESTREPSÍADES. ¡Oh Zeus soberano! ¡Qué sutileza de mente!

DISCÍPULO. Pues ¿qué dirías si conocieses otra idea genial
de Sócrates?

ESTREPSÍADES. ¿Cuál? Te lo suplico, dímela.   155

DISCÍPULO. Querefonte de Esfeto[31] le planteó la siguiente
disyuntiva: ¿los mosquitos zumban por la boca o por
el trasero?

ESTREPSÍADES. ¿Y qué dijo él acerca del mosquito?

DISCÍPULO. Sostenía que el intestino del mosquito es   160
angosto y que por causa de su delgadez el aire lo
atraviesa con fuerza derecho hacia el trasero y que
después, cual concavidad anexa a la angostura, el
culo resuena por la violencia del soplido.

ESTREPSÍADES. ¡De modo que el culo de los mosquitos es
una trompeta[32]! ¡Oh tres veces dichoso por semejante   165
intestigación[33]! ¡Con qué facilidad conseguiría evitar
la condena un demandado que conoce a fondo el
intestino del mosquito!

DISCÍPULO. Y no hace mucho una salamanquesa echó a
perder una de sus grandes ideas.

ESTREPSÍADES. ¿Cómo fue? Dímelo.   170

---

[29] Las sandalias persas eran un calzado femenino.

[30] Sócrates estaba midiendo la distancia cuando Estrepsíades llamó
a la puerta.

[31] La mención a estas alturas del demo al que pertenece Querefonte, personaje que ya ha sido citado anteriormente, parece ser un chiste
que alude a su interés por los insectos, habida cuenta del parecido del
nombre de su demo con el de la avispa, *sphex*. En una traducción más
libre podríamos decir: "Querefonte, que no por casualidad pertenece
al demo de la Avispa" o incluso "el avispado Querefonte".

[32] Algún comentarista recuerda oportunamente que las trompetas
griegas tenían una cavidad o cámara al final del tubo.

[33] Término cómico acuñado por el poeta sobre *enteron* "intestino"
y que al tiempo recuerda diversas palabras relacionadas con "investigar", "examinar con perspicacia".

DISCÍPULO. Mientras escrutaba las trayectorias de la luna y sus revoluciones, observando el cielo boquiabierto, en plena noche, el lagarto se le cagó encima desde el tejado[34].

ESTREPSÍADES. (*Riéndose a carcajadas.*) Me ha hecho gracia lo del lagarto cagándose en Sócrates.

DISCÍPULO. (*Ignorando las risas.*) Y ayer mismo por la tarde no teníamos nada para cenar.   175

ESTREPSÍADES. ¡Vaya, vaya! ¿Y qué truco se sacó de la manga para procurarse un mendrugo?

DISCÍPULO. Extendió sobre la mesa una fina capa de ceniza, dobló un pequeño asador, lo cogió como si fuese un compás y ... se llevó el manto de la palestra[35].

ESTREPSÍADES. ¿Por qué seguimos admirando al Tales aquél[36]? ¡Abre corriendo el Pensadero, y muéstrame 180 cuanto antes a Sócrates, que me muero por ser su alumno! Pero ¿quieres abrir la puerta? (*El* DISCÍPULO *abre la puerta.* ESTREPSÍADES *se encuentra delante de varios grupos de discípulos pálidos y demacrados en actitudes extrañas.*) ¡Heracles! ¿Qué clase de bichos son estos?

DISCÍPULO. ¿De qué te extrañas? ¿A quién te parece que se asemejan?   18

ESTREPSÍADES. A los prisioneros laconios de Pilos[37]. (*Seña-*

---

34 El chiste es una variación de la famosa anécdota sobre Tales de Mileto, que, por mirar al cielo, se cayó en un pozo. Poco después Estrepsíades alude a Tales.

35 Pasaje difícil, quizá necesitado de alguna corrección, como se ha propuesto. Alguna referencia a un hecho conocido de los espectadores o quizá a alguna expresión proverbial se nos escapa. La interpretación más habitual supone que mientras Sócrates distrae el hambre de sus discípulos con una improvisada lección de geometría en la palestra, roba un manto (práctica frecuente y muy perseguida), probablemente con la intención de venderlo.

36 Tales de Mileto, uno de los siete sabios de Grecia, ya en el siglo V encarnaba la imagen del sabio y filósofo por antonomasia.

37 Los espartanos hechos prisioneros en la batalla de Esfacteria en el 425. Tras dos años de cautiverio, debían presentar un aspecto demacrado y cadavérico.

lando a algunos de ellos.) Y estos de aquí ¿por qué miran al suelo?

DISCÍPULO. Investigan las cosas que se encuentran bajo tierra.

ESTREPSÍADES. Ya veo. Buscan cebollas. No os afanéis más: 190 yo sé donde las hay grandes y hermosas[38]. (*Señalando a otro grupo de discípulos*.) ¡Caray! ¿Y a qué se dedican éstos completamente encorvados?

DISCÍPULO. Sondean las profundidades del Erebo, bajo el Tártaro[39].

ESTREPSÍADES. Y entonces ¿por qué mira al cielo su ojete[40]?

DISCÍPULO. Aprende astronomía por su cuenta. (*A los discípulos*.) Entrad dentro, que no os encuentre él aquí. 195

ESTREPSÍADES. Todavía no, espera un poco, que se queden, que quiero comunicarles un asuntillo mío.

DISCÍPULO. No les está permitido permanecer demasiado tiempo fuera expuestos al aire. (*Los discípulos entran dentro.* ESTREPSÍADES *se fija ahora en una serie de aparatos que hay en la escuela.*)

ESTREPSÍADES. ¡Por los dioses! ¿Qué son estas cosas? Dime. 200

DISCÍPULO. Ésta es la astronomía[41].

ESTREPSÍADES. ¿Y esto de aquí?

DISCÍPULO. La geometría.

ESTREPSÍADES. ¿Para qué sirve?

DISCÍPULO. Para medir la tierra.

---

[38] Habitualmente las cebollas no se cultivaban sino que se recogían allí donde crecían espontáneamente.

[39] El Erebo son las tinieblas infernales. El Tártaro, habitualmente situado por debajo de aquél, es la región más profunda y extrema del mundo, más allá de los infiernos.

[40] Literalmente "su ano". Traduciendo "ojo del culo" u "ojete" hago más explícito un chiste que sin duda está sugerido en el pasaje. Habida cuenta de la obscenidad latente en esta pregunta, probablemente Estrepsíades ha asociado el Erebo en la respuesta anterior de Sócrates con la palabra *erébinthos* "garbanzo" que en otras comedias aparece designando metafóricamente el glande.

[41] Es difícil saber de qué objetos podía tratarse en aquella época, quizá tablas o mapas del cielo. La geometría vendría representada por instrumentos como escuadras o compases.

ESTREPSÍADES. ¿Cuál? ¿La de los clerucos[42]?

DISCÍPULO. No, la tierra entera.

ESTREPSÍADES. Eso es estupendo. ¡Qué ingenio más prove- 20 choso y democrático!

DISCÍPULO. Y aquí tienes un mapa de toda la tierra. ¿Ves? Aquí está Atenas.

ESTREPSÍADES. Pero ¿qué dices? No te creo. No veo a los jueces en sus asientos.

DISCÍPULO. Te aseguro que esto es la región del Ática.

ESTREPSÍADES. (*Con sorpresa.*) ¿Y dónde están mis vecinos del demo de Cicina? 21

DISCÍPULO. Aquí los tienes. Y esta de aquí es Eubea. Como ves, se extiende a lo largo a una gran distancia.

ESTREPSÍADES. Lo sé. La estiramos nosotros y Pericles[43]. Y Lacedemonia ¿dónde está?

DISCÍPULO. Vamos a ver ... Aquí está.

ESTREPSÍADES. ¡Qué cerca de nosotros! Volved a considerar 21 si no sería mejor llevarla mucho más lejos de nosotros[44].

DISCÍPULO. Eso no es posible.

ESTREPSÍADES. Pues por Zeus os digo que os arrepentiréis. (*Señalando a un hombre subido al tejado.*) Oye. ¿Quién es ese sujeto que está colgado en el aire?

DISCÍPULO. ¡Es Él!

ESTREPSÍADES. ¿Y quién es Él?

DISCÍPULO. Sócrates.

ESTREPSÍADES. ¡Oh! ¡Sócrates! Venga, hombre, llámalo tú 2 por mí con un buen grito[45].

---

[42] Ciudadanos atenienses, en general de pocos recursos, que recibían lotes de tierra en territorios conquistados.

[43] Eubea se levantó contra Atenas en el 446. La rebelión fue sofocada por un contingente al mando de Pericles. El pasaje parece sugerir que Estrepsíades tomó parte en aquella campaña.

[44] Estrepsíades parece creer que un mapa como éste permite de algún modo acercar o alejar los lugares. Su impulso natural es el de alejar Esparta lo más posible.

[45] No queda claro si Estrepsíades llama primero a Sócrates y al no recibir respuesta le dice al discípulo que lo llame él o si pronuncia su nombre con asombro al verlo por primera vez (así he traducido).

DISCÍPULO. Llámalo tú mismo. Yo no tengo tiempo. (*Entra en la escuela.*)

ESTREPSÍADES. ¡Sócrates! ¡Socratito!

SÓCRATES. ¿Por qué me reclamas, oh ser efímero?

ESTREPSÍADES. Dime tú primero qué es lo que estás haciendo, te lo suplico.

SÓCRATES. Hollo el aire y aprecio el sol.   225

ESTREPSÍADES. Entonces desprecias a los dioses desde un zarzo para secar quesos y no desde tierra, ¿me equivoco?[46]

SÓCRATES. No habría nunca descubierto con precisión los fenómenos celestes sin poner en suspensión mi mente y confundir mi sutil pensamiento con su igual, el aire. Si hubiese hecho en tierra mis observaciones 230 de las cosas de arriba, desde abajo, no habría podido nunca dar con ellas. Sabido es que la tierra atrae hacia sí con violencia la humedad del pensamiento. Este mismo fenómeno se da también en los berros[47].

---

[46] En la réplica anterior Sócrates quiere dar a entender que "reflexiona sobre el sol". Estrepsíades entiende "desprecio el sol" (chiste basado en el doble sentido del verbo *perifroneîn)* y replica algo así como: "así que por eso estás ahí subido, para mirar desde arriba, esto es, para menospreciar o despreciar mejor que desde tierra a los dioses", incluido el sol. El juego de palabras entre ambos verbos, muy parecidos en griego, es difícilmente traducible. Se discute sobre el sentido exacto aquí de la palabra *tarrós*, que he traducido como "zarzo para secar quesos", basándome en estudios recientes. Sócrates se encuentra sobre un secadero de quesos hecho de cañizo, colocado en el techo del Pensadero.

[47] Aristófanes parodia teorías del filósofo Diógenes de Apolonia, para quien el aire es el principio inteligente y divino de todas las cosas y conforma el alma de los diversos seres vivos. Diógenes también pensaba que la humedad es un elemento nocivo para la inteligencia y así por ejemplo los animales tienen menos que los hombres porque respiran aire cargado de humedad en contacto con el suelo. Sócrates se aleja de la tierra para evitar su efecto pernicioso. El berro es justamente una planta que absorbe una gran cantidad de agua del suelo con sus raíces. El colocar a Sócrates en un secadero de quesos es un modo de acentuar la parodia y hacerla más comprensible: si la humedad estorba al pensamiento, la solución es ponerse a secar al aire como los quesos.

ESTREPSÍADES. ¿Cómo dices? ¿El pensamiento atrae la hu- 235
medad hacia los berros? Vamos, Socratito, baja aquí
conmigo y enséñame lo que he venido a aprender.

SÓCRATES. (*Bajando a la escena.*) ¿Y para qué has venido?

ESTREPSÍADES. Quiero aprender a pronunciar discursos.
Soy presa y botín de intereses y acreedores molestos. 240
Me embargan los bienes.

SÓCRATES. ¿Y cómo no te diste cuenta de que te endeuda-
bas hasta las cejas?

ESTREPSÍADES. Me consumió una enfermedad equina, vo-
raz como la que más. Pero enséñame uno de tus dos
razonamientos, el que no restituye ni una mala deu- 245
da. Los honorarios que me pidas juro por los dioses
que te los pagaré.

SÓCRATES. ¡Qué es eso de jurar por los dioses! Para empezar, los dioses no son moneda de curso legal entre
nosotros.

ESTREPSÍADES. ¿Y qué usáis para jurar? ¿Monedas de hierro
como en Bizancio?

SÓCRATES. ¿Quieres conocer claramente la verdadera naturaleza de los asuntos divinos?   250

ESTREPSÍADES. Claro, por Zeus, si es que se puede.

SÓCRATES. ¿Y entrar en diálogo con nuestras divinidades,
las Nubes?

ESTREPSÍADES. Por supuestísimo.

SÓCRATES. Siéntate pues sobre el diván sagrado[48].   255

ESTREPSÍADES. Hecho, ya estoy sentado.

SÓCRATES. Toma ahora esta corona.

ESTREPSÍADES. (*Asustado.*) ¿Para qué la corona? ¡Ay de mí,
Sócrates! ¿No iréis a sacrificarme como a Atamante?[49].

---

[48] La "iniciación" de Estrepsíades consiste en una parodia de diversos ritos iniciáticos pertenecientes a cultos mistéricos.

[49] Alude a una escena de la tragedia perdida de Sófocles *Atamante*
en la que éste estaba a punto de ser sacrificado sobre un altar de Zeus.
Estrepsíades confunde la corona de los iniciados que se le ofrece con
la corona de las víctimas que van a ser inmoladas.

SÓCRATES. No, todo esto es parte del ritual al que sometemos a los iniciados.

ESTREPSÍADES. ¿Y yo qué ganaré con ello?

SÓCRATES. Llegarás a ser un orador avezado, unas castañuelas[50], flor de harina[51]. (*Lo espolvorea con harina.*) 260
Pero estate quieto.

ESTREPSÍADES. Por Zeus que no mientes: si sigues espolvoreándome vas a conseguir convertirme en harina fina.

SÓCRATES.
Guarde silencio el anciano y atienda a la plegaria.

Oh señor soberano, inconmensurable Aire, que mantienes la tierra en suspensión,

oh refulgente Eter, oh diosas venerandas, Nubes fulmitronantes, 265

alzaos, apareceos, oh señoras, al pensador en las alturas.

ESTREPSÍADES.
Aún no, aún no, espera que me cubra con esto, no vaya a empaparme. (*Se cubre la cabeza con el manto.*)

¡Qué desgracia la mía, venirme de casa sin un mal gorrito!

SÓCRATES.
Acudid, muy veneradas Nubes, mostraos a este mortal.

Ya residáis en las sacras cumbres del Olimpo, batidas por las nieves, 270

ya en los jardines del padre Océano compongáis un sagrado coro con las ninfas,

ya sea que en las bocas del Nilo extraigáis sus aguas en dorados aguamaniles,

o habitéis la laguna Meótide o el nevado escollo de Mimante:

---

[50] Esto es, parlanchín y de hablar fluido como unas castañuelas.
[51] Esto es, fino y sutil en sus razonamientos. Naturalmente, en su réplica, Estrepsíades lo entiende en sentido literal.

atendedme, aceptad mi ofrenda y llenaos de contento con los ritos sagrados.

(*Se oye al* Coro *empezar su canto fuera de escena y
poco a poco va entrando muy lentamente.*)

Coro.

Estrofa.

Oh Nubes de fluir eterno   275
surjamos visibles con ácuea radiante apariencia
de nuestro padre Océano estruendoso
a las cumbres de las sierras excelsas
de arbolada cresta, do   280
distantes atalayas divisamos,
y la sacra tierra en frutos fecunda
y de ríos divinos los fragores
y el ponto resonante estrepitoso.   285
Pues del éter el ojo refulge infatigable
entre marmóreos resplandores.
Mas apartemos la bruma lluviosa
de nuestro ser eterno y avistemos
con ojo perspicaz la tierra.   290

Sócrates.
Oh muy venerandas Nubes, nítidamente oísteis mi
llamada.
(*A* Estrepsíades.) ¿Percibiste su voz a la par que el
mugido del trueno venerable?
Estrepsíades.
Ya lo creo, y lo venero, diosas honorabilísimas, y
aquí va una pedorreta en respuesta
a los truenos. Ya ves el terror y el miedo que me ins-
piran.
Y tanto si es lícito como si no, ahora mismito me voy
a cagar.   29

[44]

SÓCRATES.

Menos pitorreo, y no hagas como los "comediogra-
ciados"[52] de hoy en día.

Guarda piadoso silencio, pues un gran enjambre de
diosas entre cantos avanza.

CORO.

Antístrofa.

Vírgenes que lluvia portamos,
lleguemos de Palas al solar ilustre y avistemos   300
la tierra heroica de Cécrope[53] amada:
santos allí hay ritos secretos, do
la casa de iniciados
se abre a sagradas celebraciones[54],
ofrendas allí a dioses celestes   305
y templos de altas techumbres y estatuas,
sagradas procesiones a los dioses,
sacrificios de bellas coronas y festejos
de dioses en toda estación.   310
Y en primavera la fiesta de Bromio,
y contiendas de coros melodiosos
y el grave sonido de flautas.

ESTREPSÍADES.

Por Zeus, te lo suplico, dime: ¿quiénes son, Sócrates,
estas

que han entonado canto tan solemne? ¿Son acaso heroínas?   315

---

[52] Traduzco así un vocablo acuñado por Aristófanes en el que se
combinan las palabras "trágico", cómicamente deformada en "trígico",
y "malhadado", "maldito", para aludir despectivamente a los poetas
cómicos. Aceptables serían también traducciones del estilo de "trígicos
infames" o "trígicograciados".

[53] Rey mítico del Ática.

[54] Alusión a los misterios de Eleusis.

SÓCRATES.

Nada de eso, son las Nubes celestes, grandes diosas
para los hombres libres de la esclavitud del trabajo;

ellas nos traen la inteligencia, el discurso y el entendimiento,

la fantasía y el circunloquio, el ataque y el contraata-
que[55].

ESTREPSÍADES.

Por eso al oír su voz mi alma ha alzado el vuelo

y ansía ya sutilizar y debatir menudencias sobre el
humo,   32

y rebatir argumentos dando estocada a una idea con
una ideíta.

De modo que, si es posible, es mi deseo verlas ya
claramente.

SÓCRATES.

Mira allí, hacia el Parnete[56]: ya las veo descender
reposadamente.

ESTREPSÍADES.

¿Dónde? Enséñame.

SÓCRATES.

Allí avanzan en nutrida tropa
cruzando valles y espesuras, allí por ese lado.   32

ESTREPSÍADES.

¿Será posible?

¡Qué no las veo!

SÓCRATES.

Junto a la entrada.

ESTREPSÍADES.

Ahora por fin las veo, al mirar
[como dices.

_____

55 Esto es, la agresividad en la argumentación y en la refutación de
argumentos opuestos.

56 Macizo montañoso en el confín septentrional del Ática.

(Entra el CORO *en la orquestra.)*

SÓCRATES.

Ahora ya sí que tienes que verlas, a menos que críes
legañas gordas como calabazas.

ESTREPSÍADES.

Sí, por Zeus. ¡Oh veneradas! ¡Están ya por todas partes!

SÓCRATES.

¿No sabías que fuesen diosas? ¿No creías en ellas?

ESTREPSÍADES.

No, por Zeus, las tenía por bruma, rocío y humo.   330

SÓCRATES.

El hecho es que tú ignoras, por Zeus, que de su
mano comen muchísimos sofistas[57]:

adivinos de Turios[58], escritores de la ciencia médica[59], melenudos holgazanes con sellos de ónice[60].

Por no hablar de los moduladores de cantos de los
coros cíclicos[61], aéreos embaucadores,

hombres ociosos tan sólo ocupados en no hacer

---

[57] Se trata al parecer del testimonio más antiguo de la palabra
"sofista", que hasta entonces significaba "experto en algún arte o saber" con un sentido peyorativo alusivo a lo inútil o negativo de su
saber. Este sentido posteriormente se generalizó a partir de Platón.

[58] Se alude en particular al adivino Lampón, amigo y colaborador
de Pericles en la colonización de Turios, hacia el 445. Aristófanes se
burla, veinte años después, del fracaso de la fundación de la colonia
italiota, concebida por Pericles como una empresa de propaganda cultural y política, así como de los personajes de su círculo implicados en
ella.

[59] No médicos en sentido estricto, sino autores de tratados teóricos
de medicina. Su relación con las Nubes deriva de su interés por cuestiones como la influencia del clima y la meteorología en las enfermedades. Aristófanes los incluye también, junto a filósofos y adivinos, en
el grupo de los charlatanes.

[60] Alude a jóvenes desocupados de la aristocracia, identificados
por sus largas melenas y sus exhibiciones de joyas, que frecuentaban a
las diversas categorías de charlatanes antes mencionadas.

[61] Se refiere a los autores de ditirambos, composiciones cantadas y
bailadas, habitualmente, por coros circulares. Los poemas ditirámbicos
tenían una bien ganada fama de grandilocuencia y vacuidad.

nada y que ellas alimentan porque componen cantos en su honor.

ESTREPSÍADES.

¡Ah! Por eso escriben aquello de "de las húmidas Nubes serpenteante luminoso destructor ímpe- 335 tu"[62],

y "la rizada cabellera de Tifón de cien cabezas", y "rugientes huracanes",

y también aquello de "aéreas ácueas"[63] y "picudas aves surcando el aire"

y "trombas de agua de húmedas nubes". Y en pago de ello se zampan

de grandes suculentos mújoles filetes y carnes de tordo volátiles[64].

SÓCRATES. (*Señalando al* CORO.)

A éstas se lo deben. ¿No te parece justo? 340

ESTREPSÍADES.

Dime una cosa: ¿por [qué diablos,

si es que de verdad son nubes, se asemejan a mujeres mortales?

Aquellas de allí (*Señala a las nubes del cielo*.) no son así.

SÓCRATES.

¿Y cómo son?

ESTREPSÍADES.

Pues no lo sé a ciencia cierta. Pero en cualquier caso se asemejan a copos de lana ahuecados,

---

62 Estrepsíades cita diversos fragmentos de ditirambos perdidos. Todos ellos tienen en común, además de su grandilocuencia, su relación con nubes, huracanes, etc. El primero parece referirse al relámpago.

63 Esto es, nubes. Aristófanes juega con la ambigüedad de sentido del adjetivo *dierós*, que significa tanto "húmedo", como "en movimiento", "veloz".

64 Estrepsíades concluye la parodia del género ditirámbico aludiendo ahora, siempre en un tono poéticamente pomposo, a los convites que ofrecía el corego al poeta y al coro ditirámbico.

no a mujeres, por Zeus, ni una pizca. En cambio
  éstas (*Señala al* Coro.) tienen nariz[65].

Sócrates.

Vamos a ver, respóndeme a una pregunta.   345

Estrepsíades.

                                    Venga, dime rápido
                                    [qué quieres saber.

Sócrates.

¿Alguna vez, mirando al cielo, has visto una nube
  semejante a un centauro
o a un leopardo o a un lobo o a un toro?

Estrepsíades.

                                    ¡Claro, por Zeus!
                                    [¿Y qué?

Sócrates.

Cambian de forma según su apetencia: que ven a un
  salvaje melenudo,
uno de esos individuos peludos, como el hijo de Jenofanto,
para burlarse de su locura van y adoptan la apariencia de centauros[66].   350

Estrepsíades.

Y si ven a Simón[67] el ladrón de los fondos públicos,
  ¿qué hacen?

---

[65] Estrepsíades, ya plenamente convencido por Sócrates de que las
Nubes son diosas, se sorprende al advertir la semejanza de los coreu-
tas con simples mujeres mortales, lo que deduce especialmente del
hecho de que tienen nariz. Esta oscura alusión parece estar en relación con creencias populares que ponen en relación la nariz con la
esfera de la muerte y el abandono del alma en el momento del falleci-
miento. También se ha querido ver una alusión al miembro viril de los
actores (hombres representando papeles femeninos), con ruptura de
la ilusión dramática.

[66] Tanto la palabra *ágrios* "salvaje", como "centauro" eran, según
sabemos por otras fuentes, apelativos aplicados a los pederastas. El
hijo de Jenofanto parece ser un tal Jerónimo, poeta trágico y ditirámbico. Este personaje es ridiculizado en otra obra por Aristófanes por su
cuerpo peludo.

[67] Personaje desconocido, presumiblemente un político corrupto
vinculado a Cleón.

SÓCRATES.

En el acto se transforman en lobos, para desvelar su
naturaleza.

ESTREPSÍADES.

¡Ahora lo entiendo! Por eso ayer al ver a Cleónimo el
que arrojó el escudo[68],

se transformaron en ciervos[69], porque vieron a ese
cobardica.

SÓCRATES.

Y ahora te das cuenta de por qué se han transforma-
do en mujeres: porque han visto a Clístenes[70].   355

ESTREPSÍADES.

Os saludo, pues, Señoras: y ahora, ya que para otros
lo habéis hecho[71],

romped a hablar también para mí con voz que alcanza al cielo, ¡oh soberanas del universo!

CORIFEO.

Salud a ti, anciano hijo de otros tiempos, rastreador
de saberes gratos a las Musas.

Y tú, sacerdote de los más sutiles desvaríos, dinos
cuál es tu deseo:

pues a ningún otro de los etereosofistas prestaríamos
oído,   360

excepto a Pródico[72], por su destreza y su buen juicio,
y a ti

---

68 Político ateniense vinculado a Cleón. Aristófanes lo ataca en la
mayoría de sus comedias, acusándolo especialmente, entre otras varias cosas, de cobarde, por haber salido huyendo del enemigo tras
arrojar el escudo en alguna ocasión no muy lejana a la redacción de
las *Nubes*.

69 La timidez y cobardía del ciervo era proverbial.

70 Otro de los blancos favoritos de Aristófanes, siempre tachado de
homosexual.

71 Variación en cierto modo irrespetuosa, por lo franco y directo,
en boca del patán Estrepsíades, de una fórmula frecuente en súplicas
y plegarias poéticas a los dioses.

72 Pródico de Ceos era un sofista con un prestigio intelectual en
cierto modo más sólido que el de otros sofistas. Sólo Aristófanes atesti-
gua que Pródico se interesó por la astronomía y cuestiones conexas.

por los aires que te das en las calles y por tus mira-
das de refilón,

y porque descalzo sufres lo indecible, y en presencia
nuestra adoptas un aire gravedoso.

ESTREPSÍADES.

¡Oh Tierra! ¡Qué voz! ¡Qué santa, solemne y prodigiosa!

SÓCRATES.

Claro: ellas son las únicas diosas. Todo lo demás son
paparruchas.   365

ESTREPSÍADES.

¿Y Zeus Olímpico —dime, ¡por la Tierra!— no es un
dios para vosotros?

SÓCRATES. (*Con desdén.*)

¡Pero qué Zeus! No digas tonterías. Zeus ni siquiera
existe.

ESTREPSÍADES.

¿Qué me estás diciendo?

¿Y entonces quién hace que llueva? Esto me lo vas a
explicar lo primerito de todo.

SÓCRATES. (*Señalando al* CORO.)

¿Quién sino éstas? Y te lo voy a demostrar con prue-
bas abrumadoras.

Vamos a ver, ¿dónde has visto tú nunca que llueva
sin nubes?   370

En tal caso[73] debería hacer llover con cielo despeja-
do, mientras éstas están lejos.

ESTREPSÍADES.

Por Apolo, esto sí que es un buen injerto a lo que
estábamos diciendo[74].

¡Y yo que antes creía a pie juntillas que era Zeus
meando a través de una criba!

---

[73] Esto es, si fuese Zeus el que hace llover.

[74] Es decir, este argumento de Sócrates confirma y refuerza su afir-
mación anterior de que Zeus no existe. El pasaje contiene una metáfora agrícola muy adecuada en boca del campesino Estrepsíades.

Pero dime: ¿quién es el que lanza esos truenos que
hacen que me dé el tembleque?

SÓCRATES.

Son ellas las que truenan al dar vueltas y más vueltas. 375

ESTREPSÍADES.

¡No te arredras ante nada!
[¿Y cómo es eso?

SÓCRATES.

Cuando están cargadas de agua en cantidad y la
necesidad las fuerza

a desplazarse en suspensión rebosantes de lluvia, y
entonces

chocan entre sí pesadamente, se desgarran y explo-
tan con estruendo.

ESTREPSÍADES.

¿Y quién es que las fuerza a moverse? ¿No es Zeus?

SÓCRATES.

Ni mucho menos: un torbellino etéreo. 380

ESTREPSÍADES.

¿Un torbellino? Esto sí
[que no lo sabía:

que Zeus no existe y en su lugar ahora reina Torbellino.

Pero todavía no me has explicado nada sobre el trueno y el estruendo.

SÓCRATES.

¿No me has oído decir que las nubes cargadas de
agua

chocando unas con otras producen gran estruendo
debido a su densidad?

ESTREPSÍADES.

Vamos, ¿cómo quieres que me trague eso? 385

SÓCRATES.

De ti mismo sacaré
[la prueba.

¿No te ha sucedido nunca atiborrarte de salsa en las
Panateneas⁷⁵ y luego sentir retortijones

---

⁷⁵ Tanto en la fiesta de las Pequeñas (cada año) como en la de las

en la tripa y que un estruendo repentino la recorra rugiendo?

ESTREPSÍADES.

Sí, por Apolo, y de repente se enfada conmigo y se alborota,

y lo mismo que el trueno la salsita retumba y ruge horriblemente,

con suavidad primero, pum pum, y luego sigue cata-plum,   390

y cuando cago, truena justamente como aquéllas, cataplúm.

SÓCRATES.

Considera pues, con un vientrecito tan chico, los pedos que te tiras:

¿cómo no ha de ser normal que el aire, que es infini-to, provoque truenos descomunales?

ESTREPSÍADES.

¡Ah! Por eso hasta los nombres "atronar" y "pedo-rrear" se parecen[76].

Pero explícame una cosa: ¿de dónde viene con su fuego refulgente el rayo,   395

que a unos nos abrasa al alcanzarnos y a otros los deja vivos pero chamuscados?

Está clarísimo que es Zeus quien lo manda contra los perjuros.

SÓCRATES.

Estúpido de ti, viejo antediluviano de los tiempos de Crono[77]. Si alcanza a los perjuros,

---

Grandes Panateneas (cada cuatro años), eran sacrificados numerosos animales y sus carnes distribuídas entre la población. La "salsa" a que alude Sócrates debía ser una especie de estofado de carne.

[76] La relativa semejanza entre las palabras griegas *bronté* "trueno" y *pordé* "pedo" quizá venía enfatizada insistiendo en las erres. Estrepsía-des empieza pronto a hacer etimologías al modo de los sofistas.

[77] Literalmente "que hueles a fiestas de Crono". Crono, soberano del universo antes de Zeus equivale familiarmente a "pasado de moda", "de los tiempos de maricastaña". Traduzco "antediluviano" la palabra *bekkesélenos*, palabra difícil, que en sus dos componentes parece alu-dir a diversas leyendas sobre los más antiguos pobladores del mundo.

¿cómo entonces se explica que no haya achicharrado
a Simón

ni a Cleónimo ni a Teoro[78]? ¡Más perjuros que ellos
no los fabrican!   4

En cambio va y fulmina su propio templo, y "Sunion,
promontorio de Atenas"[79],

y a las grandes encinas[80]. ¿Por qué razón? Pues no sé
yo que las encinas perjuren.

Estrepsíades.

Lo ignoro; pero parece que dices cosas razonables.
Bueno, entonces, ¿qué es en realidad el rayo?

Sócrates.

Cuando un viento seco se eleva y se ve encerrado en
ellas (*Señalando al* Coro.),

desde su interior las hincha como a una vejiga, y
entonces por necesidad   4

las hace estallar, y debido a la compresión se precipi-
ta al exterior con violencia,

inflamándose a sí mismo en medio de un virulento
fragor.

Estrepsíades.

Por Zeus, una vez en las Diasias[81] me sucedió exactamente esto mismito.

Estaba asando una tripa[82] para mi familia y se me
olvidó abrirle una raja.

La tripa se hinchó y de repente estalló, arroján-
dome   4

toda la mierda a los ojos y quemándome la cara.

---

78 Personaje vinculado a Cleón, tachado en otras comedias de pa-
rásito y adulador.

79 Promontorio en el extremo sudoriental del Ática, en el que había
sendos templos de Posidón y de Atenea. La mención de Sunion en
este contexto hace suponer que en algún momento uno de los templos recibió un rayo. El pasaje es reminiscencia homérica.

80 La encina era árbol sagrado de Zeus.

81 Principal fiesta ateniense en honor de Zeus.

82 Probablemente de cabra o buey, rellena con sangre o picadillo.

CORIFEO.

¡Oh hombre que sentiste el deseo de ser partícipe de
nuestra gran sabiduría,

qué dichoso llegarás a ser entre los atenienses y los
demás griegos

si no eres desmemoriado e inconsciente y la perse-
verancia anida

en tu corazón, si no te cansas ni en marcha ni parado,   415

ni sufres en exceso el frío ni te entran ganas de
almorzar,

si te apartas del vino, los gimnasios y demás locuras[83],

y juzgas que esto es lo mejor, como conviene a un
hombre inteligente,

la victoria mediante la acción, la deliberación[84] y el
discurso polémico!

ESTREPSÍADES.

Pues si se trata de tener un alma férrea, preocupacio-
nes que quitan el sueño   420

y un estómago frugal, hecho a las privaciones y que
se contenta con una ensaladita para cenar,

no tengas cuidado, si se trata de eso aquí me tienes
hecho un valiente para servirte de yunque[85].

SÓCRATES.

¿Y no volverás a creer en dios alguno que no sea de
los que nosotros veneramos,

el Vacío circundante, las Nubes y la Lengua, estos
tres y ni uno más?

ESTREPSÍADES.

A los otros es que no les dirijo la palabra ni aunque
me los cruce por la calle: 425

---

83 Probablemente amorosas. En este contexto, al hablar de los gimnasios, el coro sin duda alude a los jovencitos que frecuentan los
gimnasios.

84 La acción y la deliberación se refieren probablemente a la acción
política y la participación en la asamblea.

85 Esto es, "soy tan duro que hasta puedes usarme como yunque".
El pasaje también puede entenderse "podrías forjarme en un yunque".

se acabaron los sacrificios, las libaciones y las ofrendas de incienso.

Corifeo.

Dinos sin temor lo que quieres que hagamos, que no
fracasarás

si nos honras y nos muestras respeto y si te esfuerzas
en ser diestro.

Estrepsíades.

Pues bien, señoras, os pido esta cosita chiquitita:

aventajar de cien estadios a los griegos en elocuencia. 430

Corifeo.

Dalo por hecho: de ahora en adelante y a partir de
este instante

nadie hará valer en la asamblea sus opiniones tantas
veces como tú.

Estrepsíades.

No me hables de opiniones sobre asuntos de importancia: no son esas las que me interesan.

Lo que yo quiero es poner patas arriba la justicia y
escurrirme de los acreedores.

Corifeo.

Tendrás lo que deseas, pues no es nada del otro
mundo.   43?

Ponte sin inquietud en manos de nuestros ministros.

Estrepsíades.

En vosotras confío y así lo haré: la necesidad me
agobia

por culpa de los caballos de la *koppa* y de un matri-
monio que me ha llevado a la ruina.

Ahora para todo lo que quieran   44?
este cuerpo serrano les ofrezco:
pegadlo, matadlo de hambre y sed,
frío y calor, odre de piel haced,
si así a mis deudas escaparé
y ante los hombres pareceré ser   44?
osado, hablador, audaz, caradura,
odioso, aglomerante de mentiras,

[56]

creapalabras, pleitista avezado,
código[86], parlanchín[87], zorrón, taladro[88],
correa[89], cazurro, viscoso[90], chulo,
hampón[91], canalla, retorcido, bicho,   450
lamoteamiguillas.
Si así la gente me va a saludar
que hagan conmigo todo lo que quieran,
y si les viene en gana,
por Deméter, que hagan de mí morcillas   455
y se las sirvan a los pensadores[92].

Coro.
Un valor hay en este hombre
    no apocado sino resuelto.
Sabe que
    si alcanzas mi saber, fama universal
entre los mortales tendrás.   460

Estrepsíades.
¿Qué me ocurrirá?

Coro.
                Para siempre en mi compañía
la más envidiable vida de
    los hombres llevarás.

Estrepsíades.
¿Alguna vez esto   465
    veré?

---

86 Las *kúrbeis* eran unas tablas en las que se grababan las leyes en Atenas en época arcaica. Estrepsíades espera convertirse en una especie de "Boletín Oficial del Estado ambulante".

87 Literalmente "unas castañuelas". Véase la nota 50.

88 La palabra griega es de sentido discutido. Si significa "taladro" podría designar una persona que se cuela en todas partes, salvando todos los obstáculos.

89 Esto es, ligero y escurridizo como correa de cuero.

90 Puede significar tanto "pringoso", "pegajoso" como "viscoso", "escurridizo".

91 La palabra *kéntron* parece designar a los ladrones o maleantes que llevan en su piel las marcas de instrumentos de tortura punzantes. Podría traducirse por "carne de aguijón" o "carne de látigo".

92 Esto es, a todo el personal de la escuela, tanto maestros como discípulos.

CORO.

> *Sí, hasta el punto de que*
> *muchos habrá junto a tu puerta*
> *siempre apostados,*
> *queriendo exponerte su caso*   47
> *y discutir contigo,*
> *y sobre pleitos y alegatos*
> *de talentos mil,*
> *—gangas para tu inteligencia—*   47
> *te pedirán consejo.*

CORIFEO. (*A* SÓCRATES.) Y tú, trata de enseñar al viejo lo
                                                    [que te propones,
sondea su inteligencia y pon a prueba su buen juicio.

SÓCRATES. Andando, dame a conocer tu carácter: una vez
que sepa cómo es podré pasar al asalto con nuevos
artilugios.   48

ESTREPSÍADES. ¿Qué me dices? ¿Piensas tomarme al asalto,
por los dioses?[93].

SÓCRATES. No, sólo quiero hacerte unas preguntitas. ¿Tienes buena memoria?

ESTREPSÍADES. Ni sí ni no, por Zeus. Si se me debe algo, mi
memoria es prodigiosa; si en cambio soy yo el desdichado deudor, me convierto en un completo desme- 48
moriado.

SÓCRATES. ¿El hablar[94] forma parte de tu naturaleza?

ESTREPSÍADES. El hablar no, el robar en cambio sí.

SÓCRATES. ¿Cómo vas a poder entonces aprender nada?

ESTREPSÍADES. Descuida, no hay problema.

SÓCRATES. Atento ahora: cuando te lance[95] alguna docta   49

---

93 Una vez más, Estrepsíades toma en sentido literal ("máquinas de
asedio") una expresión figurada ("artilugios", "recursos").

94 Esto es, la capacidad oratoria, el dominio del lenguaje.

95 Traduzco el verbo *probállein* por "lanzar" en su sentido literal
para hacer más explícito el chiste que sigue. En realidad, Sócrates habla de "plantear alguna docta cuestión". Estrepsíades es incapaz de
captar el sentido metafórico de "lanzar" (con la palabra) y "cazar al
vuelo" (con el entendimiento).

cuestión sobre los fenómenos celestes, trata de ca-
zarla al vuelo.

ESTREPSÍADES. ¿Qué? ¿Voy a nutrirme de sabiduría como si
fuese un perro?[96].

SÓCRATES. ¡Este hombre es un merluzo y un salvaje!
Mucho me temo, viejo, que te está haciendo falta
una buena ración de golpes. Vamos a ver: ¿qué haces
si alguien te sacude?

ESTREPSÍADES. Soy sacudido, luego dejo pasar un tiempo 495
prudencial y tomo testigos, después al segundo siguiente pongo la querella[97].

SÓCRATES. Vamos, quítate el manto.

ESTREPSÍADES. ¿He hecho algo malo?[98].

SÓCRATES. No, es norma entrar en paños menores.

ESTREPSÍADES. Pero que conste que no entro a buscar objetos robados[99].

SÓCRATES. Quítatelo y deja de decir tonterías. 500

ESTREPSÍADES. Ahora dime una cosa: si soy aplicado y
aprendo con entusiasmo, ¿a cuál de los discípulos
llegaré a parecerme?

SÓCRATES. En nada se distinguirá tu naturaleza de la de
Querefonte.

ESTREPSÍADES. ¡Ay de mí desdichado! ¡Voy a ser un muerto
viviente!

SÓCRATES. Deja de parlotear y sígueme sin tardar por 505
aquí. Rápido.

ESTREPSÍADES. Pon en mis manos primero un pastel de

---

[96] Esto es, como un perro captura la comida que se le arroja antes
de que caiga al suelo.

[97] Queda patente la cobardía de Estrepsíades, que se abalanza a
tomar testigos y a presentar el caso ante los tribunales, sólo cuando,
tras un tiempo prudencial, se ve libre del peligro de recibir más
golpes.

[98] Estrepsíades entiende que Sócrates va a pegarle.

[99] Según la ley ática, quien había sido objeto de robo podía entrar
en casa del presunto ladrón a buscar sus pertenencias, pero con la
condición de entrar sin manto para no depositarlas él mismo y acusar
en falso.

miel, que tengo tanto miedo de bajar allí dentro como al antro de Trofonio[100].

SÓCRATES. Andando. ¿Qué diablos estás haciendo ahí junto a la puerta?[101]

Parábasis.

CORO.

Kommation.

Marcha con alegría 5[

por el arrojo que manifiestas.

Buena fortuna ojalá tenga

este varón, porque arribado

a lo profundo de la edad

con juveniles inquietudes 5[

su espíritu se tiñe

y ejerce la sabiduría.

CORIFEO.

Espectadores, declararé[102] ante vosotros con toda franqueza

la verdad, por Dioniso que me dio el sustento.

Así pueda yo ganar el primer premio y por poeta de talento me tengáis, 5[

de igual modo que yo, juzgando que vosotros sois sabia concurrencia

y que ésta es de mis comedias la más sabia,

---

[100] El héroe ctónico Trofonio emitía oráculos desde su antro cerca de Lebadea, en Beocia. Los pasteles de miel formaban parte del ritual de la consulta.

[101] La expresión empleada por Aristófanes sugiere que Estrepsíades, para retrasar el momento de entrar, se dedica durante algunos instantes a examinar la puerta con una mezcla de curiosidad y temor.

[102] Habla el poeta en primera persona por boca del coro.

consideré justo dárosla una vez más a probar a vosotros en primer lugar. Es la que me dio

mayor trabajo: entonces hube de batirme en retirada por hombres vulgares[103]   525

derrotado injustamente. Esto pues es lo que os reprocho a vosotros,

los entendidos por los que aquellas penalidades arrostré.

Pero ni aun así tendré jamás la voluntad de traicionar a aquellos de vosotros que son entendidos.

Y es que desde que aquí mismo, por parte de hombres cuya sola mención me resulta grata,

mi Comedido y mi Desvergonzado recibieron las mejores críticas[104],   530

y yo —pues todavía era soltera y no estaba bien visto que diese a luz—

expuse al recién nacido y otra joven lo recogió y se hizo cargo de él,

y vosotros lo criasteis noblemente y os ocupasteis de su educación[105],

desde entonces conservo un testimonio fidedigno de vuestro buen juicio.

Y así ahora esta comedia, igual que hiciera Electra,

ha venido a ver si dar pudiera con espectadores tan inteligentes como aquéllos: 535

---

[103] Los rivales de Aristófanes en las Dionisias del año 423, cuando presentó las primeras *Nubes*, eran Cratino, que obtuvo el primer premio con *La Botella*, y Amipsias, que quedó segundo con el *Connos*, obra que curiosamente también trataba sobre Sócrates.

[104] Personajes principales de *Los Comensales*, primera obra de Aristófanes. Fue representada en las Dionisias del año 427 y obtuvo el segundo premio. Tocaba también el tema del conflicto entre la educación tradicional y las modernas corrientes retóricas y sofísticas.

[105] Aristófanes, quizá por sentirse todavía poco maduro para encargarse de la puesta en escena de *Los Comensales* o tal vez simplemente porque era menor de edad, la confió al director de escena Calístrato.

apenas lo vea, reconocerá sin duda el rizo de su hermano[106].

Observad cuán modosa es por naturaleza: para empezar

ha venido sin haberse cosido encima un pedazo de cuero colgandero,

rojo en la punta y bien grueso, para hacer reír a los niños;

ni se ha mofado de los calvos[107], ni ha bailado el *córdax*[108], 540

ni el anciano que recita los versos sacude con su bastón

al que se le pone por delante, ocultando chistes malos[109],

ni ha irrumpido con antorchas, ni grita "¡ay, ay!"[110],

sino que ha venido confiada en sí misma y en sus versos.

Y en cuanto a mí, siendo como soy un poeta de tal altura, no presumo como un melenudo cualquiera[111], 545

---

[106] Igual que Electra descubrió por el rizo depositado en la tumba de Agamenón que su añorado Orestes había vuelto, Aristófanes espera ansiosamente alguna señal que le pruebe que se ha reencontrado con su público amado.

[107] Éupolis se burló de Aristófanes llamándolo calvo. De ahí que esta precisión no deje de ser un chiste sobre sí mismo.

[108] Baile obsceno propio de la comedia y que solían realizar personajes ebrios.

[109] El alboroto creado por los bastonazos sirve para disimular lo malos que son los chistes.

[110] Es incierto a qué poetas y comedias critica en este pasaje. Por otra parte, ya un escolio señala oportunamente que en la escena final Estrepsíades prende fuego al Pensadero antorcha en mano y uno de los discípulos grita precisamente "¡ay, ay!" (véase versos 1490 ss.) al igual que Estrepsíades cuando es atacado por su padre (véase verso 1321).

[111] Literalmente "no llevo los cabellos largos", lo que equivale también a "no me doy aires". La frase es también al mismo tiempo un nuevo chiste basado en su calvicie.

ni pretendo engañaros poniendo en escena una y
otra vez las mismas historias,
sino que estoy siempre inventando y presentando
nuevos argumentos,
totalmente diferentes unos de otros y todos ellos
ingeniosos,
yo que, en la cima de su poder, golpeé a Cleón en el
estómago
y luego me faltó el valor para pisotearlo cuando
yacía en el suelo[112].   550
Éstos en cambio, desde una vez que Hipérbolo[113] les
dio ocasión de hacer presa en él[114],
al pobre no dejan de patearlo y estrujarlo[115], a él y a
su madre.
El primero de todos fue Éupolis cuando arrastró a
escena a su *Maricante*[116],
volviendo del revés[117] nuestros caballeros de un
modo indecente el muy canalla,
con el añadido, por aquello del *córdax*, de la vieja
borracha que   555
Frínico ya había inventado hace tiempo, aquella que
el monstruo marino quería devorar[118].

---

112 Es difícil decidir si aquí hay una alusión a la muerte de Cleón,
sucedida en el 422. Por otros datos, sabemos en cualquier caso que
toda esta parte de la parábasis pertenece a la segunda redacción de las
Nubes y fue escrita entre el 420 y el 417 a.C. Si no hay tal alusión lo
que aquí dice Aristófanes es algo así como "le perdoné la vida".

113 Político belicista que llegó a ser jefe del partido popular a la
muerte de Cleón. Más adelante y en *Los Caballeros* se alude a él como
vendedor de lámparas.

114 Imagen tomada del mundo de la lucha: Hipérbolo bajó la guardia y, dejando al descubierto su lado débil, se dejó sujetar e inmovili-
zar mediante una llave de lucha.

115 Como se pisa la aceituna o la uva, para sacarle el jugo.

116 Aristófanes acusa a su contemporáneo Éupolis de haberle pla-
giado en su comedia *Maricante*, que era un ataque a Hipérbolo.

117 Como se le da la vuelta a un abrigo viejo y gastado por fuera
para prolongar su vida. Equivale a lo que nosotros llamamos "hacer
un refrito".

118 Frínico era otro comediógrafo contemporáneo de Aristófanes,

Más tarde le tocó el turno a Hermipo, que escribió
    una comedia contra Hipérbolo[119],
y ahora todos los demás[120] arremeten contra Hipér-
    bolo,
imitando mi imagen de las anguilas[121].
Así que aquel que se ría con estas gracias, que no se
    divierta con las mías.   56
Pero si distrutáis conmigo y con mis invenciones
en los tiempos venideros se os tendrá por personas
    sensatas.

Coro.

Oda.

A Zeus que rige en lo alto,
soberano de dioses, grande,   56
lo primero al coro convoco;
y al vigoroso señor del tridente[122],
de la tierra y el mar salobre
    fiero y brutal agitador;
y al de glorioso nombre nuestro padre
    Eter muy venerable, sustento universal;   57
y al auriga[123] que con sus rayos
    fulgentes envuelve el terrestre

---

aunque mayor que él. La comedia a que se refiere aquí incluía una
parodia del mito de Andrómeda, que fue expuesta en una roca para
ser devorada por un monstruo marino. Un personaje de vieja borracha
hacía la parodia de Andrómeda.

[119] Otro famoso comediógrafo contemporáneo. La comedia en
cuestión se llamaba *Las Panaderas.*

[120] Sólo sabemos de una comedia de Platón el cómico titulada
Hipérbolo, pero debió de haber más dirigidas contra él, entre ellas quizá una de Leucón del año 421.

[121] En un pasaje de *Los Caballeros,* Cleón es comparado a los pescadores de anguilas que remueven el fango de la laguna para pescar
sus presas, como en nuestro proverbio "a río revuelto ganancia de
pescadores".

[122] Posidón.

[123] Helios.

suelo, dios grande entre los dioses,
grande entre los mortales.

Epirrema.

CORIFEO.

Espectadores sapientísimos, concentrad aquí vuestra
    atención: 575
os echamos en cara el trato injusto que nos dispen-
    sáis.
Pues siendo nosotras de todos los dioses las que más
    ayudan a la ciudad
somos los únicos seres divinos a los que no sacrifi-
    cáis ni ofrecéis libaciones,
nosotras que velamos por vuestro bienestar. Por
    ejemplo, si se emprende una expedición
del todo imprudente, en ese momento tronamos o
    lloviznamos.   580
Luego, cuando andabais eligiendo para el cargo de
    estratego al curtidor paflagonio[124]
aborrecido por los dioses, fruncimos el ceño,
formamos tremendos nubarrones, y "entre los relám-
    pagos estalló el trueno"[125].
La luna abandonó su curso y el sol
retrayendo con prontitud en sí mismo su mecha   585
se negaba a brillar si Cleón había de ser estratego[126].
Aun así lo elegisteis: se suele decir que las malas de-
    cisiones
son lo propio de esta ciudad, pero que siempre que
    cometéis
una equivocación los dioses la vuelven a vuestro
    favor.

---

[124] Cleón.
[125] Frase tomada del *Teucro* de Sófocles.
[126] Aunque se suele poner en duda, probablemente alude a dos sucesivos eclipses de luna y de sol que tuvieron lugar, respectivamente,
en octubre del año 425 y en marzo del año 424.

Será fácil enseñaros el modo de que también este
error os sea de provecho.   5
Si condenáis al gaviota[127] de Cleón por soborno y
robo
y sujetáis luego su cuello al cepo[128],
una vez más dando por bueno vuestro antiguo dicho, aunque hayáis cometido algún error
la situación resultará del mayor provecho para la ciudad.

CORO.

Antoda.

A mi lado también tú Febo,   5
soberano Delio señor de
la roca Cintia[129] de alta cresta;
y tú feliz, que habitas mansión áurea
en Efeso, donde las hijas de   (

los lidios mucho te veneran[130];
y Atenea, nuestra diosa del país,
auriga de la égida, guardián de la ciudad;
y el señor de la roca Parnasia

que con antorchas resplandece
conspicuo entre delfias bacantes,
festero Dioniso.

Antepirrema.

---

[127] La rapacidad de las gaviotas era proverbial.

[128] Instrumento de tortura consistente en dos tablas de madera que al juntarse aprisionaban en agujeros la cabeza, pies y manos del torturado.

[129] El Cinto es el monte que domina la isla de Delos.

[130] La estatua de Artemis Efesia era de oro. Esta diosa era objeto de veneración también por parte de los lidios. El rey Creso contribuyó a la construcción del templo y depositó en él numerosas ofrendas. Los coros de jóvenes doncellas desempeñaron un papel preponderante en el culto de Artemis a lo largo de su historia.

CORIFEO.

Cuando nos disponíamos a ponernos en camino
   para aquí
la Luna nos salió al encuentro y nos dio el encargo
de saludar antes de nada a los atenienses y sus aliados.
Después declaró estar enojada, pues decía haber
   sido agraviada,   610
después de los favores que os ha hecho a todos
   vosotros, y no precisamente de boquilla sino clara y palmariamente:
para empezar lo que os ahorra cada mes en antorchas, no menos de una dracma.
¿Cuál de vosotros no ha dicho alguna vez al salir por
   la tarde:
"no compres la antorcha, chico, que hay un bonito
   claro de luna"?
Y afirma que os rinde otros servicios, y que vosotros
   en cambio no lleváis el calendario   615
nada bien, sino que os pasáis el día enredándolo y
   desenredándolo,
hasta el punto de que, según dice, los dioses profie-
   ren amenazas contra ella cada vez que
ven frustrada su cena y se vuelven a casa
sin haber dado con su fiesta conforme a la cuenta de
   los días[131].
Y otras veces cuando debierais estar sacrificando, os
   dedicáis a juzgar y torturar,   620
y a menudo mientras nosotros los dioses guardamos
   ayuno
en señal de duelo por Memnón o Sarpedón
vosotros estáis bebiendo a carcajada limpia. Por eso
   cuando Hipérbolo obtuvo
este año el cargo de *hieromnemon*, fuimos nosotros
   los dioses

---

[131] La luna se queja de que los dioses le echan la culpa de los desa-
justes en el calendario que introducen los atenienses.

los que le quitamos la corona[132]. Así aprenderá
que los días del calendario hay que contarlos por la
luna.

SÓCRATES. (*Saliendo del Pensadero.*) Por la Respiración,
por el Vacío, por el Aire, jamás vi en lugar alguno un
hombre tan bruto, sin recursos, torpe y olvidadizo.
La más mínima insignificancia que se le enseña la ha
olvidado antes de aprendérsela. A pesar de ello voy
a llamarlo aquí a la puerta, que salga a la luz del día.
¿Dónde estás, Estrepsíades? ¿Quieres coger tu catre y
salir?

ESTREPSÍADES. (*Arrastrando el catre.*) Es que las chinches
no me dejan sacarlo.

SÓCRATES. Date prisa. Ponlo en el suelo y presta atención.

ESTREPSÍADES. Ya está. (*Deja el catre en el suelo.*)

SÓCRATES. Vamos a ver. ¿Qué quieres aprender hoy primero, algo que no te hayan enseñado nunca? Dime:
¿acaso sobre medidas y ritmos o sobre palabras?

ESTREPSÍADES. Eso eso, sobre las medidas. El otro día un
vendedor de harina me tomó el pelo y me birló dos
quénices[133].

SÓCRATES. No te pregunto eso. Te estoy preguntando qué
medida piensas que es la más hermosa: ¿el trímetro o
el tetrámetro?

ESTREPSÍADES. La que más me gusta de todas es el medio
sextario[134].

SÓCRATES. No dices más que tonterías, hombre.

---

132 Los *hieromnémones* eran los representantes de los estados
miembros de la liga anfictiónica. El coro parece explicar que mediante
un golpe de viento le arrebató la corona, símbolo del cargo, durante la
ceremonia de elección.
133 Estrepsíades confunde las medidas métricas con las medidas de
capacidad.
134 El hemiecto o medio sexto, medida de capacidad para áridos,
duodécima parte del medimno.

ESTREPSÍADES. ¿Qué te apuestas a que el medio sextario es un tetrámetro?[135].   645

SÓCRATES. ¡A los cuervos! ¡Qué palurdo eres y qué ignorante! (*Irónico.*) ¡Pues sí que ibas tú a aprender pronto los ritmos!

ESTREPSÍADES. ¿Y de qué me van a servir los ritmos para ganarme el pan?

SÓCRATES. Lo primero, te van a servir para ser una persona refinada en sociedad y percibir la diferencia entre el ritmo enoplio y el dactílico.   650

ESTREPSÍADES. (*Sin comprender.*) ¿Dactílico?

SÓCRATES. Sí, por Zeus.

ESTREPSÍADES. (*Tras reflexionar.*) ¡Pero si lo conozco!

SÓCRATES. Di. (*Mostrando un dedo.*) ¿Hay algún otro dáctilo a parte de éste?

ESTREPSÍADES. En otro tiempo, cuando aún era un crío, éste de aquí[136]. (*Mostrando el puño con el dedo medio alzado.*)

SÓCRATES. Eres un paleto y un idiota.   655

ESTREPSÍADES. No es eso, pesado, lo que pasa es que no quiero aprender nada de esto.

SÓCRATES. ¿Pues qué es lo que quieres?

ESTREPSÍADES. Aquello otro, aquello del argumento injustísimo.

SÓCRATES. Antes de eso tienes que aprender otras cosas: por ejemplo, qué cuadrúpedos son propiamente hablando machos.

---

[135] Habida cuenta de que el hemiecto equivale a cuatro quénices.

[136] En griego *dáktulos* significa tanto "dáctilo" como "dedo". Sócrates se sorprende de que por fin Estrepsíades vaya a saber algo más allá de un nivel primario, pero por si acaso se adelanta a la posible confusión de Estrepsíades con el sentido "dedo" de *dáktulos* señalando uno de los suyos, probablemente el índice. Estrepsiades, al que la lección le está resultando fastidiosa, no pudiendo basar ya el chiste en la simple confusión dáctilo / dedo, basa la gracia en oponer al dedo índice que ha levantado Sócrates el dedo medio, con las implicaciones obscenas que ello conlleva.

ESTREPSÍADES. Los machos me los sé muy bien, si no he ₆₆₀ perdido el juicio: el carnero, el cabrón, el toro, el perro, el ave[137]...

SÓCRATES. ¿Ves lo que te ocurre? Llamas ave a la hembra lo mismo que al macho.

ESTREPSÍADES. ¿Cómo es eso?

SÓCRATES. ¿Cómo? Un ave y una ave.

ESTREPSÍADES. Claro, por Posidón. Y ahora ¿cómo he de ₆₆₅ llamarlos?

SÓCRATES. "Aviarda", y al macho "aviador".

ESTREPSÍADES. ¿Aviarda? Estupendo, por el Aire. Sólo por esta lección te llenaré en redondo de harina la "cárdopo"[138].

SÓCRATES. Ya estamos otra vez. Fíjate. Dices "la cárdopo" ₆₇₀ como masculino cuando es femenino.

ESTREPSÍADES. ¿Qué dices que hago? ¿Que yo digo "cárdopo" como masculino?

SÓCRATES. Eso mismo, como cuando dices Cleónimo.

ESTREPSÍADES. ¿Cómo? Explícate.

SÓCRATES. Lo mismo vale para ti "cárdopo" que Cleónimo.

ESTREPSÍADES. Pero guapo, Cleónimo no tenía "cárdopo": ₆₇₅ amasaba su pan en un mortero redondo[139]. Pero de ahora en adelante ¿cómo tengo que decir?

SÓCRATES. ¿Cómo? "Cárdopa", igual que dices Sóstrata.

ESTREPSÍADES. ¿La "cárdopa", en femenino?

SÓCRATES. Eso es hablar con propiedad.

---

137 Estrepsíades menciona aquí la palabra *alektruón*, que es tanto el gallo como la gallina. Trato de reproducir el chiste traduciendo "ave".

138 En este caso, el juego de palabras es intraducible, por lo que prefiero mantener el término griego. *Kárdopos* es la artesa, palabra que, a pesar de su terminación, generalmente propia del masculino, es de género femenino.

139 Posible doble sentido obsceno. Para unos el "mortero redondo" sería el ano (siendo la mano de mortero el pene). Otros ven una alusión a la masturbación. En otro caso, siguiendo a los escolios antiguos, habría que entender que Cleónimo era tan pobre que en lugar de artesa usaba un mortero.

ESTREPSÍADES. En suma, la cosa sería así: "cárdopa", Cleó- 680
nima[140].

SÓCRATES. Y, sobre los nombres propios, todavía tienes que
aprender cuáles son masculinos y cuáles femeninos.

ESTREPSÍADES. Los femeninos me los sé muy bien.

SÓCRATES. Di pues.

ESTREPSÍADES. Lisila, Filina, Clitágora, Demetria[141].

SÓCRATES. ¿Y cuáles son masculinos? 685

ESTREPSÍADES. Los hay a miles. Filóxeno, Melesias, Aminias[142].

SÓCRATES. Alto ahí, desdichado. Estos no son masculinos.

ESTREPSÍADES. ¿No son masculinos para vosotros?

SÓCRATES. De ningún modo, porque vamos a ver: ¿cómo
llamarías tú a Aminias si te lo encontrases por la
calle?

ESTREPSÍADES. ¿Cómo lo llamaría? Así: ¡eh, eh, Aminia![143]. 690

SÓCRATES. ¿Ves? Dices Aminia como si fuese mujer.

ESTREPSÍADES. ¿Y no digo bien, visto que no hace la mili?
Pero ¿por qué me enseñas algo que sabe todo el
mundo?

SÓCRATES. De eso nada, por Zeus[144]. Pero acuéstate aquí
(*Señala el catre*.) y...

ESTREPSÍADES. ¿Qué he de hacer?

SÓCRATES. Medita sobre alguno de tus asuntos. 695

ESTREPSÍADES. No, te lo imploro, ahí no. Si es necesario,
déjame meditar en ello exactamente igual pero tumbado en el suelo.

---

[140] Estrepsíades, satisfecho de haberse aprendido la lección, femi-
niza también el nombre del afeminado Cleónimo.

[141] Podría tratarse de prostitutas famosas.

[142] Filóxeno y Aminias son mencionados en sendos pasajes de *Las
Avispas* como afeminados. Melesias no es conocido, pero obviamente
también debía tener fama de serlo.

[143] De nuevo chiste intraducible. En esta ocasión está basado en la
identidad del vocativo *Aminia* (del nominativo masculino *Aminias*)
con el vocativo de un supuesto nombre femenino *Aminia*.

[144] Es decir, no todo el mundo sabe que Aminias se escaquea de la
mili, y no está de más recordarlo.

SÓCRATES. (*Con severidad.*) No hay más opción que ésta. (*Entra en el Pensadero.*)

SÓCRATES. (*Echándose resignado en el catre.*) ¡Ay de mí desdichado! ¡Qué caro me lo van a hacer pagar hoy las chinches!

CORO.

Estrofa.

Medita, cavila, escudriña,   70
gírate en toda dirección,
concéntrate, y si en un atolladero
das, salta raudo a otro
problema[145]. *Lejos de tus ojos*   70
el sueño dulce al corazón.

ESTREPSÍADES.
¡Ayayay, ayayayay!

CORIFEO.
¿Qué sufres? ¿Qué te duele?

ESTREPSÍADES.
Muero, desgraciado de mí. Desde el catre
se arrastran y me muerden los corintios[146],   7
y los costados me están devorando
y el alma a sorbos me la están bebiendo
y los cojones me están arrancando
y mi culo me lo están excavando
y es que me están matando.   7

CORIFEO.
Modera tus gritos. No sufras tanto.

---

[145] Las diversas "contorsiones mentales" que exige el coro a Estrepsíades son seguidas por éste una por una pero al pie de la letra mientras le muerden las chinches en el catre.

[146] Aristófanes juega, aquí y en otros lugares, con la semejanza entre "corintios" y la palabra griega que designa a la chinche, *kóris*, que quizá fuese un mote burlesco más extendido. Es sabido que entre Corinto y Atenas existía una gran hostilidad.

ESTREPSÍADES.

¿Cómo? Cuando a la mierda
se fue mi hacienda, he perdido el color,
a la mierda mi vida y mis sandalias,
y para colmo de todos mis males 720
cantando en la atalaya[147]
por poco no me voy yo a la mierda.

SÓCRATES. (*Asomando la cabeza por la puerta.*) Eh tú,
¿qué haces? ¿No meditas?

ESTREPSÍADES. ¿Yo? Claro, por Posidón.

SÓCRATES. ¿Y qué has meditado?

ESTREPSÍADES. Si las chinches dejarán algo de mí. 725

SÓCRATES. ¡Así te mueras! (*Vuelve a entrar.*)

ESTREPSÍADES. Ahora mismito acabo de palmarla, amigo.

CORIFEO. No debes dejarte abatir. Mejor envuélvete entre
las mantas. Debes dar con un plan defraudador y un
engaño.

ESTREPSÍADES. ¡Ay de mí! ¡Si alguien pudiese arroparme 730
con una idea escaqueadora en lugar de estas pieles
de cordero![148].

SÓCRATES. (*Saliendo del Pensadero y acercándose a* ES-
TREPSÍADES.) Lo primero, vamos a ver qué está haciendo éste. Tú, ¿duermes?

ESTREPSÍADES. No, por Apolo, yo no.

SÓCRATES. ¿Tienes algo?[149].

ESTREPSÍADES. No, por Zeus, nada.

SÓCRATES. ¿Nada de nada?

ESTREPSÍADES. Nada, aparte de la polla en la mano derecha.

---

[147] Literalmente "cantando una canción de guardia" como las que
cantaban los centinelas para hacer la espera más soportable. La expresión alude a una situación tediosa y prolongada.

[148] Pasaje difícil diversamente interpretado. También podría querer
decir: "... una idea escaqueadora hecha de (en forma) de pieles de
cordero".

[149] Sócrates pregunta a Estrepsíades si ha dado con alguna idea
como el que pregunta a un pescador si ha picado algún pez.

SÓCRATES. Tápate bien y piensa algo ahora mismo.   735

ESTREPSÍADES. (*Incorporándose en la cama.*) ¿Sobre qué?
Dímelo tú, Sócrates.

SÓCRATES. Encuentra tú primero lo que quieres y dímelo.

ESTREPSÍADES. Has oído mil veces en qué quiero pensar:
en los intereses, para no pagar un duro a nadie.

CORIFEO. Venga, cúbrete. Trincha tu mente en finas sec- 740
ciones, examina en detalle los asuntos, separando y
estudiando con precisión cada cosa.

ESTREPSÍADES. (*Vuelve a taparse pero al poco brinca, de
nuevo atacado por las chinches.*) ¡Ay de mí desgraciado!

CORIFEO. Deja de moverte. Si algún pensamiento te lleva
a un punto muerto, abandónalo, aléjate, y luego con 745
tu mente ponlo otra vez de nuevo en movimiento y
échale la tranca[150].

ESTREPSÍADES. (*Se levanta de la cama todo alborotado.*)
Mi queridísimo Socratito.

SÓCRATES. ¿Qué, viejo?

ESTREPSÍADES. Tengo una idea escaqueadora para los intereses.

SÓCRATES. Expón tu idea.

ESTREPSÍADES. Dime una cosa...

SÓCRATES. ¿El qué?

ESTREPSÍADES. Suponte que compro una maga tesalia, 750
hago bajar de noche la luna, y entonces la encierro
en un estuche redondo, como a un espejo, y la guar-
do bien guardadita...[151].

SÓCRATES. ¿De qué te valdría eso?

---

[150] Cierra la puerta con tranca para que no escape.

[151] Aristófanes juega con la ambigüedad de una expresión que en
los ambientes racionalistas de la época llegó a designar de un modo
explicativo el eclipse de luna y la reduce al absurdo al hacer a Estrepsíades entenderla de un modo literal ("descender la luna"), lo que lleva al anciano a pensar que puede encerrarla en una caja. Subyace una
crítica de varias teorías racionalistas de la época sobre la luna. El juego
de palabras es intraducible.

Estrepsíades. ¿De qué? Si la luna no saliese nunca más, no 755
tendría que pagar intereses.

Sócrates. ¿Y eso por qué?

Estrepsíades. Porque el dinero se presta por meses.

Sócrates. Muy bien. Ahora déjame que te plantee otra
cuestión ingeniosa. Si alguien te interpusiera una
demanda por cinco talentos, explícame cómo la elu- 760
dirías.

Estrepsíades. ¿Cómo? ¿Que cómo? No tengo ni idea. Pero
déjame pensarlo.

Corifeo. No tengas siempre tu idea hecha un ovillo en
torno tuyo; deja volar el pensamiento por el aire
como un abejorro atado con un hilo por la pata.

Estrepsíades. He hallado un medio ingeniosísimo de anu-
lar el proceso. Incluso tú me darás la razón. 765

Sócrates. ¿Cuál es?

Estrepsíades. ¿Has llegado a ver alguna vez en las tiendas
de fármacos esa piedra, hermosa y transparente, con
la que encienden fuego?

Sócrates. ¿Te refieres al cristal de roca?

Estrepsíades. Eso mismo. Pues bien, ¿qué te parecería si
me hiciese con una y cuando el escribano estuviese
redactando la denuncia, situándome a una cierta dis- 770
tancia, así, yo derritiese[152] las letras de mi acusación?

Sócrates. Muy ingenioso, por las Gracias.

Estrepsíades. ¡Ay, qué alegría que he anulado una causa
de cinco talentos!

Sócrates. Venga, a ver si captas esto a la primera. 775

Estrepsíades. ¿Qué cosa?

Sócrates. Suponte que eres el acusado en un proceso y
vas a ser condenado. ¿Cómo harías para eludir la
condena, careciendo además de testigos?

Estrepsíades. Facilísimo. Nada más simple.

Sócrates. Habla.

---

[152] El escribano redacta la denuncia en una tablilla de madera
encerada.

ESTREPSÍADES. Cuando ya sólo quedase un caso antes de 780
ser visto el mío, correría a ahorcarme.

SÓCRATES. ¡Tonterías!

ESTREPSÍADES. ¡Te digo que sí, por los dioses! Después de
muerto, nadie me llevará a juicio.

SÓCRATES. Desvarías. Vete al cuerno. No voy a enseñarte
más.

ESTREPSÍADES. Pero ¿por qué? Sí, por los dioses, Sócrates.

SÓCRATES. Si es que enseguida olvidas lo que has apren- 785
dido. A ver, ¿qué es lo primero que te enseñé? Di.

ESTREPSÍADES. Veamos. ¿Qué fue lo primero? ¿Qué fue?
¿Cómo era aquella cosa en la que se amasa la harina?
Ay dios, ¿cómo era?

SÓCRATES. Vete a los cuervos y revienta, viejo desmemo- 790
riado y torpe entre los torpes.

ESTREPSÍADES. ¡Ay de mí! ¿Qué me va a suceder entonces,
desgraciado de mí? Pereceré si no aprendo a manejar
mi lengua. ¡Oh Nubes, dadme un buen consejo!

CORIFEO. Nuestro consejo, anciano, es que, si algún hijo
tienes ya crecido, en tu lugar lo pongas a aprender. 795

ESTREPSÍADES. Pues claro que sí, tengo un hijo hecho y derecho, pero si no quiere aprender, ¿qué puedo hacer?

CORIFEO. ¿Y tú se lo permites?

ESTREPSÍADES. Es fuerte y vigoroso como un roble y ha 800
salido a Cesira y a mujeres de altos vuelos[153]. Pero
voy a buscarlo, y si no acepta, lo echo de casa sin
contemplaciones. (*A* SÓCRATES.) Entra en casa y espérame un momentito. (ESTREPSÍADES *entra a buscar a
Fidípides.*)

CORO. (*A* SÓCRATES.)

Antístrofa.

¿Adviertes acaso los bienes 80
sin cuento que pronto tendrás de

---

153 Véase la nota 10.

estas diosas sólo? Presto está a hacer
todo cuanto le ordenes.
Mientras está fuera de sí 810
y visiblemente exaltado,
trágatelo a sorbos, lo más que puedas,
sin tardar: estas cosas suelen
volverse en otra dirección.

ESTREPSÍADES. (*Sacando a* FIDÍPIDES *de casa.*) Por la Niebla
te juro que no te quedarás aquí más tiempo: vete a 815
comerte las columnas de Megacles[154].

FIDÍPIDES. ¡Diantre de hombre! ¿Qué es lo que te pasa,
padre? No estás en tus cabales, por Zeus Olímpico.

ESTREPSÍADES. (*Con sorna.*) ¡Mira, mira! ¡Zeus Olímpico!
¿Qué insensatez, creer que Zeus existe! ¡A tus años!

FIDÍPIDES. ¿Qué es lo que te ha hecho tanta gracia, si pue- 820
de saberse?

ESTREPSÍADES. Me doy cuenta de que eres un crío con ideas
anticuadas. Pero no importa: acércate, que te voy a
enseñar más cosas: te voy a explicar algo que hará
de ti todo un hombre cuando te lo aprendas. Pero
cuidado con enseñarle esto a nadie.

FIDÍPIDES. (*Acercándose a su padre.*) A ver. ¿De qué se 825
trata?

ESTREPSÍADES. Hace un momento has jurado por Zeus.

FIDÍPIDES. Sí.

ESTREPSÍADES. ¿Comprendes lo bueno que es instruirse?
No existe Zeus, Fidípides.

FIDÍPIDES. ¿Pues quién?[155].

ESTREPSÍADES. Reina Torbellino: ha expulsado a Zeus.

FIDÍPIDES. ¡Bah! ¿Qué tonterías estás diciendo?

---

154 Esto es, ya me has arruinado, ahora que te dé de comer tu rico
y pretencioso (¡tenía una casa con columnas!) tío Megacles (cfr. el verso 124). Pero, una vez más, cabe detectar un segundo sentido. Las
"columnas de Megacles" recuerdan las "columnas de Heracles", lo que
sugiere: "por mi como si te vas al fin del mundo".

155 Esto es, ¿quién pues reina entre los dioses?

ESTREPSÍADES. Entérate de que así están las cosas.

FIDÍPIDES. ¿Quién lo dice?

ESTREPSÍADES. Sócrates de Melos[156] y Querefonte, que conoce las huellas de las pulgas.

FIDÍPIDES. ¿Y tú has llegado a tal grado de locura que das crédito a biliosos[157] como ésos?

ESTREPSÍADES. Cuida tu lenguaje y no insultes a hombres sabios y llenos de ingenio: por afán de ahorrar ninguno de ellos ha ido nunca a la peluquería, ni se ha untado de aceite, ni ha acudido a los baños a lavarse. Tú en cambio con tanto baño lo que estás consiguiendo es limpiarme la hacienda como si ya estuviese muerto. Así que cuanto antes ve y aprende en mi lugar.

FIDÍPIDES. ¿Qué cosa de provecho podría nadie aprender de esos tipos?

ESTREPSÍADES. ¿Hablas en serio? Cuanta sabiduría encierra el ser humano. Comprenderás lo ignorante y lo espeso que eres. Espérame un momentito. No te muevas. (*Entra en casa.*)

FIDÍPIDES. ¡Ay de mí! ¿Qué voy a hacer? Mi padre desvaría. ¿Lo llevo a juicio y hago que lo declaren loco o le cuento su locura a los fabricantes de ataúdes?[158].

ESTREPSÍADES. (*Sale de casa seguido de un esclavo que lleva un gallo en una mano y una gallina en la otra.*) Veamos. ¿Cómo llamas a éste? Di.

FIDÍPIDES. Ave.

ESTREPSÍADES. Muy bien. ¿Y a ésta?

FIDÍPIDES. Ave.

ESTREPSÍADES. ¿Los dos igual? ¡Qué risa me das! Eso se aca-

---

156 Probable alusión al poeta lírico Diágoras de Melos, cuya impiedad y ateísmo llegó a ser casi proverbial. "Sócrates de Melos" es tanto como decir "Sócrates de Ateópolis", tal como propone algún traductor.

157 La vinculación de la demencia con el exceso de bilis era habitual en la teoría médica contemporánea.

158 Como si Estrepsíades estuviese ya delirando poco antes de morir.

bó para siempre: a ésta la llamas "aviarda" y a este otro "aviador".

FIDÍPIDES. ¿"Aviarda"? Éstas son las ideas geniales que aprendiste cuando entraste antes en casa de esos hijos de la Tierra[159]?

ESTREPSÍADES. Estas y otras muchas más. Pero cada vez que aprendía algo, al minuto siguiente lo olvidaba: 855 los años no pasan en balde.

FIDÍPIDES. ¿Y por eso también has perdido el manto?

ESTREPSÍADES. No, si no lo he perdido: lo he sacrificado en aras del saber.

FIDÍPIDES. ¿Y qué has hecho con las sandalias, estúpido?[160]

ESTREPSÍADES. Las perdí como Pericles, "por necesidad"[161]. 860 Pero ve, echa a andar, vamos tú y yo. De ahora en adelante cada vez que hagas algo malo piensa que es en obediencia a tu padre. También yo recuerdo haberte hecho caso en cierta ocasión, cuando tenías seis años y aún balbuceabas: con el primer óbolo que gané como heliasta[162] te compré un carrito de juguete en las Diasias[163].

FIDÍPIDES. De acuerdo, pero algún día te arrepentirás de 865 esto.

ESTREPSÍADES. Qué bien que te has dejado convencer.

---

[159] Los Hijos de la Tierra, apelativo habitual de los Titanes y los Gigantes, son el paradigma del ateísmo y la impiedad, en tanto que enemigos de los dioses olímpicos.

[160] Aunque no se dice expresamente, Estrepsíades debió de dejar sus sandalias junto con el manto cuando entró en el Pensadero (véase el verso 497 s.). En otros lugares de la pieza se nos dice que Sócrates y sus discípulos tenían por costumbre andar descalzos.

[161] Plutarco en su *Vida de Pericles* (23.1) explica que cada año destinaba diez talentos para sobornar a los magistrados espartanos y demorar así la guerra. Al rendir cuentas, Pericles anotaba que esta partida se había gastado "por necesidad" y la asamblea lo aprobaba sin mayores averiguaciones.

[162] Los miembros del jurado cobraban tres óbolos diarios por su asistencia.

[163] Véase la nota 81.

(*Acercándose al Pensadero seguido de* FIDÍPIDES.) Ven aquí, ven aquí, Sócrates, sal fuera. Aquí te traigo a mi hijo. No quería venir pero lo he convencido.

SÓCRATES. ¡Natural! Es aún un infante y un manta en los aparejos de aquí[164].

FIDÍPIDES. La manta la serás tú, si te cuelgas de una 870 cuerda[165].

ESTREPSÍADES. ¡A los cuervos! ¿Osas proferir maldiciones contra tu profesor?

SÓCRATES. "¡Si te cuelgas!" Mira qué bobamente lo pronunció, con los labios separados[166]. ¿Cómo podría 875 aprender nunca éste a librarse de una condena o a hacer una citación o a persuadir a nadie dando el pego. (*A* ESTREPSÍADES.) Claro que, por un talento, Hipérbolo lo aprendió[167].

ESTREPSÍADES. No tengas cuidado, instrúyelo. Es listo por naturaleza. Cuando era un niñito no más alto que 880 esto, en casa modelaba casitas, tallaba barcos, fabricaba carritos de cuero y con cáscaras de granada hacía ranas. ¿Te lo imaginas? Haz que aprenda los dos razonamientos, el bueno, sea el que sea, y el malo, aquel que vence al bueno diciendo cosas injustas. Y si no ambos, al menos el injusto, cueste lo que 885 cueste.

---

164 Las *kremastá* "colgaduras" son los aparejos de barco (velas, cuerdas, etc.). La palabra recuerda también el secadero en el que estaba encaramado Sócrates en su primera aparición. La expresión que emplea Sócrates, *tôn kremastôn ou tríbôn*, literalmente "no teniendo experiencia, no estando avezado en los aparejos" equivale más o menos a la nuestra "no conociendo el percal". Traduzco "es un manta" tratando de mantener de algún modo el juego de palabras con la réplica de Fidípides, que emplea la palabra homónima *tríbon* "manto".

165 Esto es, para sacudirte con una vara y limpiarte el polvo como a un manto sucio.

166 Sócrates ridiculiza la pronunciación relajada y afectada de Fidípides.

167 Sócrates advierte a Estrepsíades que no desespere, pues se han visto casos peores de personas sin ninguna aptitud que han conseguido aprender, como Hipérbolo (véase la nota 113), al que, sin embargo, las lecciones le costaron la friolera de un talento.

SÓCRATES. Aprenderá él mismo de boca de los propios razonamientos. Yo me retiraré. (*Entra en el Pensadero.*)

ESTREPSÍADES. Recuerda que será capaz de refutar todos los argumentos justos.

DISCURSO BUENO.
Ven aquí, muéstrate ante el respetable,
aunque es bien manifiesto tu descaro[168].   890

DISCURSO MALO.
Ve donde quieras[169]. *Mucho mejor*
hablando en público te destruiré.

DISCURSO BUENO.
¿Quién, tú? ¿Y tú quién eres?

DISCURSO MALO.
Un discurso.

DISCURSO BUENO.
Sí, pero el mal discurso.

DISCURSO MALO.
Pues te voy a vencer,
a ti que ser más fuerte que yo dices.   895

DISCURSO BUENO.
¿Y con qué habilidades?

DISCURSO MALO.
Ideas novedosas inventando.

DISCURSO BUENO.
Ideas que florecen
por culpa de los insensatos esos. (*Señalando al público.*)

DISCURSO MALO.
Di más bien sabios.

DISCURSO BUENO.
Te haré perecer.

---

[168] Esto es, aunque bien pensado no necesito decirte que te muestres pues eres un descarado.

[169] Esto es, plantea el debate en tu terreno, si quieres. No me importa. La frase es parodia de un verso del *Télefo* de Eurípides.

DISCURSO MALO.

    ¿Y cómo lo harás? 900

DISCURSO BUENO.

               Diré cosas justas.

DISCURSO MALO.

    En mis réplicas las demoleré.
    Afirmo incluso que no existe Dike[170].

DISCURSO BUENO.

    ¿Lo afirmas?

DISCURSO MALO.

           Dime tú, pues, dónde mora.

DISCURSO BUENO.

    Entre los dioses vive.

DISCURSO MALO.

    ¿Y cómo entonces Zeus, si Dike existe,
    no pereció, él que a su propio padre[171] 905
    encadenó?

DISCURSO BUENO.

        ¡Puah! Mira cómo crece
    mi disgusto. Dadme una palangana[172].

DISCURSO MALO.

    Eres un viejo chocho destemplado[173].

DISCURSO BUENO.

    Y tú un degenerado sinvergüenza.

DISCURSO MALO.

    Me lanzas rosas.

DISCURSO BUENO.

        Y además bufón. 910

DISCURSO MALO.

    Me coronas de lis.

DISCURSO BUENO.

     Y parricida.

---

170 Dike o Justicia, hija de Zeus, que vela por la justicia.

171 Crono.

172 Hace amago de ir a vomitar debido a la repugnancia que le producen las palabras del Discurso Malo.

173 Desagradable como un instrumento musical desafinado.

DISCURSO MALO.

Me recubres de oro sin saberlo.

DISCURSO BUENO.

Hasta ahora de plomo te he cubierto.

DISCURSO MALO.

Pues ahora un adorno es para mí.

DISCURSO BUENO.

Eres un carota.   915

DISCURSO MALO.

                        Y tú un antiguo.

DISCURSO BUENO.

Por tu culpa no quiere
asistir a clase ningún jovencito.
Algún día sabrán los atenienses
lo que enseñas a estos insensatos.

DISCURSO MALO.

¡Pordiosero!   920

DISCURSO BUENO.

                 Tú en cambio prosperas.
Sin embargo tiempo atrás mendigabas
diciendo que eras Télefo el Misio[174],
y de tu zurroncito
roías máximas de Pandeleto[175].

DISCURSO MALO.

¡Oh, qué gran saber ...   925

DISCURSO BUENO.

                 ¡Oh, qué gran locura ...

---

[174] La figura del rey misio Télefo, tal como fue presentada por Eurípides unos años antes en su tragedia de mismo título, apareciendo
vestido de harapos como un mendigo en la corte de Agamenón, fue
parodiada frecuentemente por los poetas cómicos. Aristófanes la
explota abundantemente en los *Acarnienses*. El Discurso Bueno da a
entender que en otros tiempos el Discurso Malo carecía de toda acep-
tación.

[175] Personaje desconocido. Según los escolios, era un sicofanta. En
el pasado el discurso malo estaba en tan mala situación que lo único
que podía echarse a la boca eran unas cuantas máximas empleadas
por algún personaje de baja estofa.

DISCURSO MALO.

   ... has demostrado!

DISCURSO BUENO.

             ... la de tu ciudad,

que te da de comer
para que corrompas a sus jóvenes!

DISCURSO MALO.

   (*Señalando a* FIDÍPIDES.) *No serás su maestro, viejo*
                            [Crono.

DISCURSO BUENO.

   Sí lo seré si es preciso salvarlo   930
y que tus chácharas no aprenda.

DISCURSO MALO.

   (*Acercándose a* FIDÍPIDES.) *Ven aquí, con su locura*
                          [déjalo.

DISCURSO BUENO.

   (*Amenazante.*) *Vas a llorar si le echas la mano.*

CORIFEO.

   Cesad en la contienda y el insulto.
Antes bien, debéis mostrar   935
tú lo que a los antiguos enseñabas,
y tú en cambio la nueva
educación, para que cuando os oiga
contender, juzgue y elija la escuela.

DISCURSO BUENO.

   Eso quiero yo hacer.

DISCURSO MALO.

                También yo quiero.

CORIFEO.

   Adelante pues. ¿Quién habla el primero?   940

DISCURSO MALO.

   Le cedo la palabra.
Y luego, partiendo de lo que diga,
con frasecitas nuevas voy a hacerle
y pensamientos blanco de mis flechas.
Y al terminar, si le escucho que gruñe,   94
en todo su rostro y en plenos ojos
le picotearán como abejorros
mis sentencias: ése será su fin.

Coro.

Estrofa.

Ahora mostrarán, confiados 950
  ambos en sus diestros y expertos
argumentos e ideas y en
  sus sentenciosas reflexiones,
de entre ellos si el uno o el otro
  resulta mejor orador. 955
Aquí y ahora tientan ambos
  su suerte en aras del saber.
Por este premio mis amigos
  empeñan supremo combate.

Corifeo. (Al Discurso bueno.)
  Oh tú que coronaste a los hombres pretéritos con
    múltiples hábitos nobles,
  da rienda suelta a la voz que te alegra el ánimo y
    expón tu naturaleza íntima. 960

Discurso bueno.
  Explicaré, pues, cómo era la antigua educación
  cuando yo florecía profesando la justicia, y la tem-
    planza era ley.
  En primer lugar, era norma que no se oyera voz al-
    guna de un niño, ni siquiera un gruñido,
  y que los muchachos de un mismo barrio, todos jun-
    tos y sin manto, aunque cayeran copos de nieve 965
    compactos como harina,
  caminaran por la calle a casa del maestro de música
    guardando la compostura.
  Allí él a su vez les hacía aprenderse una canción
    manteniendo los muslos separados[176],

---

[176] Para evitar juegos obscenos con los genitales.

[85]

o bien "Oh Palas terrible destructora de ciudades" o
    bien "Un acorde que suena en lontananza"[177],
entonando la canción al modo transmitido por los
    padres.
Y si alguno de ellos hacía una payasada o una de
    esas desagradables inflexiones de voz
como las que hacen hoy en día, a la moda de Frinis,
lo machacaban a golpes por querer faltar a las
    Musas.
Y en el gimnasio, los niños debían extender los
    muslos
al sentarse, para no dejar ver nada turbador a los
    extraños;
y después, al levantarse, tenían que allanar la arena y
    fijarse bien
en no dejar a sus enamorados la huella de su viri-
    lidad.
En aquellos días ningún niño se habría untado de
    aceite por debajo del ombligo, de modo que
en sus vergüenzas florecía un rocío aterciopelado
    como de melocotón[178].
Y ninguno recorría el camino de vuelta a casa ha-
    blando con voz lánguida
a su amante, ofreciéndose a sí mismo[179] con los ojos.
Y en la cena no le estaba permitido pedirse la cabeza
    del rábano,
ni arrebatarles a los mayores el eneldo o el apio,
ni comer caprichitos, y nada de risitas tontas ni de
    tener las piernas cruzadas.

---

[177] Dos fragmentos líricos de transmisión y atribución extremada-
mente complejas. El primero podría ser de Estesícoro de Hímera.

[178] Entre las diversas interpretaciones que se han propuesto, la más
verosímil supone que el Discurso alude al momento en que el vello
púbico de los jóvenes, después de lavarse con agua el sudor y la arena, comienza a secarse al aire y recuerda la textura de los melocotones
cubiertos por el rocío matutino.

[179] Literalmente "siendo su propio alcahuete".

DISCURSO MALO.

Antiguallas con sabor a Dipolias, con cigarras,   985
Cedides y Bufonias[180] hasta en la sopa.

DISCURSO BUENO.

Y sin embargo con
[estas cosas es
con las que mi educación crió a los hombres que
    lucharon en Maratón.
Tú en cambio a los jóvenes de hoy en día bien pron-
    to les enseñas a envolverse en sus mantos:
un sofoco es lo que me da cuando tienen que bailar
    en las Panateneas
y hay alguno que pone el escudo delante a la altura
    de la cadera[181] y se desentiende de Tritogenia[182].
Por ello, muchacho, ten confianza y escógeme a mí,
    el Discurso Bueno.   990
Aprenderás a odiar el ágora y a mantenerte a distan-
    cia de las casas de baños,
a sentir vergüenza ante aquello que lo merece y a
    soltar fuego si alguien se burla de ti,
a levantarte de tu asiento y ceder el sitio a las perso-
    nas mayores,
a no portarte mal con tus padres y a no hacer ningu-
    na otra cosa
reprobable que pueda conducirte a mancillar la esta-
    tua del Pudor,   995

---

[180] La fiesta de las Dipolias se celebraba en honor de Zeus Polieo.
Se hacía remontar a la época del rey mítico Erecteo. Las *Bufonias* eran
una parte del ritual consistente en el sacrificio de reses. La alusión a
las cigarras se refiere a la antigua costumbre de llevar un broche de
oro en forma de cigarra prendido en el pelo. En cuanto a Cedides, un
escolio nos informa de que era un antiguo poeta ditirámbico.
[181] Alude a la danza pírrica, que ejecutaban con ocasión de las Panateneas bailarines desnudos sosteniendo un escudo de hoplita.
El Discurso Bueno se queja de que los jóvenes de hoy en día son
unos blandengues incapaces de sostener el escudo por encima de la
cadera.
[182] Atenea, diosa en cuyo honor se celebraban las Panateneas.

a no salir disparado a casa de una bailarina, evitando
  así quedarte embobado viendo cómo
una putilla cualquiera te lanza una manzana[183] y
  arruina tu reputación.
Aprenderás a no replicar nunca a tu padre y a no llamarlo Japeto[184],
echándole en cara con maldad unos años que ha
  dedicado a alimentarte como a un polluelo.

DISCURSO MALO.

Si sigues los consejos de éste, jovencito, por Dioniso,
  vas a parecerte a los hijos de Hipócrates[185] y te llama-
  rán mamacallos[186].   10

DISCURSO BUENO.

Pero pasarás tu tiempo en los gimnasios, luciendo un
  aspecto espléndido y floreciente,
y no parloteando en el ágora sobre espinosas extrava-
  gancias, como los jóvenes de hoy,
ni permitiendo que te arrastren al tribunal por algún
  asuntillo propio de granujas maestros de la querella y la sutileza;
no, bajando a la Academia[187] echarás una carrera
  bajo los olivos sagrados,   10

---

183 Una manzana arrojada a un hombre era un signo de disponibili-
dad amorosa por parte de la mujer.

184 Japeto es hermano de Crono (véase la nota 77). Es tanto como
decir "carcamal".

185 Ateniense sobrino de Pericles y estratego en el año 424. Sus tres
hijos tenían fama de simples y como tales son puestos en solfa varias
veces por Aristófanes y Éupolis.

186 Recupero este rancio vocablo celosamente guardado en los diccionarios por parecerme que recoge bastante bien la idea y la expresi-
vidad de la palabra griega *blitomámmas*, literalmente "comebledos",
para aludir a un individuo "tonto de baba". Los diccionarios nos ofre-
cen otros vocablos comparables, como "majagranzas" o "zampabo-
digos".

187 Antes de convertirse en la sede de la escuela de Platón, Academia, localidad en las afueras de Atenas que tomaba su nombre del héroe local Academo, albergaba un parque público y un gimnasio dedi-
cados al mismo.

con una corona de blanca caña, en compañía de algún sensato joven de tu edad,
oliendo a tejo, a *dolce far niente,* a álamo blanco de
hojas caducas,
y gozarás en la estación primaveral, cuando el pláta-
no con el olmo cuchichea.

Si haces todo lo que yo te diga
y prestas atención a mis consejos 1010
para siempre tendrás
pecho lustroso, color saludable,
las espaldas anchas, la lengua corta[188]*,*
las nalgas grandes y la polla chica.
Si sigues las costumbres a la moda 1015
pronto vas a tener
pecho escurrido y pálida la tez,
hombros estrechos, lengua desbocada,
el culo chico y larga... la moción;
y te convencerá de que lo indigno
noble lo consideres y al revés; 1020
y además de esto te impregnarás
del vicio del maricón de Antímaco[189]*.*

Coro.

Antístrofa.

¡Oh tú que un saber encumbrado 1025
y nombradísimo practicas,
qué delicada en tus palabras
flor tiene prudente su sede!
¡Dichosos en verdad los de aquel tiempo!
(*Al* Discurso malo.) *Contra esto, oh dueño de refina-*
da Musa, 1030

---

[188] Será una persona de pocas palabras, esto es, que no gusta de
hablar por hablar, como explican los escolios.
[189] Personaje desconocido. El escolio explica que era ridiculizado
por los cómicos por ser "marica, hermoso y mujeriego".

algo nuevo has de decir, pues
el tipo se ganó a la audiencia.

CORIFEO.

Parece que te harán falta terribles razones que enfrentarle,

si es que quieres derrotarlo y no hacer el ridículo.   10

DISCURSO MALO.

Hace ya rato que me faltaba el aire en las entrañas y ardía de ganas

por poner patas arriba todo esto con razones enfrentadas.

Por esto mismo me llamaron el Discurso Malo

los pensadores, porque fui el primerito que pensó

en rebatir con razones opuestas a las leyes y la justicia.   10

Y esto de abrazar las causas más débiles y salir victorioso

vale no menos de diez mil estateras[190].

(*A* FIDÍPIDES.) Fíjate bien cómo voy a refutar la educación en la que él cree,

un individuo que para empezar dice que no te dejará lavarte con agua caliente.

(*Al* DISCURSO BUENO.) ¿Qué tienes tú contra los baños calientes, si puede saberse?   10

DISCURSO BUENO.

Es lo peor de lo peor y hace cobardes a los hombres.

DISCURSO MALO.

¡Alto ahí! Te tengo cogido por la cintura y no puedes zafarte.

Dime una cosa: ¿de los hijos de Zeus cuál es en tu opinión

el varón más valeroso, aquel que ha pasado por mayores trabajos?

DISCURSO BUENO.

Heracles es para mí el varón de mayor mérito.   10

---

[190] Moneda de gran valor, frecuentemente de oro.

DISCURSO MALO.

¿Y dónde has visto tú nunca baños de Heracles
   fríos?[191].

Y sin embargo, ¿qué otro hubo más varonil?

DISCURSO BUENO.

                                        Estas, estas
                                            [ideas
son las que vacían las palestras y llenan a reventar
   los baños
de jovencitos cotorreando todo el día sin parar.

DISCURSO MALO.

Censuras también el pasar el tiempo en el ágora, yo
   en cambio lo aplaudo: 1055
si fuese algo indigno, Homero nunca habría hecho
de Néstor un orador[192], ni de todos los demás sabios.
De aquí paso ahora a hablar de la lengua: dice este
   individuo
que los jóvenes no deben ejercitarla y yo afirmo
   que sí.
Y dice también que deben ser recatados. Dos grandes males: 1060
¿cuándo has visto tú que el recato
sea la causa de nada bueno para nadie? Habla, dilo y
   refútame.

DISCURSO BUENO.

Para muchos. Peleo al menos por eso tuvo su cuchillo[193].

---

191 Según algunas tradiciones los baños de aguas calientes fueron
un don de Hefesto a Héracles, de donde pasaron a denominarse "baños de Heracles".

192 El Discurso Malo se sirve del prestigio del caudillo homérico y
prestigioso orador *(agoretés)* Néstor, jugando con el doble sentido de
la palabra *agorá*, "asamblea" y "discurso público" en época homérica
y "plaza pública", "plaza del mercado" posteriormente.

193 Según una de las versiones del mito, Acasto abandonó a Peleo
en el monte en medio de las bestias, tras robarle su cuchillo. Quería
verlo muerto por creer que había seducido a su mujer Hipólita (que en
realidad estaba despechada contra él por haberse visto rechazada),

DISCURSO MALO.

¿Su cuchillo? ¡Valiente ganancia que tuvo el desdichado!

Hipérbolo el del mercado de lámparas ha ganado
con sus bellaquerías   10

una gran fortuna, pero por Zeus no un cuchillo.

DISCURSO BUENO.

Y a Tetis la desposó Peleo por ser recatada.

DISCURSO MALO.

Y entonces ella lo plantó y se largó, pues no era apa-
sionado

ni tierno para pasar la noche con él entre las mantas.

A las mujeres les gusta que les entren a saco. Pero tú
no eres más que un viejo penco de la quinta de   10
Crono.

(A FIDÍPIDES.) Por consiguiente, muchachito, considera bien todo lo que conlleva

el ser recatado y de cuántos placeres vas a verte pri-
vado:

jovencitos, mujeres, cótabo, golosinas, bebidas, carcajadas.

Con que, ¿de qué te vale vivir, si te privas de todo
esto?

Sea. Paso a hablar ahora de las necesidades que impone la naturaleza.   10

Supón que has dado un traspiés: te enamoraste,
cometiste adulterio y entonces te pescaron.

Estás perdido, pues eres incapaz de articular palabra.
En cambio, si frecuentas mi compañía,

puedes dar rienda suelta a tus inclinaciones: salta,
ríe, no te avergüenzes de nada.

Y si se da el caso de te cogen en flagrante adulterio,
le replicarás al marido

---

pero no quería hacerlo por propia mano, ya que era su huésped y lo
había purificado de un crimen accidental anterior. El caso es que los
dioses le dieron un cuchillo para defenderse de las bestias como re-
compensa por su templanza ante Hipólita y así pudo salvarse.

que no has hecho nada malo: no dejes de referirte a
    Zeus,   1080

diciendo que también él sucumbe al amor y a las
    mujeres.

¿Y cómo tú, simple mortal, podrías ser más fuerte
    que un dios?

DISCURSO BUENO.

¿Y qué si, por seguir tus consejos, le meten un rába-
no por el culo y le depilan con cenizas? [194]

¿Encontrará algún argumento para sostener que no
    es un maricón [195]?

DISCURSO MALO.

¿Y qué si es un maricón? ¿Qué puede pasarle de malo?   1085

DISCURSO BUENO.

¿Es que podría pasarle algo peor?

DISCURSO MALO.

¿Qué dirás si te derroto en este punto?

DISCURSO BUENO.

Callaré. ¿Qué otra cosa podría hacer?

DISCURSO MALO.

                Pues venga, dime: los procu-
                [radores, ¿de dónde salen?

DISCURSO BUENO.

De los maricones.   1090

DISCURSO MALO.

              Te creo.

¿Y los actores trágicos?

DISCURSO BUENO.

De los maricones.

DISCURSO MALO.

              Dices bien.

¿Y los políticos?

DISCURSO BUENO.

De los maricones.

---

[194] Castigos reservados a los adúlteros.
[195] Literalmente, un "culo-ancho".

DISCURSO MALO.

¿Reconoces pues
que no dices más que tonterías?   109
Y los espectadores, fíjate de qué grupo son la
                                    [mayoría de ellos.

DISCURSO BUENO.

Ya me fijo.

DISCURSO MALO.

¿Y qué es lo que ves?

DISCURSO BUENO.

Mayoría aplastante de maricones,
por los dioses. A este de aquí
lo conozco, y a ese de allí,   110
y al melenudo aquel.

DISCURSO MALO.

¿Y ahora qué dices?

DISCURSO BUENO.

Nos han derrotado. ¡Oh jodidos!,
tomad mi manto, en nombre de los dioses:
deserto y me paso a vuestro bando[196]. (*Sale corriendo.*)

DISCURSO MALO. (*A* ESTREPSÍADES.) ¿Entonces qué? ¿Prefieres 110
llevarte a tu hijo o te lo enseño a hablar?

ESTREPSÍADES. Enséñale y castígale y acuérdate de afilár-
melo bien: un lado de la boca para los procesitos y al
otro sácale punta para los asuntos de mayor impor-
tancia.   111

DISCURSO MALO. Descuida. Te lo devolveré hecho un sofista primoroso.

FIDÍPIDES. Me temo que más bien paliducho y desgraciado.

---

[196] El Discurso Bueno se rinde y, aunque no queda claro a quien le
entrega el manto, renuncia a él en un evidente signo de adhesión a la
"causa socrática", al igual que hiciera Estrepsíades en el verso 497. En
aquel caso, como también probablemente aquí, el chiste está en que
el manto acaba quedándose en el Pensadero, en casa de los que no
utilizan manto, pero siempre acaban apañándoselas para quedarse
con los ajenos.

CORO.

>   (*A* SÓCRATES *y* FIDÍPIDES, *que entran en el Pensadero.*)
>   *Retiraos ahora.*
>   (*A* ESTREPSÍADES, *que entra en su casa.*) *Pienso que te*
>   *arrepentirás.*

Segunda Parábasis

CORIFEO.

>   Decir queremos a los jueces lo que ganarán   1115
>   si, como es de justicia, a este coro ayudan.
>   En primer lugar, cuando queráis labrar en su estación
>   los campos en barbecho,
>   os lloveremos a vosotros primero, y a los demás des-
>   pués.
>   Además vigilaremos la cosecha y las viñas,
>   cuidando de que ni la sequía ni el exceso de lluvias
>   las agobie.   1120
>   Y si alguno nos priva de los honores que nos son
>   debidos, mortal él a nosotras diosas,
>   que preste atención a las desgracias que padecerá a
>   manos nuestras:
>   no cosechará vino ni ningún otro producto de sus
>   campos,
>   pues cuando despunten los olivos y las viñas,
>   troncharemos sus brotes: ¡con tales hondazos los gol-
>   pearemos! [197].   1125
>   Y si a uno lo vemos fabricando ladrillos, nos pondre-
>   mos a llover y haremos picadillo
>   las tejas de su tejado con rotundos pedriscos.
>   Y si llega a casarse, él o alguno de sus parientes o
>   amigos,
>   lloveremos toda la noche. Así que quizá preferirá
>   encontrarse

---

[197] Se refiere al granizo.

[95]

hasta en Egipto[198] antes que emitir un veredicto equivocado.   11

ESTREPSÍADES. (*Sale de casa, haciendo cuentas con los
dedos.*) Veintiséis, veintisiete, veintiocho, tras éste el
penúltimo... y después viene de todos los días del
mes aquel que yo más temo, el que mayor espanto
me produce, el más aborrecido, pegadito al anterior
viene el último día del mes[199]. Todos y cada uno de 11
mis acreedores afirman bajo juramento que han depositado las costas procesales y que me van a buscar
la ruina y la perdición. Y si yo pido cosas justas y
razonables —"pero, hombre de dios, este plazo no te
lo lleves ahora, demórame este otro, perdóname
aquel otro"— afirman que en tal caso nunca llegarán 11
a cobrar, y me insultan llamándome tramposo y amenazan con llevarme a juicio. Pues que lo hagan. Me
importa un pepino, si Fidípides ha aprendido a ma-
nejarse bien con la lengua. Pero pronto lo sabré, en
cuanto llame al Pensadero. (*Llamando a la puerta.*)
¡Chico, oye, chico, chico!   11
SÓCRATES. Te saludo, Estrepsíades.
ESTREPSÍADES. También yo a ti. Antes de nada toma esto
(*Le entrega un regalo.*): es preciso rendir honores al
maestro. ¿Y qué hay de mi hijo? Cuéntame si ha
aprendido el Argumento ese que hace poco sacaste a
escena.
SÓCRATES. Lo ha aprendido.   11
ESTREPSÍADES. ¡Bien por Superchería, reina del universo!
SÓCRATES. Podrás escaquearte de cuantos juicios te venga
en gana.

---

[198] Esto es, preferirá estar en un lugar remoto y hostil como Egipto,
pero en el que al menos estará a salvo de nosotras. Egipto era visto
como un lugar en el que no llovía nunca.
[199] Literalmente "(día) viejo y nuevo", en relación con el cambio de
ciclo lunar.

ESTREPSÍADES. ¿Incluso si había testigos delante cuando tomé prestado?

SÓCRATES. Mejor que mejor, como si había mil.

ESTREPSÍADES.

Entonces lanzaré mi más agudo   1155
grito. ¡Io! ¡Usureros, llorad,
y vuestro capital y el interés compuesto!
Ninguna canallada podéis hacerme ya:
con tales virtudes me crían
al hijo en esta mansión,   1160
dotado de bífida lengua,
mi guardián salvador, azote de enemigos,
alivio de paternos sufrimientos.
(*A* SÓCRATES.) *Corre y llámalo. Haz que salga aquí.*
(SÓCRATES *entra en el Pensadero.*)
¡Mi vástago, mi niño, sal de casa,   1165
escucha a tu papá!

SÓCRATES. (*Sale del Pensadero, acompañado de* FIDÍPIDES.)
¡He aquí al gran hombre!

ESTREPSÍADES. *¡Querido, oh querido!*

SÓCRATES. *Llévatelo pues.* (*Vuelve al Pensadero.*)

ESTREPSÍADES. *¡Oh, oh, mi criatura!*   1170
¡Oh, Oh! Antes que nada, ¡qué gusto contemplar tu color! Ahora no hay más que verte para comprender que eres todo un impugnador contradictor, y que florece en ti espontáneamente aquella usanza tan nuestra del "¿qué quieres decir?", y ese aire de ser el ofendido, siendo el ofensor y el maleante, resulta inconfundible. Se advierte en tu rostro una mirada ática[200]. 1175 Ahora concéntrate en salvarme, ya que también me perdiste.

FIDÍPIDES. ¿Y de qué tienes miedo?

ESTREPSÍADES. Del último día del mes: el día viejo y nuevo.

---

[200] Alusión al carácter litigioso y al tiempo ácido y mordaz de los atenienses.

FIDÍPIDES. ¿Hay un día viejo y nuevo?

ESTREPSÍADES. Sí hombre, el día en el que me amenazan con depositar las costas procesales.

FIDÍPIDES. Pues los depositarios perderán su dinero. Está claro: no hay posibilidad de que un día resulte ser dos.

ESTREPSÍADES. ¿No la hay?

FIDÍPIDES. ¿Y cómo? A menos que la misma mujer pueda ser al tiempo vieja y joven.

ESTREPSÍADES. Sin embargo, ésa es la ley.

FIDÍPIDES. Eso es que, tal como yo lo veo, no entienden correctamente el espíritu de la ley.

ESTREPSÍADES. ¿Y cuál es su espíritu?

FIDÍPIDES. El venerable Solón era por naturaleza un demócrata.

ESTREPSÍADES. ¿Y eso qué tiene que ver con el día nuevo y viejo?

FIDÍPIDES. Él dispuso dos días para la citación, el día viejo y el nuevo, para que los depósitos fuesen hechos el día primero de mes[201].

ESTREPSÍADES. ¿Y para qué añadió el día viejo?

FIDÍPIDES. Para que, querido, al presentarse los acusados un día antes, pudieran salir librados sin litigar, y en caso contrario empezasen a ponerse nerviosos el primero de mes desde el amanecer.

ESTREPSÍADES. ¿Y cómo es que los magistrados no reciben los depósitos el día primero de mes, sino el día viejo y nuevo?

FIDÍPIDES. Se me antoja que les sucede lo que a los catadores[202]: degustan los manjares el día anterior para arramplar cuanto antes con los depósitos.

---

[201] Fidípides confunde intencionadamente la expresión "día viejo y nuevo" dándole el sentido de "último día del mes y primero del siguiente".

[202] Aunque el pasaje es discutido, podría referirse a los encargados de degustar la comida preparada para el día siguiente en la fiesta de las Apaturias. Seguramente se les acusaría de comerse la comida en lugar de limitarse a degustarla.

ESTREPSÍADES. ¡Qué maravilla! (*Al público.*) Desgraciados, ¿qué hacéis ahí sentados como imbéciles? Sois el chollo de nosotros los espabilados, unas piedras[203] sois, un puro montón, o mejor, borregos, ánforas amontonadas. Así que para celebrar nuestros éxitos tengo que cantar un encomio en honor mío y de mi hijo.   1205

"¡Afortunado Estrepsíades,
qué grande es tu sabiduría,
qué hijo sin par has criado!"
Así dirán amigos y paisanos
con envidia cuando triunfes   1210
en los juicios con tu oratoria.
Pero entra en casa, que primero
ofrecerte un banquete quiero[204].

(ESTREPSÍADES *y* FIDÍPIDES *entran en casa. Sale a escena un* ACREEDOR, *citación en mano, acompañado de un testigo.*)

ACREEDOR 1º. ¿Es que un hombre debe dejar escapar algo que es suyo? ¡Jamás! (*Al* TESTIGO.) Más me hubiera 1215 valido actuar sin vergüenza desde el principio antes que buscarme líos ahora que por causa de mis dineros te traigo para que actúes de testigo y, por si esto fuera poco, me voy a enemistar con un paisano mío. Además, nunca mientras viva dejaré que mi patria se avergüence de mí[205]. Así que voy a citar a Estrep- 1220 síades...
ESTREPSÍADES. (*Saliendo de casa.*) ¿Quién va?
ACREEDOR 1º. ...para el día viejo y nuevo.

---

[203] Esto es, mudos como piedras.
[204] Con este ripio final trato de reproducir el carácter un tanto desmañado y prosaico del encomio de Estrepsíades, y especialmente de su final.
[205] Se alude una vez más a la pasión de los atenienses por los pleitos.

ESTREPSÍADES. (*Al público.*) Os tomo por testigos de que ha hablado de dos días. (*Al* ACREEDOR.) ¿Y cuál es el motivo?

ACREEDOR 1º. Las doce minas que tomaste prestadas para comprar el caballo moteado.

ESTREPSÍADES. ¿Caballo? (*Al público.*) ¿Estáis oyendo? Como todos vosotros sabéis, yo detesto la hípica.

ACREEDOR 1º. Sí, ¡por Zeus!, juraste por los dioses que me las devolverías.

ESTREPSÍADES. No, ¡por Zeus!, es que en aquel tiempo Fidípides todavía no había aprendido el argumento irrefutable.

ACREEDOR 1º. ¿Y por eso ahora tienes intención de negar la deuda?

ESTREPSÍADES. ¿Pues qué otro provecho podría yo sacarle a su instrucción?

ACREEDOR 1º. ¿Y esto querrás negármelo jurando por los dioses allí donde yo te diga?

ESTREPSÍADES. ¿Por qué dioses?

ACREEDOR 1º. Por Zeus, por Hermes, por Posidón.

ESTREPSÍADES. ¡Claro, por Zeus! Y de paso añadiría tres óbolos sólo por el placer de jurar[206].

ACREEDOR 1º. ¡Ojalá revientes de una vez por tu desfachatez!

ESTREPSÍADES. (*Tocando el vientre del* ACREEDOR.) Buen servicio te haría éste si lo limpias bien con sal[207].

ACREEDOR 1º. ¡Ay de mí! ¡Cómo te burlas!

ESTREPSÍADES. Tendrá una capacidad de seis congios.

ACREEDOR 1º. ¡Por el gran Zeus y los demás dioses, no escaparás de mí sin recibir tu merecido!

ESTREPSÍADES. (*Riéndose.*) Me ha encantado eso de "los demás dioses", y lo de jurar por Zeus es la monda lironda para los que saben de qué va la cosa.

---

[206] El cinismo de Estrepsíades le lleva a decir: "por poder jurar hasta daría dinero (un óbolo por cada dios)."

[207] Se burla de la panza del acreedor, que compara con un odre. Los odres eran tratados con sal antes de curtirlos.

ACREEDOR 1º. Te aseguro que antes o despúes me las pagarás. ¿Pero me vas a devolver mi dinero, sí o no? Dímelo y déjame ir.

ESTREPSÍADES. Ahora cálmate, que en un momentín te responderé con toda claridad. (*Entra en casa.*) 1245

ACREEDOR 1º. (*Al* TESTIGO.) ¿Qué crees que va a hacer? ¿Te parece que pagará?

ESTREPSÍADES. (*Saliendo de casa.*) ¿Dónde está ese que me reclama el dinero? Dime: esto ¿qué es?

ACREEDOR 1º. ¿Que qué es esto? Una "cárdopo"[208].

ESTREPSÍADES. ¿Y tú me reclamas dinero después de soltarme eso? Ni un óbolo le daría yo a alguien que llamase "cárdopo" a la "cárdopa". 1250

ACREEDOR 1º. ¿No vas a pagarme?

ESTREPSÍADES. No, que yo sepa. ¿Quieres terminar de una vez y largarte con viento fresco de mi puerta?

ACREEDOR 1º. Me voy, y quiero que sepas que voy a depositar las costas, y si no que reviente. (*Sale con el* 1255 TESTIGO.)

ESTREPSÍADES. Pues será dinero echado a perder como las doce minas. (*En tono de burla.*) Sin embargo, no deseo que sufras esta desventura sólo porque dijiste tontamente "la cárdopo"[209].

ACREEDOR 2º. ¡Ay de mí, ay de mí!

ESTREPSÍADES. ¡Caramba! ¿De quién son estos gemidos? ¿No era acaso la voz de alguno de los dioses de Carcino?[210] 1260

ACREEDOR 2º. ¿Qué? ¿Queréis saber quién soy? Un varón infortunado.

---

[208] Véase la nota 138.

[209] La frase es irónica. Viene a decir algo así como: "de todos modos, quiero que sepas que tampoco es que no quiera pagarte porque no sepas nada de gramática, es sólo que no me da la gana."

[210] Poeta trágico contemporáneo. En otras comedias, Aristófanes se refiere a los tres hijos de Carcino, uno de los cuales, Jenocles, era poeta trágico. Algo se nos escapa en este chiste, pero ha de estar en relación con la intervención del acreedor en los versos 1264 s., en la que recoge un pasaje de Jenocles.

Estrepsíades. Pues vuélvete por donde has venido.

Acreedor 2º. "¡Oh démon cruel! ¡Oh destino que quebraste la armazón de mi carro! ¡Oh Palas, qué muerte me diste!"[211].

Estrepsíades. ¿Pero qué mal te ha podido causar Tlepólemo?

Acreedor 2º. No te burles de mí, amigo, y dile a tu hijo que me devuelva el dinero que le di, sobre todo porque estoy en las últimas.

Estrepsíades. ¿Qué dinero es ése?

Acreedor 2º. El que tomó prestado.

Estrepsíades. Me parece a mí que las cosas te van realmente mal.

Acreedor 2º. Sí, por los dioses: caí al suelo mientras conducía mi carro.

Estrepsíades. Pues por las tonterías que dices parece como si te hubieses caído de un burro[212].

Acreedor 2º. ¿Digo tonterías por querer recuperar mi dinero?

Estrepsíades. Está clarísimo. No estás en tus cabales.

Acreedor 2º. ¿Y por qué?

Estrepsíades. Me parece como si hubieses recibido un golpe en la sesera.

Acreedor 2º. Y tú, te lo juro por Hermes, te pareces a uno que va a ser citado a juicio, si no devuelves el dinero.

Estrepsíades. Dime, tú qué crees: que Zeus llueve agua nueva en cada ocasión o que el sol arrastra hacia lo alto el mismo agua.

Acreedor 2º. Ni lo sé, ni me importa.

Estrepsíades. ¿Y qué derecho tienes a recuperar tu dinero si no tienes ni idea de los fenómenos celestes?

---

[211] Parodia trágica. Según el escolio, los dos versos, con alguna ligera modificación, provienen de la tragedia *Licimnio* de Jenocles. Los pronuncia Alcmena lamentando la muerte de su hermano Licimnio a manos de Tlepólemo. De ahí la réplica de Estrepsíades.

[212] Expresión proverbial equivalente a "desvariar".

ACREEDOR 2º. Si estáis mal de fondos, pagadme al menos los intereses. 1285

ESTREPSÍADES. ¿Los intereses? ¿Qué bicho es ese?

ACREEDOR 2º. ¿Qué va a ser sino que mes tras mes y día tras día el dinero no deja de crecer y crecer conforme corre el tiempo?

ESTREPSÍADES. Correcto. Dime entonces: ¿es posible, en tu 1290 opinión, que el mar sea ahora mayor que en el pasado?

ACREEDOR 2º. No, por Zeus, es igual. Es contrario al orden establecido que sea mayor.

ESTREPSÍADES. ¿Y cómo entonces, desgraciado, si el mar no crece de tamaño por mucho que afluyan los ríos, tú pretendes que tu dinero crezca? Ya te estás espantan- 1295 do a ti mismo lejos de mi casa. (*Al* ESCLAVO *dentro de la casa.*) Tráeme la aguijada. (*Sale el* ESCLAVO *y se la da.* ESTREPSÍADES *persigue al* ACREEDOR *con ella.*)

ACREEDOR 2º. Tomo testigos de esto.

ESTREPSÍADES. ¡Adelante! ¿A qué esperas? ¡Arre, Sánfora[213]!

ACREEDOR 2º. ¡Esto es un auténtico ultraje!

ESTREPSÍADES. ¡Al galope! Te lo voy a clavar de un buen 1300 pinchazo en el culo, caballo de tirantes[214]. (*El* ACREE- DOR *sale huyendo.*) ¿Huyes? ¡Ya sabía yo que te iba a poner en marcha con tus ruedas y tus bigas de carre- ras! (ESTREPSÍADES *entra en casa.*)

CORO.

Estrofa.

¡Qué cosa la pasión por las malas acciones!
Le cogió gusto el viejo

---

[213] Nombre con que eran designados los caballos marcados con la letra *san*.

[214] El *seiraforos* es cada uno de los dos caballos exteriores de la cuadriga. Al no ir sujetos al yugo como los interiores (véase la nota 19), sino sólo al carro mediante tirantes, desempeñan un papel fundamental en las curvas.

y pretende escamotear   1⁣

los dineros que le prestaron.
No hay modo humano de que hoy no
le suceda alguna desdicha
que haga que este sofista
por las maldades cometidas   1⁣
de pronto reciba un disgusto.

Antístrofa.

Pienso que sin tardanza encontrará lo que
de tiempo atrás buscaba:
que sea su vástago experto en
sostener ideas contrarias   1.
a las justas, capaz de vencer
a todos los que en su camino
se crucen, aunque argumente con
bellaquerías. Y quizá, quizá incluso   1⁣
que enmudezca deseará.

ESTREPSÍADES. ¡Ay, ay! ¡Vecinos, parientes, gentes de mi
    demo, socorredme como sea, que me están zurran-
    do! ¡Ay de mí, desdichado, mi cabeza, mi mandíbula!
    Canalla, ¿pegas a tu padre?

FIDÍPIDES. Eso mismo, padre.   1

ESTREPSÍADES. Vedlo: admite que me está pegando.

FIDÍPIDES. Faltaría más.

ESTREPSÍADES. ¡Canalla, parricida, butronero!

FIDÍPIDES. Repite estas cosas y añade muchas más. ¿Sabes
    que me gusta escuchar tantos insultos?

ESTREPSÍADES. ¡Tienes el culo más ancho que un aljibe!   1

FIDÍPIDES. Cúbreme con muchas rosas como ésas.

ESTREPSÍADES. ¿A tu padre golpeas?

FIDÍPIDES. Sí, por Zeus, y te demostraré que lo hacía con
    la razón de mi parte.

ESTREPSÍADES. ¡Requetecanalla! ¿Cómo va a ser de razón
    pegarle a un padre?

FIDÍPIDES. Yo te lo probaré y te derrotaré con argumentos.

ESTREPSÍADES. ¿En eso vas a derrotarme?   1335

FIDÍPIDES. Por supuesto, nada más fácil. Escoge cuál de
  los dos argumentos quieres defender.

ESTREPSÍADES. ¿Qué dos argumentos?

FIDÍPIDES. El bueno o el malo.

ESTREPSÍADES. Por Zeus, pues sí que he conseguido que te
  enseñen a decir lo contrario de lo que es justo, si
  pretendes defender que es noble y de justicia que los   1340
  hijos peguen a sus padres.

FIDÍPIDES. Estoy seguro de que te voy a convencer: cuando me hayas oído no tendrás nada que objetar.

ESTREPSÍADES. Pues muy bien, estoy ansioso por oír lo que
  vas a decir.

CORO.

  Estrofa.

  Asunto tuyo, anciano, es el pensar el modo   1345
  de derrotar a este hombre,
  que si no confiara en algo, no sería
  de tal modo insolente.
  Pero algo hay que le envalentona: bien se ve
  su determinación.   1350

CORIFEO.

  Pero es tiempo ya de decir al coro dónde tuvo su inicio
  la batalla: de todos modos tendrás que hacerlo.

ESTREPSÍADES.

  Pues bien, yo te contaré cuál fue el inicio
  de nuestra riña. Cuando estábamos de banquete,
    como sabéis,
  primero le animé a que cogiera la lira   1355
  y cantara una canción de Simónides, la de Crío y
    cómo se peinaba[215].

---

[215] El chiste basado en el nombre del púgil egineta Crío, que signi-

Pues a él le faltó tiempo para decir que eso de tocar
la cítara

y cantar mientras se bebe, como si fuésemos mujeres
moliendo cebada, es una antigualla del tiempo de
maricastaña.

FIDÍPIDES.

¿Y cómo no iba a machacarte y patearte en ese mismo instante,

después de invitarme a cantar? ¡Ni que el banquete
fuese para las cigarras!   13(

ESTREPSÍADES.

Eso, eso mismo que dice ahora es lo que también
decía antes dentro de casa,

y afirmaba también que Simónides es un poeta
mediocre.

Y yo al principio no sin esfuerzo me estuve conte-
niendo como pude.

Pero luego le pedí a ver si quería coger un ramo de
mirto

y recitarme algo de Esquilo. Y entonces fue éste y
dijo: 13

"A Esquilo sí que lo pongo yo en un lugar de prefe-
rencia entre los poetas...

por estar lleno de ruidos, por ser incoherente, ampu-
loso y una fábrica de peñazos[216]".

Y entonces no podéis creer cómo se puso a palpitar
mi corazón.

Sin embargo me tragué la indignación y dije: "Pues a
ver,

_____

fica también "carnero" remonta al poema de Simónides: "Crío, cómo
se peinaba" puede también traducirse "el carnero, cómo se hizo esqui-
lar". Según relata Heródoto, este personaje tuvo un papel destacado
en el año 491 en la colaboración de Egina con los persas. De ahí que
Simónides lo tratase despectivamente.

[216] Esto es, un creador de palabras largas y pesadas como peñas-
cos. Estas acusaciones serán años después ampliamente desarrolladas
en _Las Ranas_ por Eurípides.

recítame algo de esos modernos, una de esas cosas
  tan ingeniosas." 1370
Y él entonces me soltó una tirada de Eurípides
sobre un hermano que se trajinaba, ¡oh salvador!, a
  su hermana uterina[217].
Ya no pude contenerme y me puse a atacarlo
cubriéndolo de insultos y maldades. A partir de ahí,
  como os podéis imaginar,
una palabra empujaba a otra palabra; finalmente sal-
  tó sobre mí 1375
y se puso a atizarme, machacarme, acogotarme y es-
  trujarme.

FIDÍPIDES.

¡Con toda justicia! ¡Por no entonar alabanzas a Eurípides,
genio entre los genios!

ESTREPSÍADES.

                    ¡Ya, ya genio entre los genios
ése!, so... ¿qué podría llamarte?
Pero no, que me vuelven a sacudir.

FIDÍPIDES.

                        Sí, por Zeus, y sería
                              [con razón.

ESTREPSÍADES.

¿Cómo que con razón? A mí que te crié, desvergonzado, 1380
todo el día pendiente de tus balbuceos, a ver qué se
  te antojaba.
Que decías "bru", yo te entendía y te daba de beber,
que pedías "mam-ma", llegaba yo trayéndote un
  mendrugo,
no habías acabado de decir "cac-ca" y yo te cogía, te
  sacaba
a la puerta de la calle y te sostenía delante de mí. Tú
  en cambio, cuando hace un momento estabas 1385
  acogotándome

---

[217] La obra es el *Eolo* y los hermanos Macareo y Cánace.

y yo me desgañitaba y chillaba que
moría de ganas de cagar, no te molestaste
en sacarme fuera de casa,
canalla, y todo sofocado
me cagué allí mismo.   13

CORO.

Antístrofa.

Creo que los corazones de los jóvenes
brincan: ¿qué nos dirá?
Si le convence alguien capaz de tales cosas
con su palabrería,
no pagaríamos por la piel de los viejos   13
ni un mísero garbanzo[218].

CORIFEO.
   A ti te toca, agitador y removedor de nuevas razones,
   el buscar algún tipo de persuasión: ha de parecer
      que dices cosas justas.

FIDÍPIDES.
   ¡Qué dulce es la familiaridad con asuntos novedosos
      y aptos para espíritus sagaces!
   ¡Qué dulce el poder despreciar las costumbres esta-
      blecidas!   1
   Sabed que yo, cuando sólo la hípica ocupaba mi
      mente,
   no era capaz de decir ni tres palabras seguidas sin
      meter la pata.
   Pero ahora que él (*Señalando el Pensadero.*) ha
      puesto fin a eso
   y yo me trato con sentencias, argumentos e inquietu-
      des de lo más sutil,

---

[218] Ni un pimiento, diríamos hoy.

creo que podré demostraros que es justo que el hijo
    castigue al padre. 1405

Estrepsíades.

    Pues adelante con la hípica, por Zeus, que yo prefiero
fiero
mantener una cuadriga de caballos antes que ser molido a palos.
lido a palos.

Fidípides.

    Vuelvo al punto donde me cortaste la palabra.
    Para empezar te preguntaré lo siguiente: ¿de pequeño me pegabas?
ño me pegabas?

Estrepsíades.

    Claro, con buena intención y por tu bien.

Fidípides.

                    Y dime: 1410
¿no es justo que yo también muestre la misma buena
    intención contigo
y te pegue, ya que en eso consiste tener buena intención, en pegar?
ción, en pegar?
¿Por qué ha de quedar libre de golpes tu cuerpo
y el mío no? Y eso que yo también nací libre.
"Lloran los hijos. ¿Crees que el padre no ha de llorar?[219]".
rar?[219]". 1415
Me dirás que así es como se suele tratar a los niños.
Y yo podría replicarte que los viejos son dos veces
    niños;
y es más natural que lloren los viejos y no los jóvenes,
    venes,
teniendo en cuenta que sus equivocaciones son
    menos tolerables.

Estrepsíades.

    Pero en ningún lugar dictan las leyes que el padre
    pase por este trance. 1420

---

[219] Parodia de un verso de la *Alcestis* de Eurípides. Feres, rehusando morir en lugar de su hijo Admeto, dice: "Te agrada ver la luz. ¿Crees que a tu padre no le agrada." Aquí "llorar" equivale a "recibir golpes".

FIDÍPIDES.

¿No era acaso el que primero dictó esta ley un hombre
como tú y como yo, y acaso no hubo de convencer a
los antiguos con sus argumentos?
¿Y es que tengo yo menos derecho a dictar a mi vez
para el futuro
una nueva ley para los hijos, que mande que devuelvan los golpes de los padres?
Todos los golpes que recibimos antes de esta ley
los condonamos y como concesión a los padres nos
los quedamos gratis.
Fíjate en los gallos y en todas estas otras aves (*Señalando al cielo.*),
cómo se toman la revancha de sus padres. Y sin embargo,
¿aparte de no redactar decretos, en qué se diferencian de nosotros?

ESTREPSÍADES.

Puestos a imitar en todo a los gallos,
¿porqué no te comes también el estiércol y duermes
subido a un palo?

FIDÍPIDES.

No es lo mismo, amigo, y a Sócrates no le parecería
bien.

ESTREPSÍADES.

Si así están las cosas[220], no me pegues. De lo contrario algún día te arrepentirás.

FIDÍPIDES.

¿Cómo es eso?

ESTREPSÍADES.

Lo mismo que yo tengo derecho a
[castigarte,
tú también a tu hijo, si llegas a tenerlo[221].

---

[220] Se refiere a la nueva "ley" de que hablaba Fidípides.
[221] En cuyo caso, cuando seas viejo, tu hijo te devolverá los golpes.

FIDÍPIDES.

                              Y si no llego
                              [a tenerlo,
mi llanto habrá sido en vano, y tú te habrás muerto
  carcajeándote de mí.

ESTREPSÍADES.

  (*Al público.*) Hombres de mi edad, me parece a mí
  que dice cosas justas.
  Y también creo que hay que conceder a estos jóvenes lo que es razonable.
  Es lógico que nos toque llorar si obramos injustamente.

FIDÍPIDES.

  Considera ahora este otro argumento.   1440

ESTREPSÍADES.

                           No, que será mi
                             [muerte.

FIDÍPIDES.

  Quizá no te pesará haber pasado las que has pasado.

ESTREPSÍADES.

  ¿Cómo es eso? Explícame qué nuevas ventajas me
  van a reportar tus argumentos.

FIDÍPIDES.

  Voy a pegar a mi madre igual que te he pegado a ti.

ESTREPSÍADES.

                     ¿Qué dices? ¿Pero
                      [qué dices?
  Esta nueva maldad es aún peor.

FIDÍPIDES.

                  ¿Qué dirás si, argumento
                [débil en mano, 1445
  te derroto en una discusión
  sobre la necesidad de pegar a la madre?

ESTREPSÍADES.

  Si haces tal cosa, lo único que puedo decirte
  es que nada te impedirá arrojarte   1450
  al báratro[222] junto con Sócrates
  y el argumento débil.

---

[222] Un precipicio cerca de Atenas en el que se arrojaban los cadáveres de los criminales por delitos contra el Estado.

(*Al* Coro.) Todo esto me pasa por vuestra culpa, Nubes, por haberos confiado todos mis asuntos.

Corifeo. Tú mismo eres la causa de tus males, por haberte dedicado a turbios asuntos.

Estrepsíades. ¿Por qué no me dijisteis esto antes en lugar de llenarle la cabeza de pájaros a un viejo campesino?

Corifeo. Esto es lo que nosotras hacemos cada vez que tenemos noticia de alguien que pierde la cabeza por las malas acciones: lo sumimos en la desgracia, para que aprenda a temer a los dioses.

Estrepsíades. ¡Ay de mí, es cruel, Nubes, pero justo! No debí apropiarme del dinero prestado. (*A* Fidípides.) Ahora, queridísimo, ven conmigo a buscarle la ruina al canalla de Querefonte y a Sócrates: ellos son los que nos tenían engañados.

Fidípides. Yo no puedo causarles daño a mis maestros.

Estrepsíades. Sí, sí, "respeta a Zeus paternal"[223].

Fidípides. ¡Anda éste con su "Zeus paternal"! ¡Qué antiguo eres! ¿Es que Zeus existe?

Estrepsíades. Sí existe.

Fidípides. No, no existe: reina Torbellino, que ha expulsado a Zeus.

Estrepsíades. No le ha expulsado, eso es lo que yo creía por culpa de este vaso[224] (*Señalando la puerta del Pensadero.*). ¡Ay de mí, desgraciado, que te consideré un dios cuando no eres más que un montón de arcilla!

Fidípides. Ahí te quedas desvariando y diciendo idioteces. (*Entra en casa.*)

---

223 En una frase que parece parodia trágica, Estrepsíades insta a su hijo a respetar a Zeus bajo una advocación que parece hacer alusión a su papel de protector de la familia y de las relaciones padre-hijo.

224 El dios de los sofistas, Torbellino, tiene en griego el mismo nombre que un tipo de cántaro de arcilla, *dínos*. Tal como supone un escolio, sin duda había junto a la puerta del Pensadero un vaso de este tipo, simbolizando a Torbellino. Poco después averiguamos que junto a la puerta de la casa de Estrepsíades hay un Hermes, símbolo de la antigua religión enfrentado al cántaro, símbolo de la nueva.

ESTREPSÍADES. ¡Ay de mí, qué delirio! ¡Qué loco estaba cuando volví la espalda a los dioses a causa de Sócrates! (*A la estatua de Hermes delante de su casa.*) Pero, oh Hermes querido, no te enfades conmigo, no me destruyas, perdóname: la palabrería me hizo perder la cabeza. Aconséjame: ¿debo llevarlos a juicio y acusarlos o a ti qué te parece? (*Hace ademán de escuchar a la estatua.*) Llevas razón al aconsejarme que me deje de pleitos y prenda fuego sin más tardanza a la casa de los charlatanes. (*Gritando.*) ¡Jantias, ven aquí, ven! Sal con una escalera y tráete un pico. (*El* ESCLAVO *sale con la escalera y el pico.*) Luego, si aprecias a tu amo, encarámate al Pensadero y echa abajo el tejado, hasta tirarles la casa encima. (*El* ESCLAVO *sube al tejado.*) ¡Que me traigan una antorcha encendida! (*Sale otro* ESCLAVO *y le da la antorcha.*) El primero que pille hoy me las va a pagar todas juntas, por muy chulos que se pongan. (ESTREPSÍADES *sube al tejado.*)

DISCÍPULO 1º. ¡Ay, ay!

ESTREPSÍADES. Cumple con tu deber, antorcha: levanta una gran llamarada.

DISCÍPULO 1º. Tú, pero ¿qué estás haciendo?

ESTREPSÍADES. ¿Que qué estoy haciendo? Nada. Sólo estoy entablando un sutil diálogo con las vigas del techo.

DISCÍPULO 2º. ¡Ay de mí! ¿Quién prende fuego a nuestra casa?

ESTREPSÍADES. Aquel al que le birlasteis el manto.

DISCÍPULO 2º. ¡Nos vas a matar, nos vas a matar!

ESTREPSÍADES. Esto mismo es lo que quiero, eso si el pico no traiciona mis esperanzas o si antes no me caigo y me rompo el cuello.

SÓCRATES. (*Saliendo de casa en medio de la humareda.*) Tú, el del tejado, ¿qué diablos estás haciendo?

ESTREPSÍADES. Hollo el aire[225] y aprecio el sol.

---

225 Estrepsíades replica desde el tejado a Sócrates con la misma

Sócrates. ¡Ay mísero de mí, me voy a ahogar!

Discípulo 2º. Y yo, desgraciado de mí, me voy a achicha- 1505
rrar.

Estrepsíades. (*Bajando por al escalera con* Jantias.) ¿Con
qué propósito ofendíais a los dioses y escudriñabais
las posaderas[226] de la luna? Persigue, golpea, dispara,
por mil razones, pero sobre todo por una: sabe que
ofendían a los dioses[227]. (Sócrates *y los* Discípulos *salen huyendo perseguidos por* Estrepsíades *y* Jantias.)

Corifeo.

(*Al coro.*) En marcha. Todos fuera. Por hoy ya está bien 1510
de baile.

---

frase rimbombante que éste le dirigió desde el mismo lugar en el verso 225 nada más aparecer en escena.

[226] El chiste es intraducible: *hédra* significa tanto "posición astro-
nómica" como "posaderas".

[227] Esta frase está dirigida tanto a Jantias como a sí mismo. Los im-
perativos del principio vienen a ser como gritos de guerra, como si
dijera: "¡Al ataque!, ¡Que no quede ni uno!", etc.

LAS RANAS

INTRODUCCIÓN

En enero del año 405, en las fiestas Leneas, fueron puestas en escena *Las Ranas* de Aristófanes, que no sólo ganaron el primer premio del concurso, sino que merecieron el raro honor de que se les concediera una reposición.

Dentro de la serie de comedias que conservamos, *Las Ranas* continúan a las dos del 411, a saber, las *Tesmoforias* y la *Lisístrata*, la primera una pieza de crítica literaria, la segunda un alegato por la paz. Era un momento detestable dentro de la política ateniense, con la implantación del régimen oligárquico de los Cuatrocientos: pero de política interna apenas se habla en esas obras, salvo del deseo de paz. Sí se habla en *Las Ranas*, presentadas en el momento final de la guerra del Peloponeso, momento demasiado grave para poder guardar silencio. Merece la pena decir algo sobre los problemas internos de Atenas para que pueda comprenderse mejor la pieza.

De la oligarquía se había pasado a una democracia restringida, que daba los derechos civiles a los llamados Cinco Mil; y el retorno de Alcibíades del exilio había procurado victorias y un respiro. Pero en el 409 tuvo lugar la revolución que trajeron los demócratas extremistas e imperialistas acaudillados por Cleofonte. Éstos no sólo pusieron fuera de la ley a todos los que habían tenido alguna relación con el golpe de los Cuatrocientos, sino que se empeñaron en continuar una guerra suicida, pese a los ofrecimientos de Esparta. Hicieron que Alcibíades, tras su fracaso en Notion, tuviera que exiliarse y que, cuando en el verano del 406 la flota ateniense derrotó a la espartana en las Arginusas, los generales vencedores fueran condenados a muerte y ejecutados (salvo dos que huyeron) porque en la tempestad no habían podido recoger los cadáveres de sus muertos.

Atenas había hecho un esfuerzo extremo, llegando a conceder la libertad a los esclavos que habían tomado parte en la batalla; y ahora se encontraba desmoralizada. Todos los hombres sensibles de Atenas, de las más varias ideas, estaban contra Cleofonte: desde Sócrates (que intentó en vano evitar la condena de los generales) hasta Aristófanes, Eurípides y Sófocles, por no hablar de Platón.

Era la víspera de la gran catástrofe, cuando, tras la derrota de Egospótamos el 405 y la ejecución de Cleofonte, Terámenes lograba el 404 una capitulación ante Esparta. Atenas fue ocupada, sus murallas derribadas, sus naves entregadas.

En esta víspera de la derrota confluía otra circunstancia. El mismo año 406 habían muerto Eurípides (autoexiliado en Macedonia, lejos de las desgracias de Atenas) y Sófocles. La escena ateniense se había quedado sin grandes trágicos. Y era la tragedia el estilo de arte y pensamiento más característico de Atenas, como Aristófanes hace ver bien. Quedaba su rival, Sócrates —que, por lo demás, iba a perecer bien pronto, el 399, por obra de la democracia restaurada.

En enero del 405, Atenas estaba en riesgo físico inminente y estaba en orfandad de políticos y de pensadores.

A pesar de todo, subsistía la libertad de palabra, para los cómicos al menos, y Aristófanes iba, en su comedia, a hablar mal de Cleofonte y proponer su sustitución por "hombres honrados", proponer una vez más la paz. La *parábasis* donde esto se explica es central en la obra. Y al menos en una cosa hicieron los atenienses caso a Aristófanes: un decreto de Patroclides devolvió los derechos civiles a los participantes en la revolución del 411. Pero no es sólo la *parábasis:* el juez del debate entre Esquilo y Eurípides, con que concluye la obra, el dios Dioniso, pide a los dos poetas su consejo sobre la política ateniense y la salvación de Atenas: cómo lograr la paz, en suma.

Esta preocupación es intermitente y central en la obra, que claramente se inscribe a favor del bando moderado y pacifista; a favor, al tiempo, de la antigua moralidad representada por Esquilo, que Aristófanes se hace la ilusión de creer que puede renovarse y salvar a Atenas. Ilusión: Aristófanes, pese a todo, está próximo a Eurípides, a sus ideas "modernas", a sus gustos musicales también modernos, lo reconoce él mismo.

Tenemos, en suma, el viejo enfrentamiento, bien conocido, entre lo antiguo y lo moderno, uniendo en lo primero el ideal conservador y el deseo de la paz. No sin comprensión de lo moderno y atracción por lo mismo.

Pero, exteriormente, todo se centra en torno a la tragedia; no se vuelve a intentar un alegato directo por la paz, éste saldrá a la luz aquí y allá. Y, en principio, se trata sólo de que el dios de la tragedia, Dioniso, quiere sacar del Hades y devolver a Atenas a Eurípides, que acaba de morir: Esquilo estaba muerto hacía demasiados años. Pero a lo largo de la obra el ideal arcaizante se impone: es Esquilo el que será devuelto a Atenas, Eurípides queda envuelto en la condena de toda la sociedad moderna. Esta polaridad Esquilo / Eurípides deja borroso a Sófocles.

La trama es imitada de otras comedias que ya presentaban una bajada a los infiernos, a veces para sacar de ellos a los muertos antiguos, necesarios a la ciudad. Así en el caso de los *Demos* de Éupolis (también Ferécrates y Cratino usaron el tema). Esquilo, pues, va a salvar a Atenas. Pero no sin un trámite previo: el debate entre los dos poetas, sentenciado por Dioniso, del cual Aristófanes está muy orgulloso.

El pesaje de los dos poetas para ver quién va a vivir

de nuevo, quién va a quedar muerto, es sin duda parodia de la escena de la *Ilíada* (22.209 ss.) en que son pesadas las almas de Aquiles y Héctor. Antes, en un poema prehomérico, la *Memnonia*, eran igualmente pesadas las almas de Memnón y de Aquiles, que había de ser el vencedor del primero. A su vez, la bajada de Dioniso a los infiernos es repetición paródica de la bajada de Heracles, que se había traído a la tierra al perro Cerbero.

Ésta es la obra. Une dos temas paródicos: una bajada a los infiernos y un debate entre dos poetas, uno de los cuales es traído a la tierra. Todo es pretexto para exponer en un tono entre mítico y bufonesco escenas de los infiernos y sus personajes, para traer placer poético y risa cómica al público, distrayéndole de su ansiedad de aquel momento. Pero sin dejar de presentar, intermitentemente, el tema de la angustia de la ciudad y proponer la salvación. La paz.

A partir de estos elementos, Aristófanes creó una comedia nada ortodoxa. Dioniso no es propiamente un héroe cómico a la manera tradicional: entre divino y bufonesco es, simplemente, el hilo que hace avanzar la comedia del comienzo al fin. No tiene gran cosa que ver con el Dioniso del mito. Y no es propiamente un héroe cómico, tampoco, sólo se aproxima. Aunque cobarde e incompetente, de él es la idea de traer un poeta trágico a la tierra y persiste en ella hasta el final; pero carece del carácter y la decisión de los héroes cómicos.

Ni hay propiamente un coro cómico: aquel que apoya o combate la tesis del héroe y que, tras un *agón*, deja paso a escenas burlescas para reaparecer en otras de comida y de *como* triunfante y, finalmente, salir de la orquestra en el éxodo. Aunque quede un leve resto cuando canta en el *agón* de los dos trágicos y despide a Esquilo al final.

Es, pues, un coro nuevo o, más bien, dos. Aristófanes se sirve del primero para presentar el canto de las ranas de la laguna Estigia: es el que da su nombre al coro y a la comedia, aunque según algunos ese canto de las ranas es oído, no visto y el coro es un coro secundario, lo que los antiguos llamaban un *parakhorégema*. Es muy anómalo introducir un coro tal dentro del prólogo, como lo es introducir en él pequeñas escenas que inician la bajada de Dioniso y el esclavo Jantias al infierno: escenas en que intervienen Heracles, un muerto y Caronte, el barquero infernal.

Con esto queda dado el tema de la comedia, tras las habituales bromas e incertidumbres para intrigar a los espectadores. Dioniso, disfrazado de Heracles y acompañado de un esclavo, baja a los infiernos a traer a Eurípides a la tierra (acabará trayendo a Esquilo, con un cambio en el argumento que no ofrece paralelos en otras comedias).

A continuación entra el coro de los iniciados en los Misterios, el segundo y verdadero coro de la obra, que canta su felicidad en la *párodos* o canto de entrada. Pero enseguida el coro se desdibuja, le quedan tan sólo algunos restos de su antigua función. Eso sí, canta la *parábasis, parábasis* política, ya se ha dicho.

En cambio, aparecen muchos personajes secundarios; la comedia es, gracias a ellos, casi enteramente episódica. Desde el comienzo: no son el tipo de episodios que aparecen tras el *agón* en otras comedias para disputar al héroe su triunfo. Hay episodios mítico-fantásticos como los de Heracles, la Empusa, el Muerto o Caronte, los hay costumbristas, diríamos, como los de Eaco (si es Eaco el que aparece como portero del infierno) y las hospederas. Se usa y abusa del travestismo (Dioniso y el esclavo Jantias cambian repetidamente ropas y papeles), el equívoco, el escarnio, la parodia.

Aristófanes busca, evidentemente, la novedad, el llamar la atención del público. Y su esclavo Jantias representa, en cierto modo, una evolución respecto a los típicos esclavos de Comedia: es ya el esclavo que da lecciones al amo, como a veces en la Comedia Nueva y luego en la "Vida" de Esopo. Quizá, tras la concesión de la ciudadanía a los esclavos de las Arginusas, una idea de cambio social se anticipa. "La naturaleza no ha hecho a nadie esclavo", escribió el sofista Alcidamante.

Las escenas a que nos referimos ocupan el lugar que en las comedias iniciales de Aristófanes ocupan los sucesivos *agones*, hasta llegarse al momento de la decisión y pasarse, luego, a la *parábasis* y a una serie de escenas ilustrativas. El orden, como se ve, está invertido, por faltar un verdadero *agón* central de la comedia.

Ésta se escinde, en realidad, en dos partes, unidas como se ha dicho por los personajes Dioniso y Jantias y por el mismo tema de la bajada a los infiernos. Esta segunda parte, tras la *parábasis*, se abre con un nuevo prólogo (738 ss.), diálogo entre Jantias y Hades que plantea el nuevo tema, el de la disputa entre Eurípides y Esquilo. Tras la *parábasis*, el palacio que era de Heracles, ahora lo es de Plutón; de la laguna Estigia, que ocupó un momento la orquesta, no queda nada. El asno de Jantias hace tiempo que desapareció no sabemos cómo. Y tenemos el gran *agón* de los dos trágicos.

Es éste un *agón* un tanto ajeno al argumento de la comedia, aunque no extraño a ella. Podría compararse el *agón* de los dos *lógoi,* que tampoco son héroes de la obra, en *Las Nubes.* Aristófanes, bien se ve, estaba muy orgulloso de esta escena, que alía la crítica literaria, la crítica moral y la preocupación por la situación de Atenas.

Es una escena importante, la primera pieza de crítica literaria que nos ha llegado de la Antigüedad. Muchísimas cosas que allí se dicen sobre el arte o el pensamiento de Esquilo y de Eurípides son justas. La parodia de los mismos es también maravillosa. Aristófanes comprende a los dos poetas, en sí y en sus circunstancias históricas. Pero no podía evitarse que se introdujeran bufonadas que nada significan. Ni que una parte de la escena nos resulte incomprensible, pues no nos ha llegado la música.

En definitiva, el bueno, el salvador triunfa, como en toda comedia. Pero no hay un malo, no lo es Eurípides.

Ni Esquilo es un héroe cómico, ni los antiguos esquemas se conservan más que en restos. El coro es irrelevante, meros interludios. *Las Ranas* es, en suma, una comedia muy innovada, más que comedias posteriores como *La Asamblea* y *Pluto*; aunque, al menos, conserve mejor la parte coral. Y es una comedia desigual, hay que decirlo: su excelencia está más en ciertos pasajes que en el esquema general.

Se ha propuesto a veces que la larga indecisión sobre a quién conceder la victoria, así como graves problemas en el texto, se deben a que en este texto se han fundido una redacción antigua, anterior a la muerte de Sófocles, y una posterior. Sobre este tema envío a la introducción de la edición de Dover.

A pesar de todo, en una situación nada fácil, a las puertas de la derrota de Atenas, Aristófanes ha sabido salir airoso una vez más: lo prueba el éxito de la obra. Quiso divertir al público, traer la añoranza de los antiguos ritos y los antiguos mitos, hacer pensar sobre el arte de la tragedia y sobre la vida de Atenas misma, hacer reír también. Lo logró todo ello. Y sin escapar del presente, sin dejar de decir su verdad, que era la de casi toda Atenas, en aquellas circunstancias.

Como en el caso de las otras comedias, hemos seguido el texto de Coulon, con algunas excepciones procedentes de las ediciones posteriores. Entre los comentarios, nos han sido especialmente útiles los de Van Leewen, Radermacher, Stanford, García López y Dover, aunque los dos últimos nos han llegado cuando ya estaba casi completada la traducción.

PERSONAJES

Jantias, esclavo de Dioniso.
Dioniso, dios del teatro.
Heracles, semidiós hijo de Zeus.
Muerto
Caronte, barquero de los infiernos.
Coros de ranas, de iniciados y sin caracterizar.
Eaco, juez infernal de Perséfone.
Servidor de Perséfone.
Hospedera
Plátana, otra hospedera.
Servidor de Plutón.
Eurípides
Esquilo
Plutón, rey de los infiernos, esposo de Perséfone.

(*El dios* DIONISO *y su criado* JANTIAS *entran en la orques-tra, en cuyo frente está la casa de* HERACLES. DIONISO, *de tipo afeminado, calza coturnos y viste un manto color azafrán; pero, imitando a* HERACLES, *encima lleva una piel de león y blande una clava. El criado va caballero de un asno y encima del hombro lleva una pértiga de la que cuelga una pesada carga. Entran desorientados y se detienen un momento, luego se acercarán a la casa de* HERACLES.)

JANTIAS. ¿Debo decir, amo, una de esas palabras de cos-tumbre, las que siempre ríen los espectadores?

DIONISO. La que quieras, por Zeus, menos "estoy aplastu-jado", de ésa ten cuidado: les produce ya mucha bilis.

JANTIAS. ¿Ni ninguna otra cosa divertida? 5

DIONISO. Pero no "estoy espachurrado".

JANTIAS. ¿Y entonces? ¿Tengo que decir lo más divertido de todo?

DIONISO. Sí, por Zeus, si tienes valor; pero sólo no vayas a decir eso de...

JANTIAS. ¿Qué cosa?

DIONISO. Que al cambiar de hombro la pértiga, te entran ganas de cagar.

JANTIAS. ¿Ni lo de que, de llevar sobre mí una carga tan grande, si alguien no me la quita, voy a reventar de 10 un pedo?

DIONISO. No, no, te lo suplico, sólo cuando yo vaya a vo-mitar.

[125]

Jantias. ¿Y para qué llevar tantos bagajes, si no voy a hacer una escena de comedia como las que hacían Frínico y Lícide y Amipsias?[1].

Diониso. Pues no la hagas. Porque yo, cuando estoy 15 como espectador y veo una de esas ingeniosidades, salgo del teatro más de un año más viejo.

Jantias. ¡Tres veces miserable este pescuezo mío, pues está espachurrado, pero no va a decir esa cosa divertida! 20

Diониso. Pero ¿no es un escarnio y una gilipollez que yo, Dioniso, el hijo del jarrito, voy a pie y me fatigo y a éste le llevo encima de un burro para que no sufra ni lleve la carga? 25

Jantias. ¿Que no la llevo?

Diониso. ¿Cómo vas a llevarla, si vas en burro?

Jantias. Llevándola.

Diониso. ¿Y cómo?

Jantias. Muy pesadamente.

Diониso. ¿Pero ese peso que tú llevas, no lo lleva el burro?

Jantias. No el que tengo y llevo, no, por Zeus, no.

Diониso. ¿Cómo vas a llevar, si otro te lleva?

Jantias. No lo sé, pero mi hombro es aplastujado. 30

Diониso. Pues hala, ya que dices que de nada te sirve el burro, cárgatelo tú y llévalo a él.

Jantias. ¡Desdichado de mí! ¿Por qué no tomé parte en la batalla naval? Te habría mandado a gemir largamente[2].

---

1 Es fácil ver que toda esta escena inicial de *Las Ranas* es parodia de otras de los tres poetas cómicos aludidos, de los cuales Frínico participaba en este mismo concurso. Las bromas sobre el esclavo abrumado por su carga le parecen a Aristófanes pasadas de moda y repetitivas. Como en otros lugares, Aristófanes critica la grosería de sus rivales, aunque él no deja de practicarla. No sabemos si la siguiente escena, que parodia debates sofísticos de comedia, se refiere a alguna escena de uno de estos cómicos.

2 Se refiere a la batalla naval de las Arginusas, ganada por los atenienses a los peloponesios seis meses antes de la puesta en escena de

DIONISO. Baja del burro, bribón. A fuerza de caminar es- 35
toy ya cerca de esa puerta a la que debía llegarme.
(*Llamando*) ¡Chico, chico, estoy llamando, chico!
(JANTIAS *da una patada a la puerta. Se oye a* HERA-
CLES, *que abre la puerta y se queda atónito al ver a
la pareja.*)
HERACLES. ¿Quién ha pateado la puerta? ¡Qué centáurica-
mente se ha echado sobre ella el que ...! Pero dime,
¿qué es esto?
DIONISO. ¡Chico! 40
HERACLES. ¿Qué ha sucedido?
DIONISO. ¿No te diste cuenta?
HERACLES. ¿De qué?
DIONISO. Del mucho miedo que me tiene.
JANTIAS. Por Zeus, de que hagas el loco.
HERACLES. Por Deméter, no puedo por menos de reír.
Y me estoy mordiendo los labios, pero sin embargo
me río.
DIONISO. Acércate, querido. Necesito algo de ti.
HERACLES. Pero no puedo dejar de reír viendo una piel de 45
león echada encima de un manto de azafrán. ¿Qué
sentido tiene esto? ¿Por qué se han juntado el cotur-
no[3] y la clava? ¿A dónde ibas de viaje?
DIONISO. Montaba en el barco de Clístenes[4].
HERACLES. ¿Y tomaste parte en la batalla?[5].
DIONISO. Ya hundimos doce o trece naves de los ene-
migos. 50

---

la obra. En su situación desesperada, los atenienses habían admitido
esclavos en su armada, con la promesa de darles la libertad tras la batalla. Si Jantias hubiera combatido, podría mofarse ahora de su amo.

[3] Esta bota que valía para los dos pies era usada por las mujeres y
por el dios Dioniso, como en los vasos y aquí. Su asociación con la
tragedia es posclásica.

[4] Doble sentido, con alusión sexual: Clístenes es constantemente
tratado de homosexual en las comedias de Aristófanes. Dioniso, que
aparece vestido medio de mujer medio de Heracles, se habría conta-
giado de él. La batalla es la de las Arginusas.

[5] Alusión sexual en relación con Clístenes, algo así como "¿le ata-
caste con el remo?".

HERACLES. ¿Vosotros dos?

DIONISO. Sí, por Apolo.

JANTIAS. (*Aparte.*) Y entonces yo me desperté.

DIONISO. Y según estaba yo en la nave leyendo la *Andró-meda*[6], una gran añoranza golpeó mi corazón, no sabes qué fuerte.

HERACLES. ¿Una añoranza? ¿Cómo de grande?   55

DIONISO. Pequeña, como Molón[7].

HERACLES. ¿De una mujer?

DIONISO. En absoluto.

HERACLES. ¿De un jovencito?

DIONISO. De ningún modo.

HERACLES. ¿De un hombre?

DIONISO. ¡Por favor!

HERACLES. ¿Has tenido trato con Clístenes?

DIONISO. No te burles, hermano. Sólo es que lo paso mal: esa añoranza me destroza.

HERACLES. ¿Cuál, hermanito?   60

DIONISO. No puedo explicártela. Pero voy a decírtela por medio de enigmas. ¿Alguna vez te entraron ganas de repente de un plato de puré de lentejas?

HERACLES. ¿De puré de lentejas? Claro que sí, miles de veces en mi vida[8].

DIONISO. ¿Logro darte una idea clara o te lo digo de otro modo?

HERACLES. No me hables más del puré de lentejas, pues lo   65
entiendo bien.

DIONISO. Pues una añoranza de esta clase es la que me desgarra por Eurípides.

HERACLES. ¿Y eso que está muerto?[9].

---

[6] Obra de Eurípides puesta en escena el 412 de la que hace parodia Aristófanes en *Tesmoforias* 1012 ss.

[7] Aunque los escoliastas vacilan, parece que se trata de un actor Molón de gran estatura. También puede aludirse a los dos gigantes Moliones, en Homero.

[8] Heracles es presentado en la comedia como un gran glotón; e igual en *Alcestis* y en diversos otros lugares.

[9] Había muerto pocos meses antes e igual Sófocles. Seguidamente

DIONISO. Y nadie es capaz de disuadirme para que no vaya a buscarlo[10].

HERACLES. ¿A la casa de Hades, allá abajo?

DIONISO. Y si es que hay algo más abajo, por Zeus.   70

HERACLES. ¿Para qué?

DIONISO. Tengo necesidad de un poeta distinguido. Y aquellos otros ya no existen, mientras que los de ahora son malos[11].

HERACLES. ¿Cómo? ¿No está vivo Iofonte?[12].

DIONISO. Ésta es la sola cosa buena que queda, si es que lo es; pues no sé con seguridad cómo es.   75

HERACLES. ¿Y no vas a traer a la tierra a Sófocles, que está por delante de Eurípides, si es que tienes que subir a alguno a la tierra?

DIONISO. No sin antes coger a solas a Iofonte y poner a prueba, como el metal de una campana, lo que escribe sin ayuda de Sófocles. Y, además, como Eurípides   80 es tan astuto, puede ayudarme a volver a escapar aquí otra vez. El otro, en cambio, es todo placidez aquí y allí.

HERACLES. ¿Y dónde está Agatón?[13].

DIONISO. Me ha dejado y se ha ido, él que es un buen poeta, al que echa de menos la gente inteligente[14].

---

son citados y descartados otros trágicos aún vivos: Iofonte, hijo de Sófocles, que supuestamente le ayudaba a componer sus obras; Agatón, vencedor en el 416 y personaje de Platón, *Banquete* y Aristófanes, *Tesmoforias*; Jenocles, vencedor el 415 y objeto de sátira en diversos pasajes de Aristófanes; Pitángelo, poco conocido.

[10] Por primera vez deja ver el poeta el argumento de la comedia: buscar un poeta para la escena de Atenas. Era habitual que los prólogos mantuvieran al espectador intrigado sobre el tema durante el mayor tiempo posible. El tema va a reaparecer intermitentemente, para culminar en la segunda parte. Como de costumbre, Aristófanes presenta respecto a Eurípides una mezcla de admiración y sátira.

[11] Verso del *Eneo* de Eurípides.

[12] Poeta trágico hijo de Sófocles. Tuvo mucho éxito, pero algunos decían que su padre escribía sus mejores obras.

[13] Poeta trágico muy conocido, personaje del *Banquete* de Platón y amigo de Eurípides. Aristófanes le critica mucho por sus innovaciones.

[14] Agatón vivía ahora en Macedonia como huésped del rey Arque-

HERACLES. ¿A dónde, el desgraciado?

DIONISO. Al festín de los bienaventurados.

HERACLES. ¿Y Jenocles?

DIONISO. Así se muera, por Zeus.

HERACLES. ¿Y Pitángelo?

JANTIAS. (*Aparte.*) Y de mí ni una palabra mientras me desuello el hombro terriblemente.

HERACLES. ¿Y no hay aquí otros jovencitos que componen más de diez mil tragedias, más verbosas que las de Eurípides con una diferencia de más de un estadio?

DIONISO. Eso son racimos abortados y charlatanería, conciertos de golondrinas que desaparecen enseguida que les dan un coro, tan pronto que se hacen pis en la tragedia[15]. Pero un poeta creador no puedes encontrarlo ya por mucho que lo busques: uno que pronuncie una palabra noble.

HERACLES. ¿Cómo creador?

DIONISO. Creador así, uno que es capaz de proferir una frase como ésta, frases arriesgadas: "El éter dormitorio de Zeus" o "El pie del tiempo" o "Una mente que no quiere jurar por las víctimas sagradas y una lengua que perjura sin contar con la mente"[16].

HERACLES. ¿Y a ti te gustan esas cosas?

DIONISO. Con más que locura.

HERACLES. Son mamarrachadas, como tú mismo sabes bien.

DIONISO. No pongas tu casa en mi mente, tienes casa propia.

HERACLES. Pues la verdad es que parecen cosas de mal gusto.

---

lao y había dejado de producir. Disfrutaba de los banquetes de la corte de Macedonia y es como si se hubiera muerto.

[15] Las frases con que se describe a esos trágicos frustrados son parodias de Eurípides. El arconte epónimo da un coro a los poetas elegidos para el concurso trágico: cuando lo logran, no vuelven a componer.

[16] Nueva serie de parodias de Eurípides. La primera es de la *Melanipa Sabia*, la segunda de las *Bacantes*, la tercera del *Hipólito*.

DIONISO. Tú dame lecciones sobre la cena.

JANTIAS. (*Aparte.*) Y de mí ni una palabra.

DIONISO. Pero la razón por la cual he venido con esta
  indumentaria imitada de ti, es para que me dijeras, si
  yo te lo pedía, los hospederos que tuviste cuando 110
  bajaste a por el Cerbero, esos cuéntamelos y los
  puertos, las panaderías, las casas de putas, los sitios
  de descanso, los cruces, las fuentes, los caminos, las
  ciudades, los alimentos, las hospederas, allí donde
  hay menos chinches[17].

JANTIAS. (*Aparte.*) Y de mí ni una palabra.   115

HERACLES. Desdichado, ¿Osarás ir tú también?

DIONISO. Ni una palabra más: dime por qué camino lle-
  garemos más rápido a la casa de Hades, allá abajo.

HERACLES. Veamos, ¿qué camino te indicaré el primero,
  cuál? Uno es con ayuda de una soga y un escabel 120
  —ahorcándote.

DIONISO. Calla, es un camino ahogadizo.

HERACLES. Pues hay un atajo rápido, muy frecuentado,
  con ayuda de un mortero.

DIONISO. ¿Hablas de la cicuta?   125

HERACLES. En efecto.

DIONISO. Ése es frío y helado: enseguida pone rígidas las
  pantorrillas.

HERACLES. ¿Quieres que te diga uno rápido y cuesta abajo?

DIONISO. Sí por Zeus, no soy muy andarín.

HERACLES. Deslízate hasta el Cerámico[18].

DIONISO. ¿Y luego qué?   130

HERACLES. Sube a la elevada torre...

DIONISO. ¿Y qué hago?

---

[17] Como se ha dicho en la Introducción, Heracles es tomado como
experto en el camino del Hades porque estuvo allí, en su último trabajo, a traer a Euristeo el perro Cerbero. Dioniso le pide informaciones
como si se tratara de un viaje cualquiera.

[18] Es el barrio occidental de Atenas, barrio de ceramistas y herre-
ros, más allá de la puerta del Dipilón. Aquí estaba la torre de Timón,
el conocido misántropo, desde cuya altura se tiraba una antorcha que
daba la señal de las carreras de antorchas.

HERACLES. Mira desde allí el comienzo de la carrera de antorchas. Y cuando digan los espectadores "tírala", entonces ya tírate a ti mismo.

DIONISO. ¿A dónde?

HERACLES. A abajo.

DIONISO. Iba a perder, entonces, dos hojas de sesos[19]. No quiero echarme a andar por ese camino.

HERACLES. ¿Y entonces?

DIONISO. Prefiero por el que tú bajaste aquella vez.

HERACLES. Es larga la navegación. Primero llegarás a una laguna inmensa, insondable.

DIONISO. ¿Y cómo voy a atravesarla?

HERACLES. En una barquita así de pequeña un viejo marinero te la hará atravesar, cobrando dos óbolos por el pasaje.

DIONISO. ¡Ay! ¡Qué gran poder tienen los dos óbolos en cualquier sitio! ¿Y cómo llegaron allí?

HERACLES. Los trajo Teseo[20]. Después verás serpientes y mil bestias terribles[21].

DIONISO. No me asustes ni me des miedo: no vas a hacerme volver atrás.

HERACLES. Y luego mucho fango y estiércol que fluye incesante; y yaciendo en él, al que hizo injuria a un extranjero o, tras tirarse a un muchacho, se quedó con el dinero, o pegó a su madre o golpeó la mandíbula del padre o juró con perjurio o plagió un parlamento de Mórsimo[22].

---

19 Era usual envolver en hojas de higuera carne picada, sesos, etc., que se comían así. Pero, al tiempo, Dioniso se refiere a las dos mitades de su propio cerebro, envueltas en sus membranas.

20 Teseo bajó al Hades según el mito y es, al tiempo, fundador del estado ateniense, que hacía diversos pagos (por ejemplo, a soldados y marineros) de dos óbolos. Habitualmente, se dice que Caronte, el barquero de la laguna Estigia al que aquí se hace referencia, cobraba un óbolo.

21 Se recuerdan los relatos míticos de la bajada de Heracles a los infiernos, cfr. Apolodoro II 4.12.4 y Luciano, *Kataplus* 22, etc.

22 Trágico muy mal visto por Aristófanes. Los que le plagian son

DIONISO. Por Zeus que convenía añadir a ésos al que haya aprendido la pírrica de Cinesias[23].

HERACLES. A partir de aquí te envolverá un aliento de flautas y verás una luz hermosísima, como en Ate- 155 nas, y bosquecillos de mirtos y coros bienaventurados de hombres y mujeres y batir continuo de palmas.

DIONISO. ¿Y quiénes son esos?

HERACLES. Los iniciados[24]...

JANTIAS. (Interrumpiendo.) Entonces, por Zeus, yo soy un asno que celebra los misterios. Pero no voy a transportar esto más tiempo. (Hace gesto de descar- 160 gar los bagajes.)

HERACLES. ...que van a informarte de todo lo que precises. Pues éstos moran al lado mismo del camino, muy cerca, junto a las puertas de Plutón. Y adiós, hermano.

DIONISO. Y tú ten salud. (A JANTIAS.) Y tú coge de nuevo 165 la ropa de cama.

JANTIAS. ¿Antes de dejarla en el suelo?

DIONISO. Y bien deprisa.

JANTIAS. No, por favor, contrata a alguno de los que acompañan los entierros, vienen para esto.

DIONISO. ¿Y si no lo encuentro?

JANTIAS. Entonces yo la llevo.

DIONISO. Dices bien. (JANTIAS deja en el suelo los bagajes.)

---

incluidos en la lista de los pecadores que, según creencia de los órficos, estaban en los infiernos metidos entre el cieno y el estiércol. Toda esta descripción de los lugares del Hades es seguramente de origen órfico.

[23] Un autor de ditirambos denostado por Aristófanes como artificioso y afeminado. Le va mal la pírrica, danza guerrera.

[24] En los misterios de Eleusis. Jantias toma la ocasión para referirse a sí mismo (el verdadero asno ha sido retirado hace tiempo de la orquesta) como un asno que celebra los misterios. Hay referencia a un proverbio y, al tiempo, a que Jantias hace de asno, transportando los bagajes; también se ha sugerido que "asno" indica un grado inferior entre los iniciados o que se refiere a los animales que transportaban el equipaje de éstos.

Pero ahí traen a este muerto. Tú, a ti te digo, al muer- to, ¿quieres, amigo, llevar unos pequeños bultos al Hades?

MUERTO. ¿Cuántos?

DIONISO. Éstos.

MUERTO. ¿Vas a pagarme dos dracmas por el transporte?

DIONISO. No, menos.

MUERTO. Apartaos del camino.

DIONISO. Espera, desgraciado, a ver si hago un trato contigo.

MUERTO. Si no vas a pagar dos dracmas, no te molestes en hablar.

DIONISO. Te ofrezco nueve óbolos.

MUERTO. Prefiero resucitar. (*Se aleja el entierro.*)

DIONISO. ¡Qué orgulloso el maldito!

JANTIAS. Que le venga desgracia. Yo me pongo en camino. (*Coge los bagajes.*)

DIONISO. Eres bravo, un hombre noble. Vamos a la barca.

(*Llega la barca, sin duda con ayuda de cuerdas y rodillos, a uno de los lados de la orquesta, que representa ahora la laguna Estigia. En ella va* CARONTE.)

CARONTE[25]. Oop, atraca.

DIONISO. Y esto, ¿qué es?

JANTIAS. ¿Esto? Una laguna, por Zeus. Ésta es la que decía y además veo la barca, ¡sí, por Posidón!, y ése es Caronte.

DIONISO. Salud, Caronte, salud, Caronte, salud, Caronte.

CARONTE. ¿Quién viene al descanso después de los sufrimientos y fatigas? ¿Quién a la llanura del Olvido o al Esquilado del Asno o a los Cerberios o a los Cuervos o a Ténaro?[26].

---

25 Caronte, el barquero infernal, es mencionado desde el poema épico *Minias* y luego aparece en la cerámica desde el 500 a.C. aproximadamente. Ya lleva un remo y un timón, ya una pértiga.

26 Nombres tomados los unos de los mitos en torno al Hades (la

[134]

DIONISO. Yo.

CARONTE. Pues sube aprisa.

DIONISO. ¿Dónde piensas desembarcar?

CARONTE. En los Cuervos.

DIONISO. ¿De verdad?

CARONTE. Sí, por Zeus, al menos para ti. Embarca de una 190
vez.

DIONISO. Chico, ven aquí.

CARONTE. A un esclavo no lo llevo, salvo que haya entrado en la batalla naval por nuestro pellejo[27].

JANTIAS. No en verdad, estaba con los ojos malos.

CARONTE. Pues corre en torno a toda la laguna.

JANTIAS. ¿Y dónde os esperaré?

CARONTE. Junto a la Piedra de la Seca[28], donde está el em- 195
barcadero.

DIONISO. ¿Te enteras?

JANTIAS. Me entero perfectamente. (*Aparte.*) Desdichado
de mí, ¿con quién me habré encontrado mientras salía de casa? (*Parte.*)

CARONTE. (*A DIONISO, que ha subido a la barca.*) Siéntate
al remo. Si alguien más quiere embarcarse, que se dé
prisa. —Pero tú, ¿qué haces?

DIONISO. ¿Que qué hago? ¿Qué otra cosa sino que me
siento en el remo[29], donde me mandaste?

---

llanura de Lete o "del Olvido", luego se entendía como un río), otros
burlescos ("El Esquilado del Asno" se refiere a un trabajo inútil, "los
Cerberios" tiene que ver con el perro Cerbero y con los cimerios, hay
la frase coloquial "mandar a uno a los cuervos", es decir, a la ruina), el
cabo Ténaro está en Laconia y allí había un acceso al Hades. Caronte
imita al marinero que va indicando las paradas de un barco.

[27] Nueva referencia a la batalla de las Arginusas y a la libertad con-
cedida a los esclavos que combatieron en ella. Pero la interpretación
es dudosa, quizá haya una referencia a los cadáveres que no pudieron
ser recuperados.

[28] Geografía mítica quizá creada por Aristófanes sobre el modelo
de la Piedra Sin Risa del mito eleusinio y a la "sequedad" de los muertos, mencionada en las tablillas órficas.

[29] Bufonada: Dioniso, en su ignorancia, cree que debe sentarse sobre el remo.

CARONTE. Siéntate aquí, panzón.

DIONISO. Ya está.

CARONTE. Echa las manos hacia adelante y estíralas.

DIONISO. Ya está.

CARONTE. No hagas bufonadas, apóyate firme en los pies
y rema con fuerza.

DIONISO. ¿Y cómo voy a poder, yo que soy inexperto y
nada marinero y nada salaminio[30], remar después de
todo eso?

CARONTE. Muy fácil, pues vas a oir canciones muy bellas,
en cuanto metas el remo.

DIONISO. ¿De quién?

CARONTE. De ranas-cisnes, una maravilla.

DIONISO. Da la señal para remar.

CARONTE. ¡Oh opop, oh opop!

CORO.

Brequequequéx coáx coáx
brequequequéx coáx coáx.
Hijas lacustres de las fuentes,
himnos clamando al son de flautas
entonemos, la canción de voz bella,
coáx coáx,
que en honor del de Nisa[31],
Dioniso, hijo de Zeus,
un día en Limnas ya cantamos
cuando la banda de borrachos
en las festivas Ollas sacras,
desfila, el pueblo, por mi santuario[32],
Broquoquoquóx coáx coáx.

---

30 No participó en la batalla de Salamina (¡que se libró en el 480!).

31 Nisa es un nombre de diversos lugares míticos en conexión con
el culto de Dioniso.

32 Todo esto se refiere a la fiesta dionisiaca de las Ollas, el tercer
día de las Antesterias, en febrero, que se celebraba en el santuario de
Dioniso de las Lagunas (que es lo que significa *Limnai*, lugar del santuario). Era, sin duda, un lugar pantanoso al pie del sur o suroeste de
la Acrópolis: las ranas se atribuyen por ello una parte en el culto dioni-

DIONISO.

    Pues yo voy a sentir dolor
    de culo[33], sí, coáx coáx.
    Pero a vosotras no os importa.

CORO.   225

    Brequequequéx coáx coáx.

DIONISO.

    Pues reventad con el coáx,
    no hay otra cosa que el coáx.

CORO.

    Y con razón, entrometido.
    A mí me aman las Musas con su lira
    y Pan cabrón que toca la siringa;   230
    de mí disfruta Apolo con su fórminge:
    sujeta su lira[34] la caña
        que bajo el agua crío.   235
        Brequequéx coáx coáx.

DIONISO.

    Pero yo en cambio tengo ampollas
    y el culo hace rato me suda.
    Bien pronto inclinado dirá ...

CORO.

    Brequequéx coáx coáx.

DIONISO.   240

    Oh raza amiga de los cantos,
    callaos ya.

CORO.

        Pues mucho más
    he de chillar si es que

---

siaco. Todo esto ha promovido distintas interpretaciones del coro de
ranas, cuya localización oscila entre el Hades y este templo de Dioniso.

[33] No lleva una almohadilla, como los remeros de los trirremes atenienses.

[34] No es claro el pasaje. Parece que la concha de la tortuga era atravesada por cañas, que la sujetaban; encima iba una piel de vaca y encima los brazos con el puente, que sujetaban las cuerdas. Las cañas estaban, pues, debajo de la lira.

antes en días de buen sol
hemos saltado entre la juncia
y el mimbral, disfrutando
        del canto al chapuzarnos;   24
o cuando huyendo de la lluvia
de Zeus, una danza en el fondo
con quiebros rápidos cantábamos
        y estallaban burbujas.

DIONISO.

    Brequequequéx coáx coáx.   25
    Esto lo saco de vosotras.

CORO.

    Es que, si no, sufrimos mucho.

DIONISO.

    Más sufriré si, de remar,
        al final me reviento.   25

CORO.

    Brequequequéx coáx coáx.

DIONISO.

    Podéis llorar, nada me importa.

CORO.

    Más que tú vamos a croar:
    todo lo que nuestra garganta
        sea capaz en el día.   2

DIONISO.

    Brequequequéx coáx coáx.
    En esto no vais a vencerme.

CORO.

    Ni tú a nosotras, tú jamás.

DIONISO.

    Ni vosotras a mí.
    Jamás: continuaré croando,   2
        aunque sea todo el día,
    hasta poder triunfar con el coáx.
        Brequequequéx coáx coáx.
    ¡Por fin logré acallar vuestro coáx!

CARONTE. Para, para. Acércate a la orilla con el remo[35]. 270
Desembarca, págame el pasaje[36].

DIONISO. ¿Y Jantias? ¿Dónde está Jantias? ¡Eh, Jantias!

JANTIAS. ¡Ajajá!

DIONISO. Ven acá.

JANTIAS. Salud, amo.

DIONISO. ¿Qué hay por esa parte?

JANTIAS. Oscuridad y fango.

DIONISO. ¿Has visto allí a los parricidas y los perjuros que 275
nos decía?

JANTIAS. ¿Tú no?

DIONISO. (*Señalando al público.*) Sí, por Posidón, y ahora mismo los estoy viendo. Pero ea, ¿qué vamos a hacer?

JANTIAS. Lo mejor es que sigamos adelante, porque este lugar es el de las terribles bestias de que hablaba aquel otro.

DIONISO. Va a fastidiarse. Exageraba para que yo me 280
asustara, sabiendo que soy un luchador, por celos.
Pues no hay nada tan bravucón como Heracles. Pero
yo bien querría encontrarme con una de esas bestias
y ganar un trofeo digno de esta empresa.

JANTIAS. Por Zeus, siento un ruido. 285

DIONISO. ¿Dónde está, dónde?

JANTIAS. Ahí detrás.

DIONISO. Marcha pues hacia atrás.

JANTIAS. Pero si está delante.

DIONISO. Marcha pues hacia delante.

JANTIAS. Veo, en verdad, por Zeus, una gran bestia.

DIONISO. ¿De qué aspecto?

JANTIAS. Terrorífico. Toma toda clase de formas: ya es una 290
vaca, ya un mulo, ya una mujer muy bonita.

DIONISO. ¿Dónde está? Voy hacia ella.

---

[35] Literalmente "remito", por oposición al gran remo o timón que maneja Caronte.
[36] La barca atraca, dejando atrás el canto de las ranas. Es el final del viaje y Caronte reclama el pago del pasaje.

JANTIAS. Ya no es una mujer, ahora es un perro.

DIONISO. Entonces es Empusa[37].

JANTIAS. Así parece, todo el rostro es de fuego brillante.

DIONISO. ¿Y tiene un pie de bronce?

JANTIAS. Sí, por Zeus, y de boñiga de vaca el otro, estáte 29
seguro.

DIONISO. ¿A dónde puedo escapar?

JANTIAS. ¿Y a dónde yo?

DIONISO. (*Dirigiéndose al sacerdote de* DIONISO, *sentado en el asiento central de la primera fila.*) Sacerdote, protégeme para poder seguir bebiendo contigo.

JANTIAS. Vamos a perecer, Señor Heracles.

DIONISO. No me mientas, amigo, te lo ruego, ni digas mi nombre[38].

JANTIAS. Entonces, Oh Dioniso. 30

DIONISO. Esto es peor que lo otro.

JANTIAS. (*A* EMPUSA.) Sigue por donde vas. (*A* DIONISO.) Aquí, aquí, amo.

DIONISO. ¿Qué pasa?

JANTIAS. Valor, todo ha salido bien. Podemos decir como Hegéloco: "Veo la calma tras las olas"[39]. Empusa se 30 ha ido.

DIONISO. Júramelo.

JANTIAS. Por Zeus.

DIONISO. Júramelo otra vez.

---

[37] Uno de los varios fantasmas o espectros terroríficos en que creían los atenienses (Lamia, Efialtes, Mormo, etc.) Todos pueden cambiar de aspecto y son fosforescentes. Nótese que el valor de Dioniso es sólo verbal: hace que le cubra el esclavo y sólo se decide a ir delante cuando la Empusa toma forma de mujer. Se ha pensado que la visión de la Empusa es invención de Jantias para asustar a Dioniso. Pero había creencia en diversos fantasmas de este tipo, también se aparecían a los iniciados de Eleusis. Su pie de bronce alude a que es infatigable en la persecución, el de boñiga de vaca es una broma.

[38] Jantias le ha llamado Heracles por su disfraz.

[39] Broma relativa a la representación del *Orestes* de Eurípides por el actor Hegéloco: al recitar este verso (el 279) cambió el acento de una palabra y en vez de "la calma" dijo "una comadreja" (que en Atenas usaban para cazar ratones).

[140]

JANTIAS. Por Zeus.

DIONISO. Júralo.

JANTIAS. Por Zeus.

DIONISO. Desgraciado de mí, qué palidez me entró de verla.

JANTIAS. Y este manto, del miedo, se te ha puesto color caca.

DIONISO. Ay de mí, ¿de dónde me vinieron estos males? ¿A cuál de entre los dioses voy a acusar de haberme 310 destrozado?

JANTIAS. Al "éter dormitorio de Zeus" o al "pie del Tiempo".

(*Se oye música de flautas.*)

DIONISO. Eh, tú[40].

JANTIAS. ¿Qué ocurre?

DIONISO. ¿No has oído?

JANTIAS. ¿Qué cosa?

DIONISO. Música de flautas.

JANTIAS. Sí en verdad y ha soplado hasta aquí un aura de antorchas propia de los misterios[41].

DIONISO. Pues vamos a agazaparnos en silencio y a es- 315 cuchar.

CORO.

Iaco, oh Iaco,
Iaco, oh Iaco[42].

JANTIAS. Ya está aquí, amo: los iniciados hacen aquí su fiesta, esos de los que nos hablaba. Ya ves que celebran a Iaco, igual que Diágoras[43]. 320

---

[40] Los editores discrepan sobre la atribución del diálogo a uno u otro de los dos personajes.

[41] Se ha pensado que Aristófanes pone aquí en escena, en cierto modo, la procesión de los misterios de Eleusis. En todo caso, los iniciados en ellos van al lugar paradisiaco a que ahora llegan Dioniso y Jantias. Su canto es la *párodos* de la obra, que sigue a continuación.

[42] Este refrán, lanzado por los mistas que iban a los misterios de Eleusis, era interpretado como referido a un dios Iaco, otro nombre de Dioniso.

[43] Es una burla: Diágoras de Melos es citado siempre como ateo. Pero otros manuscritos entienden *di' agorâs* "en la plaza".

DIONISO. También a mí me lo parecen. Por eso, mantenernos en silencio es lo mejor, para ver claramente.

CORO.[44]

Estrofa.

Oh Iaco que aquí moras en templo venerado[45],   32[
Iaco, oh Iaco,
ven a danzar aquí, en este prado
con los fieles piadosos,
la rica en bayas sacudiendo,
fecunda, en tu cabeza
corona de los mirtos, y con pie audaz danzando   33[
este desenfrenado,
alegre ritual
que es deudor de las Gracias, es puro y es sagrado,
danza de santos mistas.

JANTIAS. Señora muy venerada, hija de Deméter, ¡qué aliento más dulce me ha llegado de carne de lechón[46]!

---

[44] Este coro cantado por los iniciados imita libremente los que se cantaban al comenzar los misterios de Eleusis o, quizá, los pequeños misterios de Agras, en el camino hacia Eleusis. Los dioses de Eleusis (Iaco, Deméter, Core) son venerados. El detalle es difícil. En el coro entran mujeres y hombres: la primera estrofa parecen cantarla ellas, la segunda los hombres. Luego el corifeo de las mujeres hace el papel de *dadoûchos* o "porta-antorchas", el de los hombres, seguramente, el de hierofante o sacerdote principal; uno o los dos hacen la proclama de v. 353 ss. Este conjunto introductorio se cierra con un coral estrófico de todos. Como se sabe, los misterios prometían la inmortalidad e igual los órficos a los que seguían sus reglas: de ahí los motivos mistéricos y órficos en el Hades de las *Ranas*.

[45] Seguramente, en el Cerámico. Aunque otros piensan en un templo de Iaco en el Hades.

[46] Hay un equívoco cómico: la "carne de lechón", se refiere a los cerditos sacrificados en el culto demetriaco (y de su hija Perséfone, aquí aludida), pero también al coño; la "morcilla", quizás al pene. La estrofa es cantada, parece, por mujeres.

DIONISO. ¿No vas a estarte quieto, a ver si te dan un poco 340
de morcilla?

Antístrofa.

Llamas de antorcha aviva agitando tus manos,
Iaco, oh Iaco,
de la nocturna fiesta astro fulgente.
Con la llama arde el prado: 345
las viejas rodillas ya saltan,
dejan lejos sus cuitas
y el curso dilatado de los años ya antiguos,
por la divina fiesta. 350
Tú, ardiendo con la llama,
adelántate y lleva a este florido prado
a los danzantes, dios.

CORIFEO.
Tenga silencio religioso y abandone nuestros coros
todo el que ignore estos discursos o en su mente no
sea puro[47] 355
o no haya visto o celebrado misterios de sagradas
Musas
ni haya sido iniciado en los misterios báquicos de la
lengua de Cratino, devorador del toro[48],
o el que se divierta con bufonadas que hacen reír a
destiempo
o no ponga término a la discordia civil y sea benévo-
lo para los ciudadanos
sino que los excite y atize el fuego buscando ganancias propias 360
o cuando la ciudad está en apuros y es arconte,
acepte sobornos

---

[47] Los culpables de delitos de sangre no podían ser iniciados en los
misterios.
[48] Cratino es el poeta cómico rival de Aristófanes. Aquí se hace su
elogio: se le aplica un epíteto propio del mismo Dioniso y alusivo a
ritos en honor de éste. Con ello se alude, a la vez, a su afición al vino.

o rinda un fuerte o unas naves o exporte cosas
prohibidas

desde Egina, siendo un maldito Torición cobrador
del cinco por ciento[49],

enviando cueros, lino y pez a Epidauro,

o persuada a alguien a enviar dinero para las naves
enemigas   36

o se ensucie en las estatuas de Hécate[50] cuando canta
acompañando a los coros circulares

o, siendo político, roa el salario de los poetas[51]

porque ha sido objeto de burla en las fiestas patrias
de Dioniso.

A ésos ordeno y de nuevo ordeno y por tercera vez
ordeno

que abandonen los coros de los iniciados; y vosotros
renovad el canto   37

y nuestra celebración nocturna que es propia de esta
fiesta.

CORO.

Marchad todos con vigor
hacia los floridos prados,
el paso marcando,
chanceando,   37
burlando, embromando.
Porque lo justo[52] comimos.

---

49 El detalle se nos escapa. Se refiere a un agente de aduanas que
se dejaba sobornar en vez de cobrar, como impuesto de guerra, el cinco por ciento sobre las importaciones y exportaciones. Se hacía contrabando desde Egina, ocupada por Atenas, a Epidauro, que estaba en
la alianza peloponesia.

50 Situadas en las encrucijadas.

51 Habrían hecho esto Arquino y Agirrio, según los escoliastas.

52 Nada claro. Quizá quiere decir que los mistas han ayunado y
están en disposición de comenzar la fiesta; quizá que han desayunado
bien, contrapunto cómico al ayuno ritual. En todo caso, aquí hay un
nuevo comienzo de un coral, probablemente ya del verdadero coro de
la pieza, sólo de hombres.

Avanzad y haced elogio
noble a nuestra salvadora,   380
la voz entonando:
ella al país
salvará siempre
aunque a Torición le pese.

CORIFEO.

Ahora un nuevo himno en honor de la reina del
   fruto,
de Deméter la diosa cantad, con danzas sagradas
   honrándola[53].

CORO.   385

Deméter, de ritos sagrados
señora, concede tu ayuda
y salva a este coro que es tuyo.
Que yo sin temor todo el día   390
entre mis burlas dance.

Y diga mil cosas de risa,
y mil otras serias y luego
como merece esta tu fiesta
después de la burla y la chanza   395
me coronen triunfante.

CORIFEO.

Ea, vamos,
ahora a ese bello dios llamad para que venga
con vuestros cantos, al compañero en esta danza[54].

---

[53] Es posible que el canto a Deméter, que sigue con sus dos estrofas, sea sólo de los hombres. El corifeo hace el papel del hierofante,
sacerdote principal de Eleusis.

[54] Al anterior himno a Deméter sigue uno nuevo a Iaco, con tres
estrofas idénticas cerradas por el mismo refrán. La última implica que,
ahora, el coro es mixto de hombres y mujeres. El corifeo parece ser
ahora otro: hace el papel del *daduco* o "porta-antorchas", sacerdote

CORO.

    Oh Iaco venerado, que inventaste   400
    el dulce canto de esta fiesta, ven
    con nuestra diosa,
    y haznos ver que sin fatiga
    recorres largo trecho.
    Oh Iaco danzarín, únete a mí.

    Has destrozado para hacernos burla   405
    y para ahorrar dinero mi sandalia
    y nuestros trapos[55]
    y hallaste cómo sin gastar
    juguemos y bailemos.
    Oh Iaco danzarín, únete a mí.   410

    Al mirar de reojo, de una chica
    de cara muy bonita he contemplado
    —es bailarina—
    cómo al rasgársele el vestido   415
    se salió una tetita.
    Oh Iaco danzarín, únete a mí.

DIONISO.

    Siempre me gusta acompañar
    y jugando con ella
    me apetece danzar.

JANTIAS.

                     Y a mí también.   420

CORO.

    ¿Os parece que juntos
    riamos de Arquedemo
    que a los siete no había echado parientes?[56].

---

de los Misterios que dirije el coro de las mujeres. Aunque la organiza-
ción de todo el coral es problemática.

[55] Estas ropas desgarradas son tomadas del ritual eleusinio.

[56] Comienza la canción de escarnio del coro, a ratos difícil de
entender. Arquedemo se había hecho ciudadano sin tener parientes en
Atenas (y había que ser hijo de padre y madre atenienses), ¡y eso que

Pues es un político
en los muertos de arriba⁵⁷
y es allí el primero en la maldad.   425
Y oigo decir de Clístenes⁵⁸
que el culo entre las tumbas
se pela y desencaja las mandíbulas:
se hería agachado el pecho,
y lloraba y gemía   430
por Sebino, el que sea, el Anaflistio⁵⁹.
Y Calias⁶⁰ de Hipobino dicen
que de pelo de coño
una piel de león llevó al combate.

DIONISO.

¿Nos podríais decir   435
dónde vive Plutón?
Somos dos extranjeros que llegamos.

CORO.

No te vayas muy lejos
ni me hagas más preguntas: 440
sabe que estás ante su misma puerta.

DIONISO. (A JANTIAS.)

Carga otra vez, criado

---

ya tenía siete años! Juego de palabras entre "parientes", "miembros de
la fratría" e "incisivos". Es conocido por su intervención en el proceso
contra uno de los generales de las Arginusas, poco antes de esta comedia. Aristófanes le ataca más adelante, llamándolo "legañoso".

⁵⁷ O sea, los atenienses.

⁵⁸ El conocido homosexual, que en el cementerio llora a un amante muerto (de nombre cómico, tiene que ver con "venerar" y "follar").

⁵⁹ Del demo ático de Anaflisto. Pero hay juego de palabras, el verbo significa "acariciar", "excitar".

⁶⁰ Calias hijo de Hiponico, en cuya casa tiene lugar el debate recogido en el *Protágoras* platónico. El nombre del padre es cambiado en
Hipobino, sinónimo de Hipocino (por Hiponico, su verdadero nombre): hay alusión a dos verbos que significar "joder". Calias pasaba por
mujeriego, se habría arruinado por ellas. Esto se refleja aquí en la clase
de piel de león de que se revistió en la batalla (la de las Arginusas, sin
duda). Es un segundo Heracles, después de Dioniso, muy especial.

JANTIAS.

¿Y qué era esto si no
"Corinto hijo de Zeus"[61] *entre las mantas?*

CORIFEO.

Marchad ahora al sagrado recinto de la diosa, a su
    bosque florido,   445
danzando, aquellos a que admiten a la fiesta pia-
    dosa.
Yo en tanto iré con las muchachas y con las mujeres
allí donde celebran la fiesta nocturna de la diosa, lle-
    vándoles mi antorcha[62].

    (*Salen el* CORIFEO *y las mujeres del* CORO.)

CORO.

Marchemos a las rosaledas,   450
a los prados floridos,
a la manera nuestra
la más hermosa danza
bailando, que las Moiras
felices guían.

Para nosotros solos brilla   45
el sol de luz sagrada,
pues fuimos iniciados
y hemos llevado pura
vida para el extraño
y para todos[63].

---

[61] Es decir, otra vez lo mismo. "Corinto hijo de Zeus" es una frase
proverbial para algo muy repetido: sin duda, viene de un himno en
que se celebraba a este fundador de la ciudad.
[62] Este corifeo es el *daduco* o "porta-antorchas", ya citado, que va
a dirigir fuera de la escena el coro femenino. Se aleja con las mujeres,
que evidentemente han participado en el coro anterior. A continuación canta el coro de iniciados, sólo de hombres, que queda en la
orquesta. Pero hay también otras interpretaciones.
[63] Al requerimiento de tratar honestamente a los extranjeros, Aristófanes añade el de hacer lo propio con los ciudadanos comunes.

(*El* Coro *masculino sale.* Dioniso *y* Jantias *se acercan a la puerta de* Plutón. *El primero vacila.*)

Dioniso. Veamos, ¿de qué modo golpear la puerta, de cuál? ¿De qué modo golpean aquí la puerta los del 460 país?

Jantias. No pierdas el tiempo, tómale el gusto a la puerta, teniendo como tienes la figura y el temple de Heracles.

Dioniso. ¡Chico, chico!

Eaco[64]. ¿Quién es?

Dioniso. El fuerte Heracles.

Eaco. Oh maldito y desvergonzado y caradura y asque- 465 roso y todo asqueroso y muy asqueroso, que te nos llevaste a nuestro perro, el Cerbero, y te escapaste mientras le agarrabas por el cuello y te fugaste con él, un perro al que yo cuidaba. Pero ahora estás bien cogido: te guardan[65] la roca de negro corazón de Stix 470 y la roca del Aqueronte que gotea sangre, y los perros errabundos del Cocito y la Equidna de cien cabezas, que destrozará tus entrañas; en tanto, en tus pulmones hará presa una murena de Tarteso mien- 475 tras que tus riñones, ensangrentados en unión de tus tripas, se los repartirán las Gorgonas de Titrante, a las que voy a buscar con pie ligero. (*Sale.*)

Jantias. Tú, ¿qué has hecho?

Dioniso. "Me he cagado: invoca al dios"[66].

Jantias. Mamarracho, ¿no vas a levantarte rápido antes 480 de que te vea algún extranjero?

---

[64] Eaco, el juez de los muertos, abre la puerta de Plutón para hacer una escena en que confunde a Dioniso con el verdadero Héracles. El portero aparecerá luego.

[65] Sigue una descripción del Tártaro, parodia de tragedia. Incluye una geografía fantástica en torno a los ríos infernales y a diversos monstruos (pero las murenas de Tarteso eran un manjar exquisito para los glotones atenienses y las Gorgonas de Titrante son, quizá, algunas viejas horribles de este demo ateniense).

[66] Parodia, se dice después de verter una libación: "Ya está vertida. Invoca al dios."

DIONISO. Desfallezco. Aplícame una esponja al corazón.

JANTIAS. Tómala: aplícatela. ¿Dónde está? Oh dioses de oro, ¿ahí es donde tienes el corazón?[67].

DIONISO. De miedo, ella misma se corrió al bajo vientre.   48

JANTIAS. ¡Oh el más cobarde de los dioses y los hombres!

DIONISO. ¿Yo? ¿Cómo voy a ser un cobarde, si te he pedido una esponja? Ningún otro hombre habría hecho esto.

JANTIAS. ¿Cómo?

DIONISO. Se habría quedado echado en el suelo oliéndose, si de verdad era un cobarde; yo ya estoy en pie y   4(me he limpiado, además.

JANTIAS. Un acto de valor, por Posidón.

DIONISO. Así lo creo, por Zeus. Pero, ¿tú no te asustaste ante el tronar de sus palabras y ante sus amenazas?

JANTIAS. No, por Zeus, ni siquiera hice caso.

DIONISO. Pues mira, ya que estás ansioso de heroísmo y eres un valiente, tú hazte yo, cogiendo esta clava y la   4(piel de león, ya que eres de entrañas sin miedo; y yo a mi vez seré tu mozo de carga.

JANTIAS. Dámelo deprisa: hay que obedecer. Y mira a este Heracles-Jantias, a ver si voy a ser cobarde y con un   5(valor como el tuyo.

DIONISO. Por Zeus, eres de verdad esa carne de horca de Melita[68]. Ea, yo voy a echarme encima estos colchones.

CRIADA DE PERSÉFONE. ¿Estás aquí, Heracles querido? Entra dentro. Pues la diosa[69], en cuanto oyó que habías llegado, al punto comenzó a cocer panes, puso a hervir   5(ollas de polenta, de puré de lentejas dos o tres y

---

67 Algunos manuscritos atribuyen el "¿dónde está?" a Dioniso.

68 Heracles, que tenía un templo en ese demo ático. Se piensa en una alusión a Calias, que tenía posesiones en ese demo.

69 Perséfone, esposa de Plutón, que la había raptado a su madre Deméter. Aquí actúa como una buena ama de casa, que prepara un banquete para los invitados. En versiones anteriores del mito de la bajada de Heracles a los infiernos, aparece acogiéndolo favorablemente.

comenzó a asar un buey entero y a cocer tortas y dulces de miel. Entra pues.

JANTIAS. Muy bien, lo apruebo.

CRIADO. Por Apolo, no voy a dejarte que te vayas, pues estaba estofando carne de aves, tostando frutos se- 510 cos y mezclando vino dulcísimo. Entra conmigo.

JANTIAS. Muy bien.

CRIADO. Desvarías; no voy a dejarte ir. Ya está dentro para ti una flautista de lo más hermoso y dos o tres bailarinas.

JANTIAS. ¿Cómo dices? ¿Bailarinas? 515

CRIADO. Jovencísimas y recién depiladas. Entra de una vez, que el cocinero iba ya a retirar del fuego las taja-das y la mesa estaba siendo puesta.

JANTIAS. Ve pues, di lo primero a las bailarinas de dentro que ya voy. Chico, sígueme llevando los bártulos. 520

DIONISO. Espera, tú. ¿No te lo tomarás en serio porque en broma te disfracé de Heracles? No digas tonterías, 525 Jantias, coge las mantas y cárgatelas.

JANTIAS. ¿Qué ocurre? ¿No irás a quitarme lo que tú mis-mo me diste?

DIONISO. No es que vaya a hacerlo, ya lo estoy haciendo. Quítate la piel de león.

JANTIAS. Pongo por testigos a los dioses, a ellos confío el arbitraje.

DIONISO. ¿A qué dioses? ¿No es insensato y vano que tú 530 esperes, siendo un esclavo y un mortal, que vas a ser hijo de Alcmena?

JANTIAS. Descuida, de acuerdo. Toma. Pero quizás alguna vez tengas necesidad de mí, si dios quiere.

CORO.
Es en verdad propio de un hombre
que tiene entendimiento y seso 535
y ha navegado mucho,
el darse mil veces la vuelta
y junto al muro más seguro
quedarse y no cual cuadro

pintado, adoptando una sola
postura; que en verdad cambiarse
hacia el lado más blando   54(
es cosa propia de hombre sabio,
carácter de Terámenes[70].

DIONISO.

¿Y no sería cosa de risa
si Jantias, que es un esclavo,
entre mantas milesias[71]
revuelto y sacudiendo a una
danzante, un bacín me pidiera
y mirándole yo
el glande me agarrara y él   54°
como es un bicho malo, al verme
de mi misma mandíbula
de un puñetazo me arrancara
mi coro delantero[72]?

(*El* CORO *se retira. Cuando* DIONISO, *con sus bártulos*
y acompañado de JANTIAS, *va a entrar al festín, sale de*
dentro una HOSPEDERA *furiosa que tiene cuentas pen-*
dientes con HERACLES. *La acompaña otra llamada* PLÁTA-
NA; *cada una va acompañada, seguramente, de una*
esclava.)

HOSPEDERA. Plátana, Plátana, sal aquí. Aquí está aquel 55(
maldito que se alojó una vez en nuestra hospedería y
se nos comió dieciséis panes[73].

PLÁTANA. Por Zeus, ¡si es aquél!

JANTIAS. A alguien le viene una desgracia.

---

70 Político ateniense acusado de acomodaticio. Hizo la paz con Esparta el 404 tras haber sido uno de los oligarcas del 411 y haber esca-
pado con bien del asunto de las Arginusas; fue ejecutado por los
Treinta tiranos, a los que pertenecía, el 403.

71 La lana milesia era la más fina.

72 Los dientes de delante, los incisivos.

73 Como antes otras veces, se hace alusión a la proverbial glotone-
ría de Heracles.

HOSPEDERA. Y además veinte tajadas de carne ya estofa-
das, a medio óbolo cada una.

JANTIAS. Alguien va a pagarlas todas.

HOSPEDERA. Y muchísimos ajos.   555

DIONISO. Desvarías, mujer. No sabes lo que dices.

HOSPEDERA. No esperabas que, llevando esos coturnos,
yo te reconociera ya. ¿Qué más? Todavía no he hablado de la mucha salazón.

PLÁTANA. Por Zeus, ni del queso fresco, desdichado, que 560
se comía hasta con los cestillos.

HOSPEDERA. Y luego, cuando le presentaba la cuenta, me
miró de un modo desagradable y se ponía a mugir.

JANTIAS. Entonces, suya es esa hazaña: ésa es siempre su
manera.

PLÁTANA. Y sacaba la espada, como si estuviera loco.

JANTIAS. Así es, por Zeus, desdichada.   565

HOSPEDERA. Y nosotras dos, asustadas, nos subimos a una
repisa y el se marchó disparado llevándose hasta las
esteras.

JANTIAS. También esta hazaña es cosa suya.

HOSPEDERA. Pero habría que hacer algo. Ve y llama a mi
patrono Cleón⁷⁴.

PLÁTANA. Y tú llama para mí a Hipérbolo, si lo encuen- 570
tras, para machacar a éste.

HOSPEDERA. Garganta maldita, ¡con qué gusto te daría con
una piedra en los colmillos con los que te tragaste
mis provisiones!

PLÁTANA. Yo te arrojaría al *báratro*⁷⁵.

HOSPEDERA. Y yo te cortaría con una hoz ese pescuezo
con el que te tragaste mis tripas. Pero voy a por 575

---

⁷⁴ Doble sentido: se trata tanto del patrono o responsable de un
meteco (extranjero residente) como de un demagogo o jefe del pueblo. La hospedera y Plátana amenazan a Dioniso con dos demagogos
ya muertos, Cleón e Hipérbolo. Pero hay otra interpretación: las dos
hospederas no se dan órdenes la una a la otra, sino cada una a un
esclavo.

⁷⁵ Un barranco al que eran arrojados en Atenas los cadáveres de
los criminales ajusticiados.

Cleón, que hoy mismo se las va a sacar fuera[76] con una citación a juicio.

(*Salen ambas mujeres.*)

DIONISO. Muera yo malamente si no amo a Jantias.
JANTIAS. Entiendo, entiendo la intención. Deja, deja esas 58▪
    palabras. No quiero convertirme en Heracles.
DIONISO. No hables así, Jantitas.
JANTIAS. ¿Y cómo me haría yo hijo de Alcmena si a la vez
    soy esclavo y mortal?
DIONISO. Sé, sé que estás enfadado y con razón; y si 58▪
    quieres pegarme, no te llevaría la contraria. Pero si te
    quito un día esa indumentaria, muera yo malamente,
    de raíz arrancado, con mi mujer, mis hijos y Arque-
    demo el legañoso[77].
JANTIAS. Acepto el juramento y bajo su garantía recibo
    esos vestidos.

(JANTIAS *y* DIONISO *intercambian su vestimenta.*)

CORO.
    Es en verdad ya cosa tuya,
    pues recobraste el indumento   59▪
    de antes, desde el comienzo
    hacerte joven [   ],
    mirar otra vez con fiereza
    recordando a ese dios
    al que te haces semejante.
    Y si te cojen delirando
    o sueltas algo blando,   59▪
    será necesario que cargues
    una vez más las mantas.

---

[76] Comparación con el acto de desenrrollar el hilo de una bobina.
[77] Cfr. nota 56.

JANTIAS.

No es mal consejo el que me dais,
pues que coincide que yo mismo   600
estoy pensando eso.
Así que si todo va bien
mi indumento quitarme otra vez
intentará, bien sé.
Mas, sin embargo, he de mostrarme
hombre viril de corazón,
con mirada de orégano[78].
Creo que ya hace falta, escucho
el ruido de la puerta.

(*Aparece* EACO *con dos esclavos.*)[79]

EACO. Atadme rápido a este roba-perros para que sufra 605
castigo. Daos prisa[80].

DIONISO. A alguien le llega una desgracia.

JANTIAS. ¡A los cuervos! No os acerquéis.

EACO. Ea, ¿te resistes? Ditilas, Esclebias, Párdocas[81]: venid
y luchad con él.

(*Luchan* JANTIAS *y los tres esclavos.*)

DIONISO. ¿No es vergonzoso que pegue este hombre que 610
encima roba lo ajeno?

EACO. Es monstruoso.

DIONISO. Es tremendo, terrible.

JANTIAS. Pues, por Zeus, si alguna vez vine aquí, acepto
morir, o si alguna vez robé alguna cosa tuya por el
valor de un cabello. Voy a hacer en tu honor una 615

---

78 Picante, feroz, como la del que mastica orégano.

79 Se debate si este portero es Eaco, sólo lo indican algunos manuscritos.

80 Eaco, naturalmente, confunde a Jantias con Heracles.

81 Nombres deformados de policías escitas. Por ejemplo, hay un
nombre escita Spártoco, que es deformado aproximándolo a "peer".

cosa valerosa: coge a este esclavo mío (*por* DIONISO.) y dale tormento[82] y si encuentras que he delinquido, llévame y dame muerte.

EACO. ¿Y cómo le daré tormento?

JANTIAS. De todas las maneras: atándolo a una escalera, colgándolo, azotándolo con un látigo, desollándolo, 62 retorciéndole los miembros y echándole además vinagre en las narices, poniéndole ladrillos encima, todo lo demás; pero no lo golpees con puerros ni con cebolletas tiernas.

EACO. Son palabras justas; y si al golpear al esclavo le dejo inválido, te compensaré en dinero.

JANTIAS. No a mí. Llévatelo y tortúralo.   62

EACO. Mejor aquí, para que hable ante tus ojos. (*A* DIONI-SO.) Deja en el suelo los bártulos y no digas ninguna mentira.

DIONISO. Prohíbo que me torturen, pues soy inmortal. Y si no, cúlpate a ti mismo.   63

EACO. ¿Qué estás diciendo?

DIONISO. Digo que soy inmortal, Dioniso hijo de Zeus, y que éste es esclavo.

EACO. ¿Lo oyes?

JANTIAS. Desde luego. Y mucho más debe sufrir latigazos: pues si es dios, no los sentirá.

DIONISO. ¿Y por qué, ya que también tu dices que eres 63 un dios, no recibes iguales golpes que yo?

JANTIAS. Son palabras justas; y aquel de los dos al que veas que llora el primero o que al recibir los palos decide otra cosa[83], considera que ése no es dios.

EACO. Eres un hombre valiente: siempre buscas lo justo. Desnudaos, pues.   64

JANTIAS. ¿Y cómo vas a darnos tormento con justicia?

EACO. Muy fácil: os daré golpe tras golpe a cada uno.

---

[82] El amo de un esclavo podía permitir, en un proceso, que la otra parte le diese tormento, especificando las condiciones.
[83] Es decir, hablar.

JANTIAS. Dices bien.

EACO. Ahí tienes. (*Le pega.*)

JANTIAS. Fíjate bien a ver si me muevo.   645

EACO. Ya te pegué.

JANTIAS. No en verdad, por Zeus.

EACO. Tampoco a mí me lo parece. Voy ahora tras éste,
     voy a golpearlo. (*Le pega.*)

DIONISO. ¿Cuándo?

EACO. Ya te pegué.

DIONISO. ¿Y cómo es que ni estornudé?

EACO. No lo sé. Voy a seguir con este otro.

JANTIAS. ¿No lo harás de una vez? (EACO *le pega fuerte.*)
     ¡Iattataí!

EACO. ¿Qué es ese iattataí? ¿Sentiste dolor?   650

JANTIAS. No, por Zeus, es que me acordé de la fiesta de
     Heracles en Diomea[84].

EACO. Es un hombre santo. Hay que ir a por el otro.
     (*Pega a* DIONISO.)

DIONISO. ¡Iú, iú!

EACO ¿Qué pasa?

DIONISO. Veo unos jinetes.

EACO. ¿Y por qué lloras?

DIONISO. Huelo a cebollas[85].   655

EACO. ¿Es que no sientes nada?

DIONISO. Me trae sin cuidado.

EACO. Hay que ir otra vez por el otro. (*Pega a* JANTIAS.)

JANTIAS. ¡Ay!

EACO. ¿Qué te pasa?

JANTIAS. Quítame esta espina.

EACO. ¿Qué historia es ésta? Vamos al otro lado, otra vez.
     (*Pega fuerte a* DIONISO.)

DIONISO. ¡Oh Apolo ... "que estás en Delos o en Delfos"!   660

---

84 Un demo del Ática, en el que se celebraba una fiesta en honor
de Heracles como patrono de los hijos ilegítimos. Había en ella un
concurso de chistes.

85 El alimento de los jinetes que pretende ver.

JANTIAS. Le ha dolido: ¿no le oíste?

DIONISO. A mí no, me estaba acordando de un yambo de Hiponacte[86].

JANTIAS. No adelantas nada. Machácale los lomos[87].

EACO. (*A* DIONISO.) Por Zeus, pon el vientre.

DIONISO. ¡Oh Posidón!

JANTIAS. A uno le ha dolido.

DIONISO. ..."tú que en el fondo del mar riges los promon- 66 torios del Egeo o de la glauca..."[88].

EACO. No soy capaz, por Deméter, de averiguar cuál de vosotros dos es un dios. Pero entrad: el propio amo[89] y Perséfone os reconocerán, ya que también ellos 67 son dioses.

DIONISO. Dices bien. Pero habría preferido que eso se te hubiera ocurrido antes de recibir yo los golpes.

(*Entran todos en el palacio de* PLUTÓN. *Sale el* CORO *para cantar la parábasis.*)

CORO.

Estrofa.

Asiste, Musa, a nuestro coro sacro, ven al placer 67
de mi canción,
a ver la multitud del pueblo, en que
innúmero hay saber
más noble que el de Cleofonte[90], en cuyos

---

[86] El poeta de Éfeso; según el escoliasta, es en realidad de Ananio. En todo caso, Dioniso intenta encubrir su grito de dolor con una cita literaria.

[87] Hay varias interpretaciones sobre el orden de los golpes.

[88] Cita, según un escoliasta, del *Laoconte* de Sófocles.

[89] Plutón.

[90] Demagogo que floreció tras el golpe oligárquico del 411 y fue ejecutado por los Treinta. Aquí se le acusa de sangre mezclada, tracia: a ello se alude con la referencia a Procne, cuñada de Tereo, rey de Tracia, a la que éste cortó la lengua para que no publicara su adulterio.

labios viles
brama terrible   680
la golondrina tracia
posada en una hoja bárbara[91]:
y canta lamentosa endecha fúnebre: que morirá
aun con votos iguales[92].   685

CORIFEO.

Es justo que el sagrado coro dé buenos consejos
a la ciudad y que la instruya. Lo primero proponemos
hacer iguales a los ciudadanos y quitar los temores.
Y si alguno erró resbalando por las llaves de Frí-
    nico[93],
creo que es preciso que sea dado a los que resbala-
    ron,   690
tras dar explicaciones, librarse de las acusaciones.
Y, luego, creo que nadie debe estar sin derechos en
    la ciudad.
Pues, la verdad, es vergonzoso que unos, tras una
    sola batalla,
se conviertan en Platenses y en amos, de esclavos
    que eran[94].
Y no podría decir yo que esto esté mal,   695
al contrario, lo alabo: es lo único sensato que habéis
    hecho.
Pero, junto a éstos, es razonable que vosotros, a
    aquellos que con vosotros muchas veces,
ellos y sus padres, libraron combates navales y son
    de vuestra raza,

---

[91] En una rama de yedra. Texto seguramente corrupto.

[92] Si los votos del tribunal estaban empatados, el acusado era absuelto. Aristófanes anticipa la muerte de Cleofonte, en todo caso. ¿Es
una profecía *ex eventu*, un añadido?

[93] Le considera responsable del golpe oligárquico del 411. Aristófanes propone que se levante la pérdida de derechos a los implicados
en el mismo (como en efecto se hizo; véase la Introducción).

[94] Nueva alusión a los esclavos que lucharon en las Arginusas y
fueron hechos ciudadanos, ni más ni menos que los de Platea cuando
la ciudad fue destruida por Esparta el 427.

les perdonéis ese solo infortunio cuando os lo piden.
Así, cediendo en vuestra ira, vosotros tan sabios por
    naturaleza,   70
de grado hagamos parientes a todos los hombres
y provistos de derechos y ciudadanos, a cualquiera
    que haya luchado en las naves.
Pues si en esto nos ponemos orgullosos y soberbios
y eso que tenemos a la ciudad en los brazos de las
    olas[95],   70
en el tiempo venidero no parecerá que hayamos sido
    sabios.

CORO.

Antístrofa.

"Si percatarme puedo de la vida o carácter de un
    hombre"[96] *que va a llorar,*
no mucho tiempo el mono tan molesto,
ese enano de Clígenes[97]*,*
el bañero peor de entre los reyes
del falso nitro bate-lejías   71
y la tierra cimolia,
va a durar; pero, aun viéndolo,
no es pacifista, no sea que borracho pierda la ropa   71
caminando sin vara[98]*.*

---

[95] En máximo peligro: Atenas había de capitular ante Esparta al año siguiente. Hay alusión a un verso de Arquíloco (fr.110 Adrados).

[96] Cita del poeta Ión.

[97] Un hombre del partido de Cleofonte, que perseguía a los complicados en el golpe del 411. Era propietario de una casa de baños y Aristófanes le acusa de usar allí productos falsificados. La tierra cimolia o "tierra de batanero" venía de la isla de Cimolo.

[98] No muy claro. Aristófanes expresa la esperanza de que Clígenes sea desprovisto de su cargo (quizá sea un secretario del Consejo que se menciona para el 410) y de que, borracho y sin bastón, le roben en la calle hasta dejarlo desnudo.

CORIFEO.

Muchas veces yo pienso que a la ciudad le ha sucedido
lo mismo que a los buenos y honestos ciudadanos
y que a las viejas piezas de moneda y a las nuevas de
    oro.   720
Pues de esas monedas, no falsificadas
sino las más bellas de todas, según se está de acuerdo,
y las solas bien acuñadas y contrastadas
entre griegos y bárbaros, en todas partes,
en nada nos servimos, sólo de esos detestables
    bronces   725
acuñados ayer o anteayer con la peor acuñación[99].
Así, de entre los ciudadanos, a aquellos que sabemos
    que son
de buena familia y temperantes y justos y nobles y
    honrados
y criados en las palestras y en los coros y los poetas,
los maltratamos, mientras que de los de bronce y extranjeros y pelirrojos[100]   730
y malvados e hijos de malvados, nos servimos para
    todo,
de los recién llegados, de los que antaño la ciudad
ni como fármacos[101] se serviría fácilmente, así como
    así.
Pues bien, insensatos, cambiad ahora vuestra conducta
y servíos de los hombres honestos; y si tenéis éxito,   735

---

[99] Según una ley bien conocida, la mala moneda expulsa a la buena. Las monedas de bronce son las acuñadas a partir del 406 con un leve baño de plata, debido a que las minas de Laurión estaban ocupadas por el enemigo. Las buenas monedas son las antiguas de plata de Laurión e incluso las de oro (sin duda con aleación) acuñadas el 407 con el baño de oro de algunas estatuas.

[100] Quizá aluda a Cleofonte, hijo de una esclava. Alude al cabello de los tracios y otros extranjeros.

[101] Individuos que en algunas ciudades griegas eran befados como víctimas expiatorias por las culpas de la ciudad.

la cosa es excelente, y si tenéis un fracaso, los sabios
pensarán

que al menos, si os pasa algo, os habréis colgado de
un buen árbol[102].

(*Segundo prólogo. El* Coro *se retira. De la casa de* Plutón *salen* Jantias *y un esclavo, que comienzan una especie de segundo prólogo.*)

Servidor. Por Zeus Salvador, es un bravo tu amo.

Jantias. ¿Y cómo no va a ser un bravo un hombre que
sólo sabe beber y joder?

Servidor. ¡Y el no pegarte cuando fuiste descubierto, tú
que decías que eras el amo siendo el esclavo!

Jantias. Habría llorado.

Servidor. Y has hecho al punto una cosa digna de un
esclavo, esa que yo disfruto haciendo.

Jantias. ¿Disfrutas, dime?

Servidor. Me parece estar en la gloria[103] cuando maldigo
al amo a sus espaldas.

Jantias. ¿Y qué cuando rezongas, saliendo de la casa tras
probar golpes abundantes?

Servidor. También eso me gusta.

Jantias. ¿Y qué de entrometerte en todo?

Servidor. Más que cualquier otra cosa, por Zeus.

Jantias. ¡Zeus de nuestra raza! ¿Y qué de escuchar a escondidas todo lo que hablan nuestros amos?

Servidor. ¿Yo? Por Zeus, cuando hago eso, me vuelvo
más que loco.

Jantias. ¿Y qué de contárselo a los de fuera?

Servidor. ¿Yo? Cuando hago eso, hasta me meo de gusto.

Jantias. Oh Febo Apolo, dame la diestra, déjame que la
bese y tú besa la mía. Por Zeus, que es nuestro com-

---

102 Es una expresión proverbial. Aristófanes, y con razón, no tiene
ya mucha esperanza en un final feliz de la guerra, ni siquiera si se
siguen sus consejos.

103 Alude a la felicidad de los iniciados del más alto grado.

pañero de latigazos[104], ¿qué barullo y griterío y pelea hay ahí dentro?

SERVIDOR. Entre Esquilo y Eurípides.

JANTIAS. ¡Ah!

SERVIDOR. Un asunto, un gran asunto se remueve entre los muertos, uno grande y una gran revolución.   760

JANTIAS. ¿Por qué?

SERVIDOR. Hay aquí establecida una ley según la cual en todas las artes que son grandes y sabias, el que sea mejor de sus colegas debe tener[105] sus comidas en el pritaneo y un trono al lado de Plutón...   765

JANTIAS. Ya comprendo.

SERVIDOR. ...hasta que llegue uno más sabio que él en su arte: entonces debe cederle el puesto.

JANTIAS. ¿Y por qué ha conturbado esto a Esquilo?

SERVIDOR. Aquél tenía el trono trágico, por ser el mejor en su arte.   770

JANTIAS. ¿Y quién lo es ahora?

SERVIDOR. Cuando bajó aquí Eurípides, comenzó a presentar sus espectáculos a los ladrones de ropa y a los cortadores de bolsas y a los parricidas y horada-muros, de los que hay multidud en el Hades. Y ellos, de 775 escuchar sus antilogías y sus presas y zancadillas[106], se volvieron locos y pensaron que Eurípides era el mejor. Y él, creciéndose, comenzó a agarrarse al trono en que se sentaba Esquilo.

JANTIAS. ¿Y no le tiraban piedras?

SERVIDOR. Por Zeus, el pueblo decía a gritos que había que hacer un juicio para ver cuál era más sabio en el arte.   780

---

104 Exageración cómica del epíteto anterior de compañero de raza, tomado de la tragedia.

105 Como en Atenas eran honrados ciertos personajes ilustres con la "comida en el pritaneo", el edificio del ágora donde residía la Comisión Permanente de los prítanis o delegados del Consejo.

106 Vocabulario de la lucha, aplicado aquí a las artes retóricas de Eurípides.

JANTIAS. ¿El pueblo de los malandrines?

SERVIDOR. Sí, por Zeus, hasta el cielo gritaban.

JANTIAS. ¿Y no había con Esquilo otros aliados?

SERVIDOR. Son pocos los buenos, igual que aquí.

JANTIAS. ¿Y qué va a hacer Plutón?

SERVIDOR. Va a hacer inmediatamente un concurso y un juicio y una prueba entre ellos respecto al arte.

JANTIAS. ¿Y cómo Sófocles no quería apoderarse también él del trono?

SERVIDOR. No aquél en verdad, sino que besó a Esquilo cuando llegó y le dio la mano derecha; y le cedió el trono sin disputa. Pero ahora, como dijo Clímides, va a sentarse como reserva[107]; y, si vence Esquilo, a quedarse en su sitio; si no, anunciaba que, por el arte, lucharía con Eurípides.

JANTIAS. Entonces, ¿la cosa va a tener lugar?

SERVIDOR. Un poco más tarde. Va a librarse el gran combate: la poesía va a ser pesada en la balanza.

JANTIAS. ¿Cómo? ¿Van a pesar la tragedia?

SERVIDOR. Y van a traer reglas y codos de versos y marcos plegables...

JANTIAS. ¿Van a fabricar ladrillos?

SERVIDOR. ...y compases y cuñas. Pues Eurípides dice que quiere examinar[108] las tragedias verso a verso.

JANTIAS. Pienso que Esquilo lo estará pasando mal.

SERVIDOR. Agachó la cabeza y miró hacia arriba como un toro.

JANTIAS. ¿Y quién va a ser el juez?

---

[107] No sabemos quién es este Clímides, que evidentemente pronunció sobre sí esta frase, tomada de los concursos atléticos. Se ha discutido mucho por qué Sófocles es dejado aparte y si estaba muerto o no en este momento. Como se dice en la Introducción, se ha propuesto que la comedia estaba prácticamente escrita antes de morir Sófocles y que después se introdujeron leves retoques. Es tratado con respeto; la gran diferencia en pensamiento y arte es la que hay entre Esquilo y Eurípides.

[108] También "torturar", también la "cuña" tiene doble sentido.

Servidor. Esto era lo difícil, pues ambos encontraban escasez de hombres sabios. Pues ni a los atenienses les iba bien Esquilo...

Jantias. Quizá pensaba que había demasiados horada-muros.

Servidor. ...y pensaban que los demás eran poca cosa 810 para juzgar las excelencias de los poetas. Así, se lo han confiado a tu amo, ya que es experto en el arte. Pero entremos, que cuando los amos están empeña-dos en cosas serias, para nosotros son los llantos.

(*Entran. El* Coro *se adelanta.*)

Coro.

Terrible ira tendrá / dentro el altitonante[109], 815
el diente charlatán / al ver de su rival
ya se lo afila: de insana ira
bizco se quedará.

Empenachadas frases / e injurias tremolantes
habrá y ejes quebrados / y virutas de acciones
al defenderse el héroe del artista 820
de voces que cabalgan[110].

Erizando la espesa / greña de su penacho,
frunciendo el entrecejo, / rugiendo lanzará
palabras bien clavadas, arrancándolas 825
con gigantesco soplo[111].

---

[109] Esquilo, asimilado a Zeus, mientras que Eurípides lo es al jabalí que aguza sus colmillos antes de atacar.

[110] Traducción aproximada, se mezclan las alusiones a la batalla de carros, el casco y el penacho de los guerreros, y el lenguaje de los dos poetas: las "virutas" retóricas de Eurípides, las palabras grandilocuen-tes de Esquilo.

[111] El propio cabello es el penacho de Esquilo; su soplo es como el huracán que arranca las planchas de un barco, que son sus palabras.

Y luego una lengua suave[112], / *crítica de los versos,*
desplegada y lanzando / *sus bridas envidiosas,*
ardiente sus palabras va a escrutar,
fatiga de pulmones.

(*Salen del palacio* ESQUILO y EURÍPIDES, *acompañados de*
DIONISO *y* PLUTÓN. *Vienen discutiendo.*)

EURÍPIDES. No suelto el trono, no me des consejos; pues 8.
  aseguro que soy en el arte mejor que ése.

DIONISO. Esquilo, ¿por qué callas? Ya oyes lo que dice.

EURÍPIDES. Se hace el desdeñoso, antes que cualquier
  cosa; es el mismo número que hacía en sus tragedias.

DIONISO. Amigo, no seas pretencioso.   8.

EURÍPIDES. Le conozco, hace mucho que le tengo bien
  visto: un individuo rústico, de boca incontrolada,
  que tiene una boca sin freno, sin dominio de sí, sin
  puerta, sin sutileza en el hablar, que pronuncia pu-
  ñados de palabras bombásticas.

ESQUILO. "¿De verdad, hijo de la diosa agricultora?"[113]. Me 8
  dices tú a mí eso, coleccionador de insulseces, creador de cojos y remendador de harapos?[114] No vas a
  repetirlo sin que te pase nada.

DIONISO. Cálmate Esquilo, no hagas arder tus entrañas
  con la ira.

ESQUILO. No voy a hacerlo antes de mostrar quién es ese 8
  fabricante de cojos que tiene tanta audacia.

DIONISO. Sacad, sacad, esclavos, un cordero negro, pues
  un tifón se dispone a desencadenarse[115].

---

112 La de Eurípides. La interpretación es difícil.

113 Deformación de un verso de Eurípides (Aquiles "hijo de la diosa marina") para aludir a la profesión de vendedora de hortalizas que
atribuían los cómicos a la madre de Eurípides.

114 Alusión a los héroes cojos y harapientos de Eurípides: tales, Télefo, Belerofontes, Filoctetes, etc.

115 Se sacrificaba un cordero negro a los dioses infernales, también
a los de las tempestades (confundidos aquí, sin duda, con Tifón).

ESQUILO. ¡Oh tú que recolectas cantos cretenses y metes en el arte bodas nefandas[116].   850

DIONISO. Detente, muy venerado Esquilo. Y tú, desgraciado Eurípides, ponte lejos del granizo, si eres sensato, no sea que con una palabra grande como una cabeza[117] te hiera en su ira y eches fuera el *Télefo*[118]. No con ira, Esquilo, sino con suavidad, re-   855
fútale, déjale refutarte: los poetas no deben injuriarse como panaderas; y tú, en cambio, enseguida te pones a gritar como un tronco de encina que se prende.

EURÍPIDES. Estoy dispuesto, no lo rehúyo, a morder o ser   860
mordido el primero sobre los versos, los corales, los músculos de la tragedia. Sí, por Zeus, Peleo y Eolo y Meleagro y todavía Télefo[119].

DIONISO. ¿Y tú, qué piensas hacer? Dímelo, Esquilo.   865

ESQUILO. Preferiría no discutir aquí; pues nuestro enfrentamiento no es en condiciones de igualdad.

DIONISO. ¿Por qué?

ESQUILO. Porque mi poesía no ha muerto conmigo, pero la de ese sí, de modo que la tendrá para que hable[120]. Sin embargo, ya que tú así lo decides, habrá que   870
hacerlo.

DIONISO. Que alguien me traiga incienso y fuego a fin de implorar, antes de las argucias de éstos, que yo juzgue este concurso en la forma más sabia. Procede

---

[116] Se trata de relaciones adúlteras o incestuosas, como en diversas tragedias de Eurípides. Con frecuencia se trata de heroínas cretenses (Aérope, Pasífae, Fedra); hay alusión, además, a las innovaciones musicales.

[117] Parece que es el gran bloque de piedra colocado como dintel de una puerta.

[118] Una de la tragedias de Eurípides más parodiadas por Aristófanes.

[119] Son todos héroes de las piezas de Eurípides.

[120] Sus tragedias han bajado con él a Hades, podrá recitarlas. Pero la verdad es que las tragedias de Eurípides fueron muy populares tras su muerte.

como si fuera un mortal. Y vosotros entonad una canción en honor de las Musas.

Coro.
    ¡Oh nueve vírgenes de Zeus,   8`
    Musas que presidís las mentes sabias e inteligentes
    de hombres que acuñan frases, cuando llegan a dis-
        putarse
    con ingeniosas, retorcidas llaves de pugilato,
    venid a ver la fuerza
    de bocas que saben buscarse   8
    frases, serrín de versos.
    De poesía el gran certamen va ahora ya a presen-
        tarse.

Dioniso. Decid vuestra oración vosotros dos antes de recitar vuestros versos.   8

Esquilo. ¡Oh Deméter que el pensamiento mío alimentaste, sea yo digno de tus misterios![121]

Dioniso. (*A* Eurípides.) Toma también tú incienso y haz la ofrenda.

Eurípides. Bien, pero son otros los dioses a los que yo oro.

Dioniso. ¿Propios de ti, una nueva acuñación?   8

Eurípides. Sí, por cierto.

Dioniso. Ea pues, ora a tus dioses personales.

Eurípides. ¡Oh Éter, mi alimento y gozne de mi lengua, e Inteligencia y Narices Sensitivas, que yo refute con acierto con las palabras de que eche mano![122]

---

121 Alude al nacimiento de Esquilo en Eleusis y a su piedad. En un momento fue acusado de divulgar los misterios.

122 Son dioses particulares de Eurípides, tomados de invocaciones en sus tragedias (pero inventado seguramente el último por Aristófanes). Con esto comienza el *agón* entre Esquilo y Eurípides, que es de estructura regular: *oda, epirrema, pnigos, antoda, antepirrema, antipnigos, sphragís* o "sello".

CORO.
   Oda.

   En verdad ansiamos saber   895
   de los dos sabios, qué cruel camino
   verboso seguiréis.
   Pues vuestra lengua está irritada
   y no es cobarde vuestro ánimo
   ni suave vuestra mente.
   No es, pues, extraño que esperemos   900
   que el uno algo divertido
   diga y bien limado;
   y el otro se lance y arranque
   frases con sus raíces y haga
   muchos revolcaderos de palabras.

CORIFEO.
   Cuanto antes tomad la palabra. Y mirad cómo ha-
       bláis,   905
   diciendo cosas ingeniosas y no imágenes y cosas que
       otros podrían decir.

   Epirrema.

EURÍPIDES.
   De mí mismo, de cómo es mi poesía,
   hablaré al final. Primero voy a poner al descubierto a
       ese,
   que era fanfarrón y tramposo y con qué palabras en-
       gañaba
   a los espectadores que había recibido inocentes,
       criados con Frínico[123].   910
   Primero sacaba a un individuo sentado, cubierto con
       un velo,
   un Aquiles o una Níobe, sin dejar ver su rostro,

   ---

   [123] Trágico predecesor de Esquilo.

una mera presentación de la tragedia que no gruñía ni esto[124].

ESQUILO.

Por Zeus que no es verdad.

EURÍPIDES.

Y el coro soltaba unas ristras de versos, cuatro, una tras otra, bien seguidas; y ellos callaban.   91

DIONISO.

Y yo disfrutaba de su silencio y esto me daba placer, no menos que los que ahora charlan.

EURÍPIDES.

Es que eras un imbécil, sábelo bien.

DIONISO.

También a mí me lo parece. ¿Y por qué [hizo eso el individuo?

EURÍPIDES.

Era un truco, para que el espectador siguiera sentado esperando a ver cuándo Níobe decía algo. En tanto, la pieza iba avanzando.   9̣

DIONISO.

¡Qué astuto, cómo me engañaba!
(*A* ESQUILO.) ¿Por qué te remueves y estás incómodo?

EURÍPIDES.

Porque le estoy poniendo al descubierto.
Y luego, después de ese delirio y cuando la tragedia ya iba por la mitad, decía doce palabras como bueyes, 9 con cejas y penachos, monstruos espantosos ignorados por los espectadores.

ESQUILO.

¡Desdichado de mí!

DIONISO.

Calla.

___

124 Alude a los *Frigios* y la *Níobe* de Esquilo.

EURÍPIDES.

Y cosas claras, no decía ni una...

DIONISO.

(*A* ESQUILO.) No rechines
[los dientes.

EURÍPIDES.

...sólo Escamandros o fosos o grifo-águilas puestos
en los escudos, cincelados en el bronce, y palabras
como despeñaderos de caballos,
nada fáciles de entender.   930

DIONISO.

Por los dioses, yo mismo
he estado desvelado durante largo rato, en la noche,
tratando de averiguar qué ave es el "rubio caballo-
gallo"[125].

ESQUILO.

Un mascarón pintado en las naves, ignorante.

DIONISO.

¡Y yo que pensaba que era Erixis[126], el hijo de Filóxeno!

EURÍPIDES.

¿Y había que poner un gallo en las tragedias?   935

ESQUILO.

Y tú, enemigo de los dioses, ¿qué es lo que ponías?

EURÍPIDES.

No caballo-gallos por Zeus, ni capro-ciervos, como tú,
esos animales que pintan en las cortinas persas;
sino que tan pronto como recibí de tus manos la tragedia,
que estaba hinchada a fuerza de bravatas y palabras
cargantes,   940

---

[125] Un caballo con alas y cola de gallo que era mascarón de un barco, como se dice a continuación; Esquilo lo citaba en los *Mirmidones*.
No podemos imaginar el parecido con el personaje desconocido a que
alude Dioniso. Para los escudos, recuérdense sobre todo los *Siete contra Tebas*.

[126] Individuo desconocido, que debía de tener una figura extraña.

la adelgacé lo primero y le hice perder peso
con versitos y paseítos y con acelgas blancas,
dándole una infusión de charlas filtrada de los libros[127].
Y luego la nutrí con monodias.

ESQUILO.

                              Mezclando a Cefisofonte[128].

EURÍPIDES.

Y, luego, no deliraba de cualquier modo ni me lanzaba a embrollar,   94
sino que el primer personaje que salía decía al punto
su familia
en cuanto comenzaba la tragedia.

ESQUILO.

                              Sin duda, era preferible
                              [a decir la tuya[129].

EURÍPIDES.

Y después, desde los primeros versos, a ninguno
dejé sin trabajo:
hablaban la mujer y no menos el esclavo   95
y el amo y la doncella y la vieja.

ESQUILO.

                              ¿Y entonces
no hubieras debido morir por hacer esto?

EURÍPIDES.

                              No por Apolo,
era democrático lo que yo hacía.

---

[127] Todo este tratamiento médico lo ha sacado Eurípides de los libros: es sabido que tenía una buena biblioteca.

[128] Según la maledicencia viviría en casa de Eurípides, siendo
amante de su mujer y colaborador en la redacción de sus tragedias.

[129] Efectivamente, los prólogos de Eurípides suelen comenzar con
un personaje que cuenta su familia y su historia. Esquilo aprovecha
esto para una alusión a la supuesta madre verdulera de Eurípides,
como más arriba.

DIONISO.

Deja eso, amigo,
para ello el paseíto tuyo no es el más excelente[130].

EURÍPIDES. (*Señalando a los espectadores.*)

Y luego, a ésos les enseñé a charlar ...

ESQUILO.

También yo lo afirmo.
Pero deberías haber reventado antes, por la mitad,
antes de enseñárselo.   955

EURÍPIDES.

...y la aplicación de reglas sutiles y el escuadrado de
los versos,
a pensar, ver, comprender, retorcer, amar, maquinar,
conjeturar maldades, mirarlo todo con aprensión...

ESQUILO.

También yo
[lo afirmo.

EURÍPIDES.

...introduciendo temas familiares, los que tratamos y
van con nosotros,
en los cuales yo podía ser criticado; pues los espectadores, siendo conocedores,   960
podían criticar mi arte. En cambio, no resonaba pom-
posamente
arrancándoles de lo razonable, ni les dejaba atónitos
introduciendo Cicnos y Memnones[131] con potros por-
tadores de campanillas y jaeces.

(*A Dioniso.*) Te darás cuenta de quiénes son sus discípulos y quiénes los míos.
Los de él son Formisio, Megéneto y Manes[132],   965

----

130 Alusión a una supuesta falta de "democratismo" en Eurípides.
Se refiere, quizá, a paseos de Eurípides con sus amigos, a los que no
conocemos.

131 Estos héroes, aliados de los troyanos aparecían, con su equipo
arcaico y exótico, en piezas de Esquilo relativas a la guerra de Troya.
Sólo sabemos de una tragedia titulada *Memnón.*

132 Personajes desconocidos, salvo el primero, amigo del demago-

trompeto-lanza-barbudos, descuartiza-dobla-pinos[133];
y los míos Clitofonte y el elegante Terámenes[134].

DIONISO.

¿Terámenes? Hombre sabio y para todo hábil,
que si cae en una mala situación o queda cerca de
ella,
enseguida sabe caer fuera de los males: no es de
Quíos, es de Ceos[135].   97

Pnigos.

EURÍPIDES.

*Tal es la sabiduría
en la que a éstos introduje,
razón infundiendo al arte
y estudio: ahora ya piensan*   9·
*en todo, y también sus casas
en regir mejor que antes
y en preguntar: ¿cómo es esto?,
¿dónde está?, ¿quién lo cogió?*

DIONISO.

Por los dioses, ahora todo   9·
*ateniense que entra en casa
a los esclavos les grita
y pregunta: ¿y la marmita?,*

---

go Clitofonte: sin duda se le considera discípulo de Esquilo por su
gran barba, en los otros habría sin duda algún rasgo de este tipo. En
Asamblea 97 su nombre aparece sustituyendo a "coño", sin duda por
su barba.

133 Este epíteto alude a Sinis, el bandido del Istmo, que ataba a sus
víctimas a dos pinos que acercaba, para luego soltarlos a fin de que
resultaran destrozados.

134 Del político Terámenes ya se ha hablado; Clitofonte es sin duda
el miembro del círculo socrático al que es dedicado el diálogo platónico de ese nombre.

135 Terámenes es hábil para salir de apuros haciendo habilidades
políticas (pero fue hecho ejecutar por los Treinta Tiranos en el 403).
Hay una alusión poco clara a dos tiradas de dados, la mejor y la peor.

¿quién se comió la cabeza
de mi sardina? Mi escudilla   985
del otro año murió.
¿Dónde está mi ajo de ayer?
¿Quién se tragó mis olivas?
Mientras que antes como estúpidos   990
boquiabiertos, enmadrados
se sentaban Melítidas[136].

Antoda.

"Ya lo estás viendo, ínclito Aquiles"[137].
¿Qué vas a responder a esto? Sólo
no te arrastre la ira   995
hasta detrás de los olivos[138].
Pues fuerte fue su acusación.
Así, hombre generoso,
no le contestes con tu ira:
amaina y usa tú el extremo   1000
tan solo de las velas:
avanza, avanza tu navío,
está a la mira hasta que el viento
sea para ti suave y ya seguro.

CORIFEO.

   ¡Oh tú el primero de los griegos que elevaste torres
      de palabras venerandas,
   y diste dignidad a la trágica farsa!, suelta ya el chorro
      con valor.

---

[136] Nada comprensible: puede referirse al demo ático de Melite o
simplemente a la "miel", en todo caso indica un imbécil, así también
en Menandro (*Aspis* 269).

[137] Verso de los *Mirmidones* de Esquilo: Aquiles contempla furioso
cómo le es arrebatada Briseida (como aquí Esquilo está furioso con
Eurípides).

[138] Es decir, haciéndole salirse de la pista, bordeada por olivos.

ESQUILO.

Me irrito de este suceso, mis entrañas se revuelven   100
si he de disputar con ése; pero para que no afirme
   que no sé qué decir...
respóndeme, ¿por qué debe admirarse a un poeta?

EURÍPIDES.

Por su inteligencia y su consejo, y porque hacemos
   mejores
a los hombres en las ciudades.   10

ESQUILO.

                      ¿Y si no has hecho esto,
sino que de honestos y nobles los hiciste detestables,
¿qué pena reconocerás que es justa?

DIONISO.

                    La muerte: no se lo pre-
                      [guntes a él.

ESQUILO.

Mira pues cómo los recibió él de mí en el principio,
si nobles y de cuatro codos y no ciudadanos de De-
   serción,
ni placeros y bufones, como ahora, ni malvados,   10
sino respirando lanzas y jabalinas y yelmos de blanco penacho
y cascos y grebas y corazones de siete pieles de
   buey[139].

EURÍPIDES.

Sigue adelante con esas desgracias, va a machacarme
   otra vez fabricando yelmos.
¿Y qué hiciste para enseñarles a ser tan valientes?

DIONISO.

Contesta, Esquilo, no te irrites otra vez haciéndote el
   soberbio.   10

---

[139] Como los escudos de que habla Homero. Los atenienses eran
como guerreros homéricos, el vocabulario usado apunta a esto.

ESQUILO.

Escribiendo un drama lleno de Ares[140].

DIONISO.

¿Cuál?

ESQUILO.

*Los Siete contra
[Tebas,*

viendo el cual todos los hombres ardían por ser
héroes.

EURÍPIDES.

Es desafortunado eso que has hecho, pues has descrito a los tebanos
como valientes en la guerra: debes recibir palos por
ello.   1025

ESQUILO.

También vosotros podíais practicar esto, pero no os
dedicasteis a ello.
Luego presenté *Los Persas* y les enseñé a desear
vencer siempre al enemigo, al celebrar un episodio
heroico.

DIONISO.

Yo al menos disfruté cuando oí sobre Darío muerto
y el coro al punto, batiendo las manos, dijo "¡iavoí!"

ESQUILO.

Esto es lo que deben cultivar los poetas. Pues mira
desde el principio   1030
cuán útiles han sido los poetas de pro.
Orfeo nos enseñó los ritos sagrados y a abstenernos
de verter sangre,
Museo la curación de las enfermedades y los oráculos y Hesíodo
el cultivo de la tierra, el tiempo de cada cosecha, la
arada. Y el divino Homero
¿de qué obtuvo el honor y la gloria sino de que enseñó cosas provechosas,   1035

---

[140] Así calificaba Gorgias de Leontinos (B 24) a esta tragedia.

las formaciones, las virtudes y el armamento de los
  guerreros?

Dioniso.

                        Pues a Pantocles,
a ese necio, no se lo enseñó. Pues anteayer, cuando
  iba en la procesión,
después de sujetarse el casco iba a atar encima el
  penacho[141].

Esquilo.

Pero sí a otros muchos valientes, entre ellos al héroe
  Lámaco[142];
de donde sacando una impresión[143] mi mente pre-   10
  sentó los muchos actos de valor
de los Patroclos y los Teucros de corazón de león,
  para incitar al ciudadano
a emularlos cuando escucha el son de la trompeta.
En cambio, yo no presentaba Fedras ni Estenebeas,
  esas putas[144],
y nadie puede decir que yo haya presentado una
  mujer enamorada.

Eurípides.

Sí, por Zeus, es que no tenías nada de Afrodita.   10

Esquilo.

                              Y ojalá nunca
                                    [lo tenga.
En cambio, en ti y en tus personajes estaba bien,
  bien asentada,
de suerte que te ha destruido.

---

141 Nada sabemos de este personaje poco marcial que intervenía
en una procesión, quizá la de las Panateneas.
142 General muerto en la expedición a Sicilia, de quien Aristófanes
se había burlado en *Los Acarnienses* y *La Paz.*
143 Como a partir de un molde.
144 Fedra, la heroína del *Hipólito*, se enamoró de su hijastro Hipólito; Estenebea, mujer de Preto rey de Corinto, del huésped Belerofontes (que da nombre a la tragedia). Ambas terminaron su vida trágica-
mente.

DIONISO.

Por cierto que es verdad.
Pues las cosas que atribuías a las mujeres de otros,
por ellas fuiste alcanzado[145].

EURÍPIDES.

¿Y qué mal causan a la ciudad, desgraciado, mis Estenebeas?

ESQUILO.

Que a esposas nobles de hombres nobles persuadiste
a beber la cicuta, deshonradas por tus Belerofontes.   1050

EURÍPIDES.

¿Es que esa historia sobre Fedra no existía y yo la in-
venté?

ESQUILO.

No, existía; pero el poeta debe ocultar lo perverso
y no presentarlo ni enseñarlo. Porque a los niños
es el maestro el que les enseña, pero a los adultos
los poetas.   1055
Debemos decir cosas honorables.

EURÍPIDES.

¿Y si tú dices Licabetos
y cosas del tamaño del Parnaso[146], eso es enseñar cosas honorables,
tú que deberías hablar en forma humana?

ESQUILO.

Es que es fuerza,
[desdichado,
parir las palabras del tamaño de las grandes frases y
pensamientos.
Y es lógico además que los semidioses usen palabras
más grandes,   1060
igual que usan vestidos mucho más solemnes que
los nuestros.

———————

145 Nueva alusión al supuesto adulterio de la mujer de Eurípides.
146 Es decir, palabras tan grandes como montañas.

Yo enseñé esto honestamente y tú lo estropeaste.

EURÍPIDES.

¿Haciendo
[qué cosa?

ESQUILO.

Lo primero, vistiendo a los reyes de harapos para
que miserables
aparecieran a los espectadores.

EURÍPIDES.

¿Y qué mal causé haciendo eso?

ESQUILO.

Por causa de eso, ningún rico quiere desempeñar la
trierarquía[147],   10
sino que vestido de harapos llora y dice que es pobre.

DIONISO.

Sí, por Deméter, y lleva debajo una túnica de pura
lana.
Y si con esas palabras logra engañar, sale a la super-
ficie en el mercado de los peces[148].

ESQUILO.

Y, luego, les enseñaste a ejercitarse en la charla y la
cháchara
que han vaciado las palestras y sacado lustre a los
culos[149]   10
de esos jovencitos charlatanes; y a los de la Páralos[150]
persuadió
a desobedecer a sus jefes. En cambio en aquellos
tiempos, cuando yo vivía,

---

[147] Es una prestación al Estado que se imponía a los ricos: la de
equipar un barco de guerra o trirreme.
[148] El rico tiene dinero suficiente para aprovisionarse de su manjar
favorito.
[149] Se refiere a los jóvenes de la nueva generación, que desdeñan
el ejercicio físico y prefieren debatir sentados temas sofísticos durante
horas enteras.
[150] Uno de los dos trirremes del Estado ateniense.

no sabían otra cosa que pedir la galleta y decir "¡ru-
    papaí!"[151].

DIONISO.

Sí por Apolo, y a tirar un pedo en la boca al remero de
    la fila inferior[152]
y a emporcar al compañero y, cuando desembarcaban,
    a robarle a uno la ropa.   1075
Ahora discuten y navegan sin remar en una dirección y
    luego en otra.

    Antipnigos.

ESQUILO.

    ¿De qué desgracia no es culpable?
    ¿No ha introducido celestinas[153],   1080
    y las que paren en los templos[154]
    o bien yacen con sus hermanos[155]
    o niegan que es vida la vida?[156]
    Por estas cosas la ciudad
    de escribanillos se ha llenado,   1085
    y bufones monos del pueblo
    que al pueblo siempre le engañan.
    Pero ya no llevan la antorcha[157]
    por falta de gimnasia.

DIONISO.

    Por Zeus, que no: me quedé seco
    de risa en las Panateneas.   1090

----

    [151] Exclamación con que los remeros marcaban el ritmo.
    [152] Su rostro quedaba a la altura del asiento de los remeros de la
fila superior.
    [153] La nodriza en *Hipólito.*
    [154] Auge en la tragedia de este nombre.
    [155] Cánace en el *Eolo.*
    [156] Alude a pasajes del *Frixo* y otras tragedias, aludidos otra vez al
final de la obra.
    [157] Símil tomado de las carreras de antorchas con relevos, de las
que ya se ha hablado.

Corría uno lento, cabizbajo,
pálido, gordo, retrasado,
sufriendo. Y los del Cerámico
desde sus puertas le golpean
vientre, costados, lomos, culo;   10
y él, golpeado por las palmas,
tirando pedos,
soplaba aún la antorcha[158].

Sphragís.

Estrofa.

Grande es la batalla, fuerte la querella, feroz llega
    la guerra.
Es, pues, difícil decidir   1[
cuando el uno empuja fuerte
y el otro puede dar la vuelta y echarse encima con
    violencia.
Pero no estáis en igual punto:
aún quedan muchas incursiones que reñirán vues-
    tros sofismas.
Lo que tenéis para el debate   1[
decidlo, atacad, desollad
con lo que es viejo y lo que es nuevo.
Corred el riesgo de decir lo que es sutil y lo que es
    sabio.

Antístrofa.

Y si lo que teméis es esto, que haya una cierta igno-
    rancia
en este público, hasta el punto   1

---

[158] El desgraciado corredor avivaba su antorcha para que no se
apagara y seguía la carrera. Su resistencia era tan encomiable como
mala su preparación física.

de no entender las sutilezas,
en forma alguna temáis esto: porque ello no es ya
ahora así.
Han hecho ya muchas campañas
y cada uno con un libro[159] se entera así de lo que es
sabio.
Descuellan sus naturalezas 1115
y ahora están bien aguzadas.
Nada temáis, pues: al contrario,
tentadlo todo, por lo que hace al público: en verdad
es sabio.

EURÍPIDES. Contra tus prólogos voy a volverme, lo prime- 1120
ro, a fin de esa parte inicial de la tragedia de ese
hombre sabio, ponerla a prueba. Pues era obscuro
en la descripción de los hechos.

DIONISO. ¿Y cuál vas a poner a prueba?

EURÍPIDES. Muchos en verdad. Dime primero el de la
Orestea.

DIONISO. Venga, cállense todos. Habla, Esquilo. 1125

ESQUILO. "Hermes subterráneo que velas sobre los poderes paternales, sé tú mi salvador y mi aliado como te
pido. He vuelto a este país y retorno..."[160].

DIONISO. (*A* EURÍPIDES.) ¿Tienes algo que criticar en esto?

EURÍPIDES. Más de doce cosas.

ESQUILO. ¡Pero si son sólo tres versos!

EURÍPIDES. Cada uno tiene veinte faltas. 1130

DIONISO. Esquilo, te recomiendo que te calles; si no, encima de los tres versos yámbicos va a resultar que
debes algo.

---

159 Se refiere, sin duda, a la creciente afición a la lectura en Atenas
y la difusión de los libros. La metáfora militar subraya lo mismo: el
público de Atenas es entendido.

160 Es el comienzo del prólogo de *Coéforas*, recitado por Orestes,
que ha vuelto a Argos, ante la tumba de su padre Agamenón. La cita
nos devuelve este comienzo que en la tradición manuscrita se ha
perdido.

ESQUILO. ¿Que yo calle ante éste?

DIONISO. Si me haces caso.

EURÍPIDES. En el comienzo mismo ha cometido una falta que llega hasta el cielo.

ESQUILO. ¿No ves que deliras?

EURÍPIDES. Me trae sin cuidado.

ESQUILO. ¿En qué dices que he errado?

EURÍPIDES. Recita otra vez desde el comienzo.

ESQUILO. Hermes subterráneo, que velas sobre los poderes paternales.

EURÍPIDES. ¿Y esto no lo dice Orestes sobre la tumba de su padre muerto?

ESQUILO. No digo de otro modo.

EURÍPIDES. ¿Dice acaso que Hermes, cuando su padre murió violentamente por mano femenil con engaño oculto, veló sobre esto?

ESQUILO. No él en verdad, sino que invocó al Hermes Eriunio subterráneo y mostró que posee esa función como dada por su padre.

EURÍPIDES. Has errado aún más de lo que yo quería; pues si tiene como paterna la función subterránea...

DIONISO. Entonces es saqueador de tumbas por herencia del padre[161].

ESQUILO. Dioniso, bebes un vino que no huele a flores.

DIONISO. Dile tú otro; y tú, inspecciona el daño.

ESQUILO. Sé tú mi salvador y mi aliado como te pido. He llegado a este país y retorno...

EURÍPIDES. Dos veces nos ha dicho lo mismo el sabio Esquilo[162].

ESQUILO. ¿Cómo dos veces?

---

161 Dioniso cierra con una bufonada un pasaje nada claro. Resulta, en principio, ambiguo, si los "poderes paternos" son de Hermes (concedidos por Zeus) o de Orestes (el reino de Agamenón). Nosotros pensamos lo segundo, pero Eurípides y Esquilo se embrollan sobre el tema. Hermes es el conductor de las almas, que ha llevado a Agamenón al Hades.

162 Eco, seguramente, de las doctrinas de Pródico sobre la sinonimia: Esquilo ha empleado como sinónimos dos verbos que no lo son.

EURÍPIDES. Escucha las palabras: yo te explicaré. "He llegado a este país", dice, "y retorno". "Haber llegado" es igual a "retornar".

DIONISO. Por Zeus, es como si uno dijera al vecino: "préstame el cacharro de amasar y si quieres una artesa."

ESQUILO. No es lo mismo, individuo charlatán, son las palabras más justas. 1160

DIONISO. ¿Cómo? Explícame lo que dices.

ESQUILO. Puede llegar al país el que tiene una patria, pues ha vuelto sin más problema; pero un desterrado ha llegado y retorna. 1165

DIONISO. Bien, por Apolo. ¿Tú qué dices, Eurípides?

EURÍPIDES. No acepto que Orestes volviera a casa, pues vino ocultamente por no haber conseguido el permiso de las autoridades.

DIONISO. Bien, por Hermes; pero no entiendo lo que quieres decir.

EURÍPIDES. Recita otro verso. 1170

DIONISO. Recítalo, Esquilo, de una vez; y tú vigila las faltas.

ESQUILO. Y sobre la colina de la tumba pido a mi padre que me oiga y me escuche.

EURÍPIDES. Dice otra vez lo mismo, oír y escuchar es claramente lo mismo.

ESQUILO. Es que se lo decía a los muertos, maldito, a los que no llegamos ni repitiendo tres veces. Y tú, 1175 ¿cómo hacías los prólogos?

EURÍPIDES. Te lo voy a decir. Y si digo dos veces lo mismo o ves un relleno que está allí fuera de propósito, puedes escupirme.

DIONISO. Ea, habla, pues no me queda sino escuchar la justeza de las palabras de tus prólogos. 1180

EURÍPIDES. "Edipo era primero un hombre afortunado..."163.

ESQUILO. No en verdad, por Zeus, sino infortunado por naturaleza. Pues uno de quien Apolo dijo, incluso

---

163 Comienzo de la *Antígona*, hoy perdida.

antes de nacer, que mataría a su padre, antes de ser engendrado, ¿cómo pudo ser éste primero un hom- 11 bre afortunado?

EURÍPIDES. ...y luego fue el más desdichado de los hombres.

ESQUILO. No, por Zeus, no en verdad, nunca dejó de serlo. ¿Cómo iba a ser de otra manera? Primero, recién 11 nacido, le expusieron, siendo invierno, en una olla, a fin de que, cuando creciera, no se convirtiera en el asesino de su padre; luego, hizo un camino lamentable buscando a Pólibo, con los pies hinchados; encima, se casó con una vieja, siendo él joven, ¡y además era su madre![164] Más tarde, se cegó a sí mismo. 11

DIONISO. Fue sin duda afortunado, sobre todo si fue general con Erasínides[165].

EURÍPIDES. Deliras. Yo hago bonitos prólogos.

ESQUILO. Por Zeus, que no voy a rascarte cada frase palabra a palabra, sino que con ayuda de los dioses, voy a destrozar todos los versos con un lecito[166]. 12

EURÍPIDES. ¿Tú mis versos con un lecito?

ESQUILO. Con uno solo. Pues compones de modo que todo encaja, una pellicita, un lecitito, un saquito, en tus versos yámbicos. Te lo mostraré enseguida.

EURÍPIDES. ¿Sí, lo vas a mostrar tú? 12

ESQUILO. Te lo aseguro.

DIONISO. Vamos, debes recitar.

EURÍPIDES. "Egipto, según el relato más extendido, con sus cincuenta hijos con remo marinero llegado a Argos..."[167].

---

[164] Yocasta.

[165] Condenado a muerte en el proceso contra los generales vencedores en las Arginusas. Ésta es la única desdicha que le faltó a Edipo.

[166] Es, como se sabe, un vaso funerario; aquí alude a la hinchazón de los prólogos de Eurípides, en los que Esquilo siempre encuentra un lugar para colocar su burla "perdió un lecito", que completa siempre el verso. El término, de otra parte, sugiere palabras que se refieren a órganos sexuales y trato sexual.

[167] Del *Arquelao* de Eurípides.

ESQUILO. ...perdió un lecito.

DIONISO. ¿Qué lecito era ése? ¿No va a llorar? Recítale otro 1210
prólogo, para enterarme otra vez.

EURÍPIDES. "Dioniso, que con sus tirsos y pieles de cer-
vatos, entre los pinos, en el Parnaso, salta danzando..." [168].

ESQUILO. ...perdió un lecito.

DIONISO. ¡Ay, el lecito nos ha herido por vez segunda! [169].

EURÍPIDES. No va a haber problema: a este prólogo no va
a poder añadirle el lecito: "No hay hombre que sea 1215
feliz en todo, pues o nacido noble no tiene recursos
o siendo de bajo nacimiento..." [170].

ESQUILO. ...perdió un lecito.

DIONISO. ¡Eurípides!   1220

EURÍPIDES. ¿Qué pasa?

DIONISO. Debemos recoger las velas. Este lecito va a
soplar mucho.

EURÍPIDES. No me preocupo nada, por Deméter: se le va a
escapar en pedazos de la mano.

DIONISO. Ea, recita otro prólogo y guárdate del lecito.

EURÍPIDES. "La ciudad de Sidón dejando un día Cadmo, 1225
hijo de Agenor..." [171].

ESQUILO. ...perdió un lecito.

DIONISO. Querido, cómprale el lecito para que no nos
rompa nuestros prólogos.

EURÍPIDES. ¿Cómo? ¿Que yo se lo compre?

DIONISO. Si me haces caso.

EURÍPIDES. No en verdad, porque podré recitar muchos 1230
prólogos en los que éste no podrá colocar el lecito:
"Pélope hijo de Tántalo, cuando a Pisa volvió con
sus rápidas yeguas..." [172].

---

168 De la *Hipsípila*. Continuaba: "entre las vírgenes de Delfos."

169 Parodia de los gritos de muerte de Agamenón en la tragedia de
este nombre, 1345.

170 Comienzo de la *Estenebea*. Seguía: "ara un rico campo."

171 Comienzo del *Frixo*.

172 Comienzo de la *Ifigenia en Táuride*.

ESQUILO. ...perdió un lecito.

DIONISO. ¿Lo viste? De nuevo añadió el lecito. Amigo, 12
    págaselo ahora, como quiera que sea: te lo dará por
    un óbolo, un lecito honrado y generoso.

EURÍPIDES. Todavía no, por Zeus, todavía tengo muchos:
    "Eneo un día de su tierra..." [173].

ESQUILO. ...perdió un lecito.

EURÍPIDES. Déjame recitar primero el verso entero: "Eneo 12
    un día de su tierra recogiendo la abundante cosecha,
    cuando ofrendaba las primicias..."

ESQUILO. ...perdió un lecito.

DIONISO. ¿Cuando ofrendaba? ¿Y quién se lo sustrajo?

EURÍPIDES. Déjalo, amigo; que hable de éste: "Zeus, según
    dice la verdad..." [174].

DIONISO. Me harás morir, va a decir "perdió un lecito". 12
    El lecito ese está en tus prólogos igual que los or-
    zuelos en los ojos. Considera ahora su lírica, por los
    dioses.

EURÍPIDES. Pues puedo demostrar que es un mal poeta
    lírico, que compone siempre lo mismo[175]. 12

CORO.
    ¿Qué cosa va a suceder?
    Pues trato yo de imaginar
    qué reproche va a hacer
    al hombre que más numerosas 12
    y más hermosas melodías
    ha compuesto hasta ahora.
    Pues yo en verdad no sé bien cómo
    va a criticar a ésto,

---

[173] Del *Meleagro*.

[174] Comienzo de *Melanipa la Sabia*. No hay hueco métrico en las
primeras líneas de esta tragedia para colocar la frase consabida al final
de un verso; pero Esquilo es capaz de colocarla al comienzo.

[175] Es difícil apreciar la crítica de Eurípides, que recita él mismo los
versos de Esquilo, sin duda exagerando, pues no conservamos la me-
lodía, sólo el metro.

al báquico señor.
Temo por él[176]. 1260

EURÍPIDES. ¡Melodías en verdad admirables! Pronto va a verse. Voy a destrozar, juntándolas, todas sus melodías.

DIONISO. Yo voy a llevar las cuentas, cogiendo unas piedrecitas.

(*Sigue un intermedio de flauta.*)

EURÍPIDES.
"Aquiles el de Ftía, ¿por qué oyendo ese asesino
son, ¡ay! no vienes en ayuda?"[177].
"A Hermes cual ancestro honramos los hombres del
[lago"[178],
¿son, ¡ay! no vienes en ayuda? 1265
DIONISO.
Ya tienes dos sones, Esquilo.
EURÍPIDES.
Oh el más glorioso aqueo, hijo / de Atreo muy pode-
[roso, sabe esto. 1270
¿Son, ¡ay! no vienes en ayuda?
DIONISO.
Tienes, Esquilo, tu tercer son.

---

[176] Por Eurípides. Hay quienes declaran espurios los cuatro últimos versos. En lo que sigue hay parodia de la métrica y música de Eurípides, que es la del nuevo nomo y ditirambo de fines del siglo V, al tiempo que de los versos de Esquilo.

[177] Comienzo de los *Mirmidones* de Esquilo. El coro de mirmidones se dirige a Aquiles que, sentado en su tienda, oye el ruido de la batalla sin ir en ayuda de los aqueos.

[178] Los arcadios, que habitan en torno al lago de Estínfalo. Canta el coro de *Los Invocadores de almas* de Esquilo. Se añade, como luego varias veces, el segundo verso de la cita de los *Mirmidones*: igual recurso que el del "perdió un lecito", se trata de demostrar la ilogicidad de estos corales o de subrayar su ritmo.

EURÍPIDES.

> *"Silencio, oficiantes-abejas / van a abrir ya el tem-*
> *[plo de Artemis"*[179].
>
> *¿Son, ¡ay!, no vienes en su ayuda?*   127
> *Dueño soy de cantar favorable presagio en la em-*
> *[presa guerrera*[180].
>
> *¿Son, ¡ay!, no vienes en su ayuda?*

DIONISO. ¡Oh Zeus rey, qué cantidad de sones! Quiero ir 128
al baño, pues por causa de esos sones tengo hinchados los riñones.

EURÍPIDES. No antes que oigas otra serie de cantos, saca-
dos de aires ejecutados a la cítara[181].

DIONISO. Ea, concluye: y no añadas el "son".

EURÍPIDES.

> *"Cómo el poder aqueo de doble trono, de juventud*
> *helena "*[182],   128
> *toflattozrat toflattozrat,*
> *"envía a la Esfinge, perro patrón de tristes días",*
> *toflattozrat toflattozrat,*
> *"con lanza y mano vengadora, un ave valerosa",*
> *toflattozrat toflattozrat,*   129
> *"habiendo otorgado alcanzarlo a las rápidas perras*
> *del aire"*
> *toflattozrat toflattozrat,*
> *"la fuerza apoyada en Ayante"*
> *toflattozrat toflattozrat.*   129

---

[179] Prólogo de las *Sacerdotisas*. Formaban sin duda el coro de ofi-
ciantes del culto de Artemis, llamadas "abejas". Artemis era asociada a
la abeja.

[180] Comienzo del primer coral del *Agamenón*.

[181] Los anteriores pasajes eran acompañados de la flauta, según el
escoliasta.

[182] Cita, una vez más, del *Agamenón*, seguida de una de la *Esfinge*,
otra del *Agamenón*, otra quizá del *Memnón*, otra de *Las Mujeres Tra-
cias*. Del total resulta un sentido incoherente, cortado además por la
línea que parodia el ritmo. Una vez más, nos es difícil comprender
la crítica de Eurípides, referida sin duda a la monotonía de ritmos y
melodías.

DIONISO. ¿Qué es ese *flattozrat?* ¿Has recogido de Maratón o de dónde esas canciones de cargador?[183]

ESQUILO. Yo las he recogido para ser cosa bella de una bella fuente[184], porque no me vieran recogiéndolas despojando el mismo prado sagrado de las Musas que Frínico. En cambio, él saca miel de todas partes: 1300 canciones de putas, escolios de Meleto[185], aires de flauta carios, cantos fúnebres, de danza, pronto va a verse. Que uno traiga la lira. Pero, ¿qué falta hace la lira para esto? ¿Dónde está la que toca las conchas[186]? Aquí, Musa de Eurípides, ante la cual es justo cantar 1305 estas canciones.

DIONISO. Esta Musa no era de Lesbos, no[187].

ESQUILO.

Alciones, vosotros / que entre olas fluyentes   1310
del mar siempre piáis,
de gotas húmedas mojando
la piel del ala, de rocío;
"y las que bajo el techo, en los rincones "[188],
falanges, tejéis con vuestras patas   1315
hilos para el telar,
tarea para sonora lanzadera:
allí donde el delfín que ama la flauta[189]
junto a la proa azul lanzaba al alto

---

[183] Más bien se trata de alguien que arrastra pesos con ayuda de una polea.

[184] ¿La lírica eolia?

[185] El poeta trágico acusador de Sócrates, aunque hay quien lo duda. Los escolios son canciones de mesa. La flauta tenía gran boga en Asia Menor, pero, dentro de ella, Caria era mirada con desprecio.

[186] A manera de castañuelas, para marcar el ritmo.

[187] Como Terpandro y los citaredos clásicos. Aunque no se excluyen alusiones sexuales (*lesbiazein* se refiere a la felación de las mujeres).

[188] Sería parodia del *Meleagro* de Eurípides. Continúa parodiándose su música. Los alciones son pájaros míticos, comparables a las gaviotas y otros que vuelan sobre las olas.

[189] Se pensaba que seguía a los barcos atraído por el sonido de la flauta que marcaba el ritmo de los remeros.

oráculos y estadios.
La enredadera de la vid amiga
cíñeme, amigo, al cuello[190].
¿Pero ves este pie?

EURÍPIDES.

Viéndolo estoy[191].

ESQUILO.

¿Sí? ¿De verdad lo ves?

EURÍPIDES.

Viéndolo estoy.

ESQUILO.

¿Y tú que esos versos compones
denostar osas mis canciones,
siguiendo las doce figuras
de Cirene la puta?

Ésas son tus canciones. Pero yo quiero todavía explicar
el estilo de tus monodias[192].

---

[190] Todo es bastante incoherente, pero muy euripídeo. Se comienza invocando a los alciones (pájaros míticos que vuelan sobre el mar en la tempestad) y a las arañas. Luego vienen, no se ve cómo, los delfines y el dios Baco, cuya bebida pide la mujer.

[191] Se trata de un pie métrico (o mejor de un verso) completamente irregular: un glicónico con un final breve-breve-larga. Pero se juega con el sentido propio de "pie": el actor que recita la monodia levanta el suyo y se lo muestra a Eurípides.

[192] Estas monodias son un tejido de alusiones a pasajes de Eurípides y de parodias de los mismos, más una serie de imitaciones. Todo es parodiado: el estilo (repeticiones, epítetos y símiles, etc.), los temas (romántico-sentimentales a veces, llenos de misterio otras, de trivialidad también), los metros (nuevos, mezclados, innovados: imposibles de recoger en una traducción). Es el estilo de las nuevas monodias de fines del siglo V (aparte de las de Eurípides, conocemos *Los Persas*, de Timoteo), con su estilo manierista y artificioso, entre romántico y trivial, el que es imitado. Hay un argumento aproximado: una mujer ve visiones terroríficas en un sueño, se purifica y ve que lo peor ha sucedido: su esclava Glica le ha robado un gallo. La mujer se lamenta y pide a una tropa de cretenses (aquí se introducen metros créticos, hay parodia de los *Cretenses* de Eurípides) que le ayuden en su búsqueda. Pide también la ayuda de la diosa Dictinna, semejante a Artemis, y la

¡Oh de la noche de luz negra
la oscuridad, qué infortunado sueño
del Hades invisible me has mandado,
un heraldo que un alma
sin alma tiene, un hijo
de negra Noche[193], una espantosa   1335
visión que horripila, con ropas de muerto, sangrienta,
sangrienta mirada teniendo y además grandes ga-
        rras!

Encendedme, oh esclavos, la lámpara,
con urnas sacad de los ríos la linfa, calentadme el
        agua,   1340
quiero el sueño divino expiar.
¡Oh dios del mar!

Esto era. ¡Gente de la casa,
mirad este prodigio! El gallo
robó Glica y se ha ido.
Ninfas de la montaña,   1345
Locura, detenedla.

Y yo la desgraciada
en tanto atendía a mis labores,
un huso ya lleno de hilo
girando en mis manos,
haciendo una madeja para
con el alba al mercado   1350
ir a venderla.

Pero él voló, voló hacia el éter
con los leves extremos de sus alas
y duelos y duelos dejóme,

---

de la diosa Hécate, a fin de que ilumine, para ello, la habitación de la
esclava, para hacer un registro. Mucha lírica para un asunto trivial.
    [193] En Hesíodo, *Teogonía* 212, la Noche es madre de los Sueños.

de los ojos lágrimas, lágrimas 1
lancé, lancé la mísera.

Pero, oh cretenses, del Ida hijos,
los arcos tomad y defendedme,
los miembros moved cercando esta casa.
Y al tiempo la bella Dictinna
con sus perritas corra de aquí a allá por la casa.
Y tú, hija de Zeus, antorchas dobles
llevando ardientes, fieras, en tus manos,
Hécate, hazte presente donde Glica
por que yo pueda, entrando, investigar.

DIONISO. Dejad ya de canciones.

ESQUILO. A mí también me bastan. Quiero llevarle a la balanza, lo único que pondrá a prueba nuestra poesía.

DIONISO. Venid pues, si también he de hacer esto, pesar el arte de los poetas como si fuera queso.

CORO.
Son muy laboriosos los sabios.
Pues ésta es una maravilla
bien laboriosa y muy extraña,
¿quién que no fuera él la habría ideado?
Por dios, que yo ni aun en el caso de que
uno cualquiera me lo hubiese dicho,
le habría hecho caso, pues habría creído
    que era pura charla[194].

DIONISO. Ea, colocaos junto a los dos platillos.

ESQUILO Y EURÍPIDES. Ya está.

DIONISO. Sujetadlos y decid cada uno un verso. Y no los soltéis hasta que yo diga "cucú".

ESQUILO Y EURÍPIDES. Los tenemos sujetos.

---

[194] El coro elogia al poeta, que ha inventado ese pesaje de la poesía, sin duda derivado del "pesaje de las almas" en Homero.

EURÍPIDES. "Oh, no hubiera la quilla de Argo transvolado"[195].

ESQUILO. "Río Esperqueo y praderas donde pastan las vacas"[196].

DIONISO. ¡Cucú!

ESQUILO Y EURÍPIDES. Ya está soltada.

DIONISO. El de éste (*señalando a* ESQUILO.) baja mucho 1385 más.

EURÍPIDES. ¿Y cuál es la causa?

DIONISO. Que ha metido un río y al modo de los vendedores de lana ha empapado en agua el verso como si fuera lana. En cambio, tú has metido un verso alado.

EURÍPIDES. Que diga otro y lo someta de nuevo al pesaje. 1390

DIONISO. Agarrad pues los platillos otra vez.

ESQUILO Y EURÍPIDES. Ya está.

DIONISO. Habla.

EURÍPIDES. "De Persuasión no hay otro templo que la Palabra"[197].

ESQUILO. "Sólo de entre los dioses la Muerte no ansía regalos"[198].

DIONISO. Soltad.

ESQUILO Y EURÍPIDES. Ya está soltada.

DIONISO. Otra vez se hunde el platillo de éste (*señalando a* ESQUILO.). Es que ha metido la Muerte, el mal más grave.

EURÍPIDES. Y yo la Persuasión, un verso excelente. 1395

DIONISO. La Persuasión es cosa vana y no tiene seso. Busca otro de los versos que pesan mucho, uno que arrastre el platillo, uno fuerte y grande.

EURÍPIDES. ¿Y dónde lo tengo, dónde?

DIONISO. Te lo voy a decir: "Aquiles ha sacado, en su tira- 1400 da, dos veces el uno, otra el cuatro"[199]. Recitad, ésta es la última pesada.

---

195 Verso inicial de la *Medea* de Eurípides.
196 Del *Filoctetes*, obra perdida de Esquilo.
197 De la *Antígona* de Eurípides (perdida).
198 De la *Níobe* de Esquilo (perdida).
199 Verso, parece, del *Télefo* de Eurípides. Se tiraban tres dados:

EURÍPIDES. "Tomó en su mano un leño pesado por el hierro"[200].

ESQUILO. "Sobre un carro otro carro, sobre un muerto otro muerto"[201].

DIONISO. También ahora te ha engañado.

EURÍPIDES. ¿Cómo?

DIONISO. Ha metido dos carros y dos muertos, que ni cien egipcios podrían levantar en vilo[202].

ESQUILO. No compitas conmigo verso a verso, sino entrad en el platillo todos, los niños y tu mujer y Cefisofonte y sentáos allí, hasta con los libros. Yo diré tan sólo dos versos de los míos.

DIONISO. (*A los espectadores.*) Queridos, no voy a juzgarlos. Pues no quiero quedar enemistado con ninguno: a uno lo considero sabio, con el otro disfruto.

(*Llega* PLUTÓN.)

PLUTÓN. Entonces, ¿no vas a hacer nada de aquello a lo que viniste?

DIONISO. ¿Y si decido a favor del otro? (*señalando a* ESQUILO.)

PLUTÓN. Vete llevándote a aquel que elijas, para que no hayas venido en vano.

DIONISO. Ea, escuchadme esto. Yo vine en busca de un poeta, ¿con qué fin? Para que la ciudad se salve y pueda continuar con el teatro. Y cualquiera de los dos que vaya a aconsejar a la ciudad algo provechoso, a ése pienso llevarme. Y primero, ¿qué opinión tenéis cada uno de los dos acerca de Alcibíades? Porque la ciudad tiene un mal parto.

PLUTÓN. ¿Y qué opinión tiene de él la ciudad?

---

esta tirada de Aquiles saca un mal resultado. Dioniso sabe que este verso de Eurípides no es bueno.

[200] Del *Meleagro*.

[201] Del *Glauco de Potnias*.

[202] Alusión a las grandes construcciones de los egipcios.

DIONISO. ¿Que cuál? Le echa de menos, le odia. Quiere 1425
tenerlo. Pero decid los dos lo que pensáis sobre él.

EURÍPIDES. Yo odio a un ciudadano que es lento para ir en
auxilio de su patria, pero es veloz para causarle grandes daños y lleno de recursos para sí, pero sin ellos
para la ciudad.

DIONISO. Muy bien, por Posidón. Y tú, ¿qué opinión tienes? 1430

ESQUILO. No hay que criar en la ciudad el cachorro de un
león; pero si uno se cría, hay que adaptarse a sus
costumbres[203].

DIONISO. Por Zeus Salvador, no sé a cuál elegir: el uno ha
hablado sabiamente, el otro claramente. Pero que to- 1435
davía diga cada uno de los dos una sentencia sobre
la ciudad: ¿qué salvación veis para ella?[204].

EURÍPIDES. Si proveyendo alguien de alas a Cleócrito con
ayuda de Cinesias[205], las auras levantaran a éste por
encima de la llanura marina...[206].

DIONISO. Parecería risible. ¿Pero qué sentido tiene eso?

EURÍPIDES. Si libraran una batalla naval y luego, con vasi- 1440
jas llenas de vinagre, rociaran los ojos de los enemigos...

---

[203] Hay graves problemas textuales en este pasaje. Aquí se omite el
verso 1432, con los manuscritos principales.

[204] Todo esto se refiere a la difícil situación de Atenas ante Esparta
y sus aliados en el 405, cuando estaba inminente la derrota. Alcibíades
se había retirado al Quersoneso de Tracia, después de sus traiciones y
sus victorias sobre Esparta. ¿Habría que llamarle, pese a todo? La ciudad estaba dividida. Por otra parte, este pasaje presenta numerosos
problemas, cfr. Dover, págs. 373 y ss.

[205] Cinesias es un ligero poeta ditirámbico, al que Aristófanes imagina con alas; Cleócrito es comparado con una pesada avestruz (en
Aves 777 se le llama "hijo del avestruz"). Es, probablemente, un personaje del culto eleusinio conocido por su intervención en la expulsión
de los tiranos el 403 (cfr. Jenofonte, *Historia Griega* II 4.20). Por lo demás, todo este pasaje, hasta la sentencia definitiva por Dioniso, es
considerado espurio por varios autores, a partir de Aristarco.

[206] Parodia del *Palamedes*, esto y lo que sigue. Pero hay quien ate-
tiza todo el pasaje.

DIONISO. Bien, Palamedes, naturaleza sapientísima. Esto ¿lo inventaste tú o Cefisofonte?[207]

EURÍPIDES. Yo solo. Pero los recipientes de vinagre, Cefisofonte.

DIONISO. ¿Y tú? ¿Qué dices?

ESQUILO. ¿Dime primero de quiénes debe servirse la ciudad? ¿De los hombres honestos?

DIONISO. ¿Cómo? Los odia a muerte.   145

ESQUILO. ¿Y le gustan los malvados?

DIONISO. No a ella en verdad, los acepta a la fuerza.

ESQUILO. ¿Y cómo podría nadie salvar a una ciudad a la que no le viene bien ni una túnica ni una pelliza?

DIONISO. Busca a pesar de todo, si es que ha de levantar 146 cabeza.

ESQUILO. Te lo diré allí arriba, aquí abajo no quiero.

DIONISO. No en verdad, es de aquí de donde brotan las cosas buenas[208].

ESQUILO. Lo sé y quiero decírtelo.

DIONISO. Habla.

ESQUILO. Cuando lo que ahora es increíble lo juzguemos creíble, y lo que es creíble, increíble...

DIONISO. ¿Cómo? No entiendo. Dilo de un modo más 14 inculto, pero más claro.

ESQUILO. Si de los ciudadanos en los que ahora confiamos, de ésos desconfiáramos, y de los que no utilizamos, a ésos utilizáramos, nos salvaríamos. Si ahora, con esta conducta, somos infortunados, ¿cómo no íbamos a salvarnos procediendo al revés? Cuando 14 piensen que la tierra de los enemigos es suya y la suya de los enemigos e ingresos las naves y falta de 1 ingresos los ingresos[209].

---

207 Eurípides es comparado primero con el sabio mítico Palamedes, pero luego se duda, como otras veces, si sus tragedias son realmente suyas o escritas con ayuda de su amigo Cefisofonte.

208 Los frutos agrícolas.

209 La flota es el verdadero recurso de Atenas, no los tributos extraordinarios, contribuciones de guerra que sólo causan desazón. Para

DIONISO. Bien, pero el juez se los traga todos.

PLUTÓN. Sentencia de una vez.

DIONISO. Ésta será mi sentencia sobre vosotros dos: elegiré a aquel que prefiere mi alma.

EURÍPIDES. Elige a tus amigos recordando los dioses por los que juraste[210].   1470

DIONISO. "Juró mi lengua"[211], pero elegiré a Esquilo.

EURÍPIDES. ¿Qué has hecho, el más canalla de los hombres?

DIONISO. ¿Yo? He sentenciado que ha vencido Esquilo. ¿Por qué no?

EURÍPIDES. ¿No ves que me has hecho una ofensa infame?

DIONISO. "¿Qué cosa es vergonzosa, si no se lo parece a los espectadores?"[212].   1475

EURÍPIDES. Miserable, ¿y no te importará verme muerto?

DIONISO. ¿Y quién sabe si la vida no es muerte y el respirar cenar y el dormir una pelliza?[213].

PLUTÓN. Entrad dentro, Dioniso, pues.

DIONISO. ¿Para qué?

PLUTÓN. Para obsequiaros a los dos antes de que toméis la barca.   1480

DIONISO. Dices bien, por Zeus: la cosa no me desagrada.

(*Entran los dos dentro, sin ocuparse de* EURÍPIDES. *Se adelanta el coro.*)

---

las clases conservadoras, todo va a parar a los sueldos de los jurados o jueces. El texto que seguimos, que implica el cambio de orden de algunos versos, es el de Del Corno; pero no aceptamos que falte un verso.

[210] No se encuentra nada semejante en la pieza.

[211] Alusión al famoso pasaje de *Hipólito* 612 "Juró mi lengua, más no juró mi corazón". Dioniso decide contra Eurípides, pese a lo que dijo en un momento dado.

[212] Alusión, ahora, a un bien conocido pasaje del *Eolo:* "¿Qué cosa es vergonzosa si no se lo parece a los que la hacen?"

[213] Alusión a un pasaje del *Frixo* al que se hace referencia más de una vez en esta comedia.

CORO.

> *Feliz es un varón que tiene*
> *un intelecto riguroso,*
> *por muchas cosas se conoce.*
> *Éste, reconocido como sabio*   14
> *de nuevo volverá a su casa,*
> *para ventura de los ciudadanos,*
> *para ventura de los suyos, sí,*
> *de los de su familia y sus amigos,*   14
>   *por ser inteligente.*

> *Es grato no estar junto a Sócrates*
> *al lado sentado, charlando,*
> *lejos de toda poesía,*
> *desatendiendo las más grandes cosas*   14
> *del arte de nuestra tragedia.*
> *Si entre discursos, en cambio, solemnes*
> *y gallináceos picoteos hueros*
> *dejas pasar el tiempo ociosamente,*
>   *es cosa de dementes*[214].

PLUTÓN.

> *Ea, ya alegre, / Esquilo, marcha*   1:
> *y salva a esta / nuestra ciudad*
> *con sabias máximas / y da instrucción*
> *a los estultos, / que son muchos.*

(*Presenta una espada, una soga y una copa de cicuta,*
los tres medios tradicionales en las condenas a muerte.)

> *Y dale esto / a Cleofonte*
> *y a esos otros / recaudadores,*   1
> *también a Mirmex / y a Nicómaco;*
> *y esto a Arquénomo*[215]; */ por favor, diles*

---

214 Aristófanes (como Platón en el *Banquete*) capta muy bien la radical oposición entre la tragedia y la filosofía socrática.

215 Los "recaudadores" son encargados de buscar contribuciones especiales en el tiempo de guerra. Los personajes citados son desco-

que bajen rápido / a mí aquí,
que no se tarden; / y si no vienen   1510
rápido, yo, / sí por Apolo,
les marcaré[216]*, / pondré en un cepo*
con Adimanto / y con Leucólofo[217]
        y traeré bajo tierra.

ESQUILO.
Eso haré yo; / y tú mi asiento
dáselo a Sófocles / y que lo guarde   1515
y lo conserve / por si algún día
vuelvo yo aquí. / Pues éste pienso
yo que en talento / es el segundo.   1520
Y tú recuerda / que ese maldito
y mentiroso / y trapacero
en el asiento / que es siempre mío
        ni a disgusto se siente.

PLUTÓN.
Encended pues / para él vosotros   1525
sagradas teas / y acompañadle
en procesión / con sus canciones
        y con sus melodías.

CORO.
Lo primero un buen viaje al poeta que parte
y que marcha a la luz, dad, dioses subterráneos;   1530
y a Atenas, de venturas ideas venturosas.
De los grandes dolores saldremos quizá así,
de terribles batallas. Cleofonte que luche
y el que con él lo quiera en tierras de su patria[218].

(Salen ESQUILO *y* DIONISO *acompañados por el coro.)*

---

nocidos, salvo Nicómaco, que es quizá un "vicesecretario" mencionado por Lisias 30.

[216] A fuego, como a esclavos fugitivos.

[217] Adimanto era general en el año presente y fue luego acusado
por su actuación en la batalla de Notion, perdida por Atenas; el nombre de su padre, Leucolófidas, es aquí deformado en Leucólofo "el del
blanco penacho".

[218] Es decir, fuera de Atenas; a Cleofonte se le ha acusado de ser
tracio de origen.

PLUTO

INTRODUCCIÓN

E L *Pluto* es la última comedia puesta en escena por Aristófanes a su propio nombre, el año 388 a. C. Sus dos comedias posteriores, en efecto, el *Cócalo* y el *Eolosicón*, fueron presentadas a nombre de su hijo Araro. No sabemos si triunfó o no en el concurso sobre sus rivales Nicócares (con *Los laconios),* Aristómenes (con *Admeto),* Nicofón (con *Adonis)* y Alceo (con *Pasífae);* pero sí nos dice un escoliasta que se trata de una segunda versión, pues hubo antes un primer *Pluto* puesto en escena en el año 408. Es lo mismo que sucedió con *Las Nubes* y no parecen suficientes los argumentos en contra de van Leeuwen.

Para nosotros, el precedente del *Pluto,* del nuestro, que no sabemos en qué se diferencia del primero, está en *La Asamblea,* del 392. Estas comedias forman grupo frente a las anteriores, incluso frente a la que para nosotros las precede inmediatamente, *Las Ranas* del 405. Es otra Atenas la que encontramos y ello se refleja en un nuevo tipo de comedia, antecedente de las llamadas Comedia Media y Nueva: los temas económicos y privados son los dominantes, las alusiones a la vida pública escasas, disminuyen la agresividad y las alusiones personales. También la estructura varía: decrece la importancia del coro y de los *agones* tradicionales. Esto lo ha visto el lector ya en la *Asamblea* y aquí es llevado más lejos, como explicaremos.

El ambiente de *Las Ranas* era el del fin de la guerra

del Peloponeso, que Atenas estaba claramente perdiendo. Tras el largo intervalo hasta la otras dos comedias han pasado muchas cosas. De un lado, Atenas se ha en cierto modo recuperado: ha entrado junto con Tebas y Corinto en una alianza anti-espartana apoyada económicamente por los persas; y el almirante ateniense Conón ha derrotado en Salamina de Chipre a la flota espartana y ha reconstruido las murallas de Atenas. En el *Pluto* se alude al cuerpo expedicionario ateniense en Corinto, a la ayuda económica persa, a personajes atenienses como Trasíbulo (que restauró la democracia de Atenas e intervino luego en la guerra naval), Timoteo, hijo de Conón, y Agirrio, que introdujo el salario de los asambleístas.

Pero este mismo hecho de que hubiera que introducir un salario para que los atenienses fueran a la Asamblea indica la degradación de la política, el desengaño. La situación económica era mala, sobre todo la de los labradores, clase de la que salen los principales personajes de la obra, como casi siempre en Aristófanes. En definitiva, Atenas hubo de entrar, poco después de la fecha de nuestra comedia, en la paz de Antálcidas, concertada por los griegos con el Rey de Persia el año 386 y que dejaba en manos de aquél a los griegos de Asia.

Cierto que hubo más tarde nuevas intervenciones de Atenas en la política internacional, cuando fundó la segunda Liga Marítima; pero la decadencia de la democracia es clara, basta leer a Demóstenes. Al final, Filipo de Macedonia la puso fin el año 338, cincuenta años después del *Pluto*.

Todo esto se refleja en que, como decimos, el tema económico es el que domina en las dos últimas comedias de nuestro poeta. El paraíso final al que la comedia aspira y al que llega en un ambiente de fiesta y de sexualidad, es ahora el de la solución de los problemas económicos: mediante la utopía igualitaria, administrada por las mujeres, en *La Asamblea*; y mediante el milagro de la curación de la ceguera de Pluto, el dios de la riqueza, en nuestra obra. En uno y otro caso, esto no sucede sin incoherencias y sin burlas de Aristófanes sobre sus propias invenciones.

Tenemos, pues, en el *Pluto* el tema del dios ciego, que por ello distribuye tan mal las riquezas, el de su curación en el santuario de Asclepio (sin duda en la propia Atenas) y el de la riqueza general que se sigue. Riqueza que no deja de causar problemas al Sicofanta, a la Vieja lujuriosa, al dios Hermes y al Sacerdote de Zeus. Pero, en definitiva, todo acaba bien, salvo para el Sicofanta: todos acompañan a la procesión del dios que va a ser entronizado de nuevo en el templo de la diosa, donde estaba el tesoro de Atenas. Y la Vieja logra que vuelva a ella su amante, con lo que tampoco falta el elemento del sexo.

Puede verse que desde estos puntos de vista (historia fantástica que trae la felicidad, *komos* final) el *Pluto* sigue la línea de la comedia anterior. También el prólogo, con la duda que dura cierto tiempo sobre quién es el individuo miserable con que se topa Crémilo, el protagonista, cuando sale de consultar al oráculo de Delfos, es tradicional. ¡Resulta que es Pluto ciego! Y a esquemas tradicionales responden los "impostores" que tras el establecimiento del nuevo orden vienen a aprovecharse de él o a quejarse de él. Y es antigua la presencia de un compañero del personaje principal (Blepsidemo) y de un esclavo, Carión, que interviene en el prólogo y ayuda a ligar las escenas, a más de hacer, a la manera de mensajero, el relato de la curación de Pluto. Y la de la mujer del protagonista, así en *Acarnienses*.

Pero Crémilo, que lo único que quería era inquirir sobre la educación que debía dar a su hijo y luego se convierte en administrador, por así decir, de la riqueza que trae el dios, no es un verdadero héroe cómico. Ni lo es Pluto, por supuesto. Y no hay un verdadero *agón* entre el coro y el protagonista o antagonista, sólo uno entre Riqueza y Pobreza, un personaje que entra sólo para esto: es un *agón* aditicio, como el de *Las Nubes*.

También hay un enfrentamiento entre el Sicofanta y el Hombre Justo. Y no hay parábasis y apenas coro: son los labradores llamados por Crémilo, que sólo en su primera entrada, la párodos, cantan (en realidad imitaciones o parodias sin gran relación con la obra); más adelante, danzan de cuando en cuando, sin canto coral. Quizá los problemas económicos hayan llevado a contratar este coro barato.

Pero es lo mismo que ocurre en la Comedia Media y Nueva: el género antiguo de la comedia ha sido ya abandonado en esto y en otras cosas. Por otra parte, ya hemos dicho que hay leves alusiones políticas, pero nada más. Y no hay en la obra personajes de actualidad, políticos o no, ni sátira directa, ni apenas insultos y groserías. Y el papel de amo y esclavo anticipa otros semejantes en Menandro y los cómicos latinos.

Nos hallamos, pues, ante una obra de transición, que ni tiene el vigor y la frescura del Aristófanes anterior ni, tampoco, la finura en la pintura de los caracteres de un Menandro. Está bien escrita, pero le falta inspiración y *uis comica*. Muchos de los temas suenan a repetidos, de *La Nubes* y *La Asamblea* sobre todo: de la primera obra vienen el tema de la educación y el nuevo tipo de *agón*, de la segunda el tema económico y el de la Vieja y el Joven. De *Las Aves* viene, sin duda, el tema de lograr el poder sobre Zeus. Otras muchas cosas al lector de Aristófanes le suenan a ya oídas.

El poeta había sobrevivido a su propia época, la de fines del siglo V, con su guerra y su virulencia política. Y, sin embargo, cuando puso en escena el *Pluto* no llegaba a los sesenta años. Pero el ambiente había cambiado y los gustos literarios también. Quieras que no se acomodaba, pero era, en cierto modo, una sombra de sí mismo. Situación distinta de la de Sófocles y Eurípides, cuya muerte coincidió con el final de la guerra y que crearon, hasta ese mismo momento, producciones de primer orden.

Sin embargo, el *Pluto,* por su carácter didáctico y

por su carencia, precisamente, de los temas más propiamente aristofánicos, fue muy gustado en la Antigüedad, como se demuestra por la abundancia de su tradición manuscrita. Y en la época del Humanismo y posteriores fue la más aceptada de todas las obras de Aristófanes.

PERSONAJES

CARIÓN, esclavo de Crémilo
CRÉMILO, labrador ateniense
PLUTO, dios de la Riqueza
CORO DE LABRADORES
BLEPSIDEMO, amigo de Crémilo
POBREZA
MUJER DE CRÉMILO
HOMBRE JUSTO
SICOFANTA
VIEJA
JOVEN
HERMES, dios mensajero de Zeus
SACERDOTE DE ZEUS

(La orquestra representa una plaza de Atenas, con la casa de CRÉMILO *al fondo. Por la párodos izquierda, como viniendo del extranjero, entra un viejo ciego, sucio y andrajoso, detrás del cual vienen* CRÉMILO *y su esclavo* CARIÓN, *con coronas de laurel en la cabeza.* CRÉMILO *trae, además, una marmita con carne.)*

CARIÓN. ¡Qué duro es, Zeus y los demás dioses, llegar a ser esclavo de un amo que está loco! Porque si, por un casual, el esclavo dice lo mejor pero al dueño no le parece que es así, fuerza es que el servidor reciba su parte de las desgracias de él. Pues la divinidad no 5 deja que tenga poder sobre su cuerpo aquél al que pertenece, sólo el que lo ha comprado. Así son las cosas. Pero a Loxias[1], "que vaticina desde un trípode labrado en oro", le hago un justo reproche: que siendo médico y sabio adivino, según dicen, me ha de- 10 vuelto a mi amo trastornado. ¡Viene detrás de un ciego, haciendo lo contrario de lo que debería! Pues los que tenemos vista servimos de guías a los ciegos, 15 mientras que él le sigue y me fuerza a mí a hacerlo. ¡Y esto, sin contestarme ni pío! (*A* CRÉMILO.) Pero yo, amo, no voy a callarme si no me dices por qué vamos detrás de este individuo: voy a crearte proble- 20

---

[1] Uno de los sobrenombres de Apolo, "El oblicuo", por la oscuridad de sus respuestas. Se va viendo que amo y esclavo vienen de Delfos, de consultar a Apolo; de ahí las coronas que traen. Las palabras que siguen son sin duda un verso de tragedia.

mas. Porque no vas a darme bastonazos mientras lleve la corona[2].

CRÉMILO. Por Zeus, si me das la lata, voy a dártelos después de quitarte la corona, así te dolerá más.

CARIÓN. Tontería. No voy a callarme mientras no me digas quién es ése. Te estoy preguntando porque te quiero bien, pero que muy bien.

CRÉMILO. No voy a ocultártelo: de mis criados creo que eres el más fiel y el más ladrón. (*Comienza su relato.*) Yo, siendo un hombre piadoso y honrado, lo pasaba mal y era pobre...

CARIÓN. Ya lo sé.

CRÉMILO. Y entre tanto otros, políticos sacrílegos, eran ricos, y los sicofantas y los malvados.

CARIÓN. Me lo creo.

CRÉMILO. Por eso me fui a consultar al dios. Pensaba que mi vida, la de este pobre desgraciado, había disparado ya todas sus flechas, pero lo hacía para averiguar si mi hijo, el único que tengo, debería cambiar de conducta y ser trapacero, injusto, honesto en nada, pues me convencí de que es lo único que va bien en la vida.

CARIÓN. "Y Febo, ¿qué profirió de entre las guirnaldas?"[3].

CRÉMILO. Vas a enterarte. Con toda claridad el dios me dijo así: del primero con el que me encontrara al salir, me ordenó que de ése ya no me separara y le convenciera para que me acompañara a casa.

CARIÓN. ¿Y con quién te encontraste el primero?

CRÉMILO. Con éste.

CARIÓN. ¿Y no te das cuenta de la intención del dios, que te indicaba, torpe, del modo más claro, que tu hijo debía cultivar el modo de ser propio del país?[4].

CRÉMILO. ¿Por qué crees eso?

CARIÓN. Es bien claro que hasta a un ciego le resulta evi-

2 La corona protege al que la lleva al unirlo a la esfera del culto.

3 Las de la Pitia, su *medium*. Es otro verso de tragedia.

4 Es decir, descarado y vicioso.

dente darse cuenta de que es muy conveniente no cultivar ninguna cosa decente entre estos hombres de hoy.   50

CRÉMILO. Imposible que el oráculo incline hacia esto su balanza, sólo a otra cosa más grande. Si este individuo se aclara sobre quién es y por qué y con qué intención ha venido con nosotros hasta aquí, entonces podremos enterarnos de qué quiere decir el 55 oráculo.

CARIÓN. (*A* PLUTO.) Vamos, ¿quieres decirnos quién eres o paso a lo que sigue?[5] Debes hablar pero que muy deprisa.

PLUTO. Te mando a hacer puñetas.

CARIÓN. (*A* CRÉMILO.) ¿Te das cuenta de quién dice que es?

CRÉMILO. Eso te lo dice a ti, no a mí, porque le interrogas 60 con torpeza y grosería. (*A* PLUTO.) Si te gustan las maneras de un hombre leal, dímelo a mí.

PLUTO. A la porra te mando.

CARIÓN. (*A* CRÉMILO, *con ironía.*) Da confianza al hombre y al oráculo del dios.

CRÉMILO. Por Deméter que no vas a seguir riéndote.   65

CARIÓN. (*A* PLUTO.) Como no me lo digas, voy a hacerte papilla malamente.

PLUTO. Amigo, apartaos de mí.

CRÉMILO. Ni hablar.

CARIÓN. Lo mejor, amo mío, es lo que voy a decirte. Voy a acabar con este hombre de la peor manera. Lo 70 pondré encima del borde de un precipicio, lo dejaré allí y me iré, para que se caiga de allí y se desnuque.

CRÉMILO. Bien, levántalo en vilo ahora mismo. (*Los dos lo intentan.*)

PLUTO. (*Se resiste.*) De ningún modo.

CRÉMILO. (*Lo sujetan.*) ¿No vas a hablar?

PLUTO. Es que si llegáis a enteraros de quién soy, sé muy bien que vais a hacerme daño y no vais a soltarme.

---

[5] A pegarle.

CRÉMILO. Lo haremos, por los dioses, si tú quieres.

PLUTO. Primero, soltadme.

CRÉMILO. Ea, ya te soltamos. (*Le sueltan.*)

PLUTO. Escuchadme. Porque, según parece, tengo que decir lo que estaba dispuesto a callar. Soy Pluto.

CARIÓN. Oh el más canalla de los hombres, ¿y te callabas siendo Pluto?

CRÉMILO. ¿Tú Pluto, en esa facha miserable? Oh Febo Apolo y dioses y espíritus y Zeus, ¿qué estás diciendo? ¿Eres él, de verdad?

PLUTO. Sí.

CRÉMILO. ¿El mismo?

PLUTO. El mismísimo.

CRÉMILO. ¿Y de dónde, dime, vienes tan sucio?

PLUTO. De casa de Patrocles[6], que no se ha lavado desde que nació.

CRÉMILO. (*Aludiendo a la ceguera.*) Y esa desgracia, ¿cómo te sucedió? Cuéntamelo.

PLUTO. Me la hizo Zeus, por envidia a los hombres. Pues yo, cuando era muchacho, lancé la amenaza de que sólo iría con los hombres justos, sabios y honorables. Y él me dejó ciego para que no pudiera reconocer a ninguno de éstos. Hasta tal punto envidia a la gente honrada.

CRÉMILO. Pues la verdad es que sólo lo veneran los hombres buenos y justos.

PLUTO. Estoy de acuerdo.

CRÉMILO. Veamos. Si vuelves a tener vista como antes, ¿vas a huir ahora ya de los malos?

PLUTO. Te lo aseguro.

CRÉMILO. ¿Y vas a ir con los justos?

PLUTO. Desde luego, porque hace mucho que no los veo.

CARIÓN. Nada de extraño: tampoco yo, que tengo vista.

PLUTO. Dejadme, sabéis ahora ya todo lo mío.

---

6 Según el escoliasta, un poeta trágico avaro y sórdido.

CRÉMILO. Por Zeus, vamos a agarrarte mucho más todavía.

PLUTO. ¿No decía yo que ibais a crearme problemas?

CRÉMILO. Por favor, hazme caso, no me abandones. Por 105
mucho que busques, no vas a encontrar un hombre
de mejor carácter que yo.

CARIÓN. (*Al público.*) Por Zeus, no hay ningún otro que yo.

PLUTO. Eso es lo que dicen todos, pero cuando se adueñan de mí de verdad y se hacen ricos, descuellan al
máximo en sinvergonzonería.

CRÉMILO. Así es, pero no todos son malvados. 110

PLUTO. Por Zeus, lo son todísimos.

CARIÓN. Vas a llorar mucho.

CRÉMILO. Pues para que sepas cuánta felicidad vas a tener
si te quedas con nosotros, presta atención para que
te enteres. Espero, espero —sea dicho con aprobación de un dios— que voy a curarte de tu ceguera y 115
hacer que veas.

PLUTO. No lo hagas de ningún modo, no quiero ver de
nuevo.

CRÉMILO. ¿Qué estás diciendo?

CARIÓN. (*Aparte.*) Este individuo es desdichado de nacimiento.

PLUTO. Bien sé que Zeus si se enterara de las estupideces
de éstos, me machacaría.

CRÉMILO. ¿Y no lo está haciendo ahora mismo, cuando te 120
deja ir de un lado a otro dando tropezones?

PLUTO. No lo sé, pero le tengo un miedo horrible.

CRÉMILO. ¿De verdad, oh el más cobarde de todos los dioses? ¿Crees que el poder de Zeus y sus rayos valen ni 125
tres óbolos si recobras la vista aunque sea por muy
poco tiempo?

PLUTO. No digas eso, desgraciado.

CRÉMILO. Estáte tranquilo, que yo voy a demostrar que
tienes más poder que Zeus.

PLUTO. ¿Tú que yo?

CRÉMILO. Sí, por el cielo. Para empezar —¿por qué tiene 130
Zeus poder sobre los dioses?

CARIÓN. Por la pasta: tiene muchísima.

CRÉMILO. Vamos. ¿Y quién se la procura?

CARIÓN. (*Señalando a* PLUTO.) Éste.

CRÉMILO. ¿Y sacrifican en su honor por causa de quién? ¿No es a causa de éste?

CARIÓN. Y además le piden ser muy ricos.

CRÉMILO. Entonces, ¿no es él el responsable y muy fácil-13 mente podría poner término a todo esto si quisiera?

PLUTO. ¿Por qué?

CRÉMILO. Porque ni uno solo de los hombres sacrificaría ni un buey ni una torta ni ninguna otra cosa, no queriéndolo tú.

PLUTO. ¿Cómo?

CRÉMILO. ¿Que cómo? No pueden hacer ninguna compra 14 si tú no estás al lado y les das la pasta. De forma que el poder de Zeus, si nos fastidia, tú solo vas a echarlo por tierra.

PLUTO. ¿Qué estás diciendo? ¿Por causa mía le hacen sacrificios?

CRÉMILO. Así lo afirmo. Y, por Zeus, si hay algo que sea brillante y hermoso o agradable para los hombres, de ti viene. Pues todo está subordinado a la riqueza. 14

CARIÓN. Así yo, por ejemplo, por una pizca de pasta me he convertido en esclavo, de libre que era antes.

CRÉMILO. Y dicen que las putas de Corinto si da la casua-15 lidad de que es un pobre el que pretende sus servicios, no le hacen ni caso. Pero si es un rico, hasta le ponen el culo.

CARIÓN. Y dicen que igual hacen los jovencitos y no por los amantes, sino por el dinero.

CRÉMILO. No los buenos, sólo los putos. Porque los bue-15 nos no piden dinero.

CARIÓN. ¿Pues qué piden?

CRÉMILO. Uno un caballo de raza, otro perros de caza.

CARIÓN. Quizá sea que, por vergüenza de pedir dinero, encubren su desvergüenza con una costra de palabras[7].

---

[7] Comparación con el pan recubierto de un costra o corteza.

CRÉMILO. Y todos los oficios y todos los trucos han sido 160
descubiertos entre los hombres por tu causa. Uno,
sentado, trabaja el cuero, otro trabaja como herrero,
otro como carpintero, otro es orfebre y es de ti de
quien obtuvo el oro...

CARIÓN. ...y otro, por Zeus, roba ropa, otro roba perfo- 165
rando los tabiques ...

CRÉMILO. ...y otro es batanero ...

CARIÓN. ...y otro lava pellejas ...

CRÉMILO. ...otro es curtidor ...

CARIÓN. ...otro vende cebollas ...

CRÉMILO. ...y otro, sorprendido en adulterio, por causa de
ti sufre que le arranquen los pelos[8].

PLUTO. Ay desdichado, y hace mucho tiempo que esto se
me ocultaba.

CARIÓN. Y el Gran Rey, ¿no es por este por el que se deja 170
la melena?[9] ¿Y la Asamblea, no se celebra por causa
de éste?[10].

CRÉMILO. (A PLUTO.) ¿Y qué? ¿No eres tú quien recluta la
tripulación de los trirremes?

CARIÓN. ¿Y no es él el que da de comer a los mercenarios
de Corinto?[11] ¿Y Pánfilo no va a llorar por su causa?[12].

CRÉMILO. ¿Y con Pánfilo no va a hacerlo igual el vende- 175
dor de agujas?[13].

---

[8] Parece referirse a la sustitución usual de la pena de muerte reservada al adúltero: el marido ofendido le quema con ceniza y le arranca los pelos del pubis y luego acepta una compensación en dinero.

[9] Alusión a las riquezas del rey de Persia. Lo de la "melena" no es literal, es algo de lo que presumen muchos jóvenes aristócratas, de donde ha tomado el sentido de "presumir, estar orgulloso".

[10] Alusión al decreto de Agirrio, el año 403, por el que se pagaba una remuneración a los asistentes a la Asamblea.

[11] Se refiere al cuerpo de mercenarios de Atenas que el general Ifícrates dejó en Corinto como guarnición, tras haber derrotado a esta ciudad el año 390 (cfr. Jenofonte, *Helénicas* V 1.35).

[12] A Pánfilo, arconte en el año de la representación de esta comedia, le acusaba Platón el Cómico de robar los fondos públicos.

[13] Un tal Aristóxeno, cómplice suyo, sin duda. Puede tratarse no de agujas, sino de algún pescado. Véase como en algunos lugares se llama *aguja* al pez espada.

CARIÓN. ¿Y no es por él por el que Agirrio pedorrea?[14].

CRÉMILO. (A PLUTO.) ¿Y no es por ti por el que Filepsio da meras palabras?[15] ¿Y no es por tu causa la alianza con los egipcios?[16] ¿Y no es por ti por quien Lais ama a Filónides?[17].

CARIÓN. Y la torre de Timoteo...[18].

CRÉMILO. Que se te caiga encima.

CARIÓN. Y la política, ¿no es toda por causa de ti? Pues tú solo eres el causante de todo, de los males y los bienes, sábelo bien.

CRÉMILO. En la guerra por lo menos siempre vencen aquellos en quienes éste toma asiento.

PLUTO. ¿Soy capaz de hacer yo solo cosas tan grandes?

CRÉMILO. Sí, por Zeus, y muchas más: por eso, nadie se ha saciado de ti nunca. Pues de todas las demás cosas viene el hartazgo: del amor...

CARIÓN. ...de los panes...

CRÉMILO. ...de la música...

CARIÓN. ...de las golosinas...

CRÉMILO. ...del honor...

CARIÓN. ...de los pasteles...

CRÉMILO. ...del valor...

CARIÓN. ...de los higos secos...

CRÉMILO. ...de la ambición...

---

14 Es el demagogo antes citado, que aquí nos es presentado como ufano de su riqueza.

15 Había sido puesto en prisión como deudor de fondos públicos (Demóstenes XXXIV 135). Aristófanes dice que en vez de devolver el dinero buscaba excusas.

16 Se refiere a la rebelión de Evágoras de Chipre contra los persas el año 391. Estaba aliado con los atenienses y también con los egipcios, igualmente rebeldes contra el persa y que pusieron mucho dinero en la empresa (cfr. Jenofonte, *Helénicas* IV 8.24 y V 1.10; Isócrates IV 140).

17 Lais es la famosa cortesana de Corinto, Filónides nos es descrito como rico, pero feo y grosero.

18 Hijo del político y general Conón que, a la muerte de su padre, se construyó una gran torre o villa; luego fue personaje importante también él.

CARIÓN. ...del pan de cebada...

CRÉMILO. ...del cargo de general...

CARIÓN. ...del puré de lentejas...

CRÉMILO. ...mientras que de ti, nadie quedó jamás saciado. Porque si uno coge trece talentos, desea mucho más coger dieciséis; y si consigue esto, quiere cuarenta y dice que si no, no le merece la pena vivir. 195

PLUTO. Me parece que tenéis los dos mucha razón. Sólo de una cosa me da miedo...

CRÉMILO. Dime, ¿de qué?

PLUTO. De cómo voy a hacerme dueño de ese poder que 200 decís que tengo.

CRÉMILO. Por Zeus, ya dicen todos que la riqueza es la cosa más cobarde.

PLUTO. No es así, un ladrón perfora-muros me ha calumniado. Una vez se metió en mi casa y no logró apoderarse de nada, porque lo encontró todo cerrado. Entonces, a mi previsión la llamó cobardía. 205

CRÉMILO. No te preocupes por nada, porque si te haces hombre animoso para obrar, te voy a devolver una vista más aguda que la de Linceo[19]. 210

PLUTO. ¿Y cómo vas a poder hacer eso, si eres un mortal?

CRÉMILO. Tengo buena esperanza por lo que me dijo "el propio Febo, sacudiendo el pítico laurel"[20].

PLUTO. ¿También él está enterado de esto?

CRÉMILO. Así lo afirmo.

PLUTO. Mirad no sea que... 215

CRÉMILO. No te inquietes por nada, amigo. Porque yo, sábelo bien, aunque me cueste la vida, lo arreglaré todo.

CARIÓN. Y si quieres, yo también.

CRÉMILO. Y tendremos otros muchos aliados: todos los hombres de bien que no tenían ni pan.

---

[19] Uno de los argonautas, cuya agudeza de vista era proverbial. Véase Apolonio de Rodas I 153, Luciano, *Timón* 25, etc. Podía ver incluso el interior de la tierra.

[20] Sin duda un verso de tragedia.

PLUTO. Horror, malos aliados nuestros has nombrado.

CRÉMILO. No, si se hacen ricos otra vez. (*A* CARIÓN.) Pero tú, date ahora mismo una carrera y...

CARIÓN. ¿Qué debo hacer? Dímelo.

CRÉMILO. Llama a nuestros compañeros, los labradores (vas a encontrarlos de seguro en los campos, pasando fatigas), para que vengan y cada uno reciba la misma parte de Pluto que nosotros.

CARIÓN. Ya voy. Pero esta carnecita, que alguien la coja y se la dé a los de dentro[21].

CRÉMILO. Yo me encargaré de ello, ve rápido. Y tú, Pluto, el mejor de todos los dioses, entra aquí conmigo. Pues ésta es la casa que debes llenar de dinero hoy mismo, justa o injustamente[22].

PLUTO. La verdad es que me fastidia, sí, por los dioses, entrar cada día en una casa extraña: porque nunca he sacado nada de esto. Si por azar entro en casa de un tacaño, en seguida me sepulta bajo tierra[23]; y si se le acerca un amigo que es un hombre de bien y le pide un poquito de pasta, niega haberme visto nunca. En cambio, si por casualidad entro en casa de un chiflado, primero me veo echado a las putas y a los dados y luego me ponen a la puerta en cueros en poquísimo tiempo.

CRÉMILO. Es que no te has encontrado nunca con un hombre comedido. Yo soy siempre de ese carácter: disfruto ahorrando como ningún otro y luego gastando, cuando hay precisión de ello. Pero entremos, que quiero que veas a mi mujer y a mi único hijo, que es al que yo más quiero... después de ti.

PLUTO. Te lo creo.

CRÉMILO. Y es que, ¿por qué no va uno a decirte la verdad?

---

[21] Es la carne del sacrificio a Febo, que Carión trae en la marmita. Era costumbre repartirla con los familiares.

[22] Expresión proverbial explotada aquí cómicamente.

[23] Entiéndase siempre que se juega con que el nombre del dios significa "riqueza". Si se hace con dinero, el avaro lo esconde.

(PLUTO *y* CRÉMILO *penetran en la casa del primero mien-*
tras por la párodos de la izquierda entra el coro de la-
bradores, guiado por CARIÓN.)

CARIÓN.

    ¡Oh vosotros que tantas veces habéis comido el mis-
       mo tomillo[24] que mi amo,

    amigos, compañeros de demo[25], amantes del trabajo,

    venid, esforzaos, daos prisa, que ya no es tiempo de
       entretenerse,   255

    es ya el momento mismo en que hay que estar pre-
       sente y ayudar!

CORIFEO.

    ¿No ves que hace ya rato que nos hemos puesto en
       marcha con ardor,

    en la medida en que pueden hacerlo unos hombres
       que son ya débiles viejos?

    Pero tú quieres quizá que yo corra antes de decirme
       siquiera

    por qué causa tu amo me ha llamado para que venga
       aquí.   260

CARIÓN.

    ¿No te lo estoy diciendo hace rato? Pero tú no me es-
       cuchas.

    Mi amo asegura que todos vosotros, con gran placer,

    vais a vivir libres de una vida triste y penosa.

CORIFEO.

    ¿Y cuál es y de dónde esa cosa de que habla?

CARIÓN.

    Desgraciados, ha venido aquí trayendo a un viejo su-
       cio,   265

    encorvado, miserable, arrugado, calvo, desdentado.

    Y creo, por los cielos, que además está desprepu-
       ciado.

---

[24] Se mezclaba con la sal, compartir la cual era señal de amistad.
[25] Cada uno de los treinta distritos en que estaba dividida el Ática.

CORIFEO.

Nos has anunciado palabras que son oro, pero
¿cómo dices! Explícamelo otra vez.

Pues me das a entender que ha venido con un montón de dinero.

CARIÓN.

Yo en realidad he dicho que con un montón de mi-
serias de viejo.   270

CORIFEO.

¿No vas a pretender engatusarme y luego irte
sin castigo, y eso teniendo yo un bastón?

CORIFEO.

¿Así que creéis que soy de nacimiento un hombre de
esa calaña para todo
y pensáis que no soy capaz de decir nada de provecho?

CORIFEO.

¡Qué pedante es el maldito! Pues tus pantorrillas
gritan   275
¡iú, iú! por añoranza de las cadenas y los cepos[26].

CARIÓN.

Cuando a tu letra le ha correspondido en suerte juzgar en el ataúd
¿tú no vienes? Caronte te entregará la contraseña[27].

CORIFEO.

¡Ojalá revientes! Eres un cara dura y un bufón   280
que embrollas y todavía no nos has explicado
nada,
¡a nosotros que con mucho esfuerzo, sin tener tiempo para ello, con diligencia

---

[26] Trata a Carión de esclavo fugitivo puesto en el cepo.
[27] Los jueces o heliastas se dividían en diez letras y se sacaba a
suerte dónde juzgaría cada tribunal. Al de Carión le ha tocado juzgar
en el ataúd, dice el corifeo. El presidente, que daba a cada juez una
contraseña para poder cobrar después, resulta que es Caronte. Todo
ello alude a la extrema vejez del corifeo según Carión, que le devuelve
sus insultos.

hemos venido aquí, atravesando por entre las raíces
del tomillo![28].

CARIÓN.

Ya no voy a ocultároslo. Es a Pluto al que ha venido   285
trayendo mi amo, os va a hacer ricos.

CORIFEO.

¿De verdad podemos ser ricos todos?

CARIÓN.

Por los dioses, podéis ser Midas, con tal que os crez-
can orejas de asno[29].

CORIFEO.

¡Cómo disfruto y me divierto y quiero bailar
de puro placer, si realmente estás diciendo la verdad!

CARIÓN

Pues yo voy a querer /—taralalá— al Cíclope   290
imitando[30] y así / girando con mis pies
dirigir vuestro baile. / Ea, hijos, gritando
y gritando y cantando canciones
de ovejas y fétidas cabras
venid descapullados: / vais a comer cual puercos[31].   295

---

[28] Sin cogerlo, parece, de prisa que tienen. Aunque el sentido no
es claro; hay alusión a lo anterior sobre el tomillo y quizá también a
thymós "ardor, diligencia".
[29] Es conocida la leyenda de Midas, rey de Frigia, que convertía en
oro todo lo que tocaba. Pero por haber preferido la siringa de Pan a la
lira de Apolo, éste le hizo crecer orejas de asno.
[30] Lo que sigue es parodia del ditirambo dedicado al Cíclope por el
poeta Filóxeno de Citera. Era la historia del Cíclope rústico y selvático
enamorado de la ninfa Galatea: pero bajo esta historia se encubría el
amor del poeta con la amante de Dionisio II, el tirano de Siracusa,
caricaturizado en la figura del Cíclope. Cuentan que el poeta, arrojado
por el tirano a las latomías o canteras de Siracusa, compuso allí su
poema y luego se escapó y lo publicó. En nuestro pasaje, Carión representa al Cíclope y el coro a los compañeros de Odiseo que ayudan
a cegarlo, pero también a veces al ganado del propio Cíclope. El "taralalá" imita el sonido de la cítara tocada por Carión haciendo de
Cíclope.
[31] El Cíclope, como se verá luego, viene con una alforja llena de
hierbas silvestres destinadas a su ganado; el coro, que hace el papel
de éste, va a comérselas.

CORIFEO.

Nosotros buscaremos / —taralalá— al Cíclope
balando; y alcanzándote / a ti, sucio, que llevas
una alforja con hierbas / silvestres y borracho
        vas cual pastor de tu rebaño,
        cogiéndote al azar dormido   30
con una gran estaca / ígnea te cegaremos.

CARIÓN

Pues bien, yo a Circe[32], la que / mezcla venenos y
a los amigos en Corinto / persuadió de Filónides,
        como si fueran puercos, a
comer mierda amasada / —y ella se la amasaba—,   30
        la imitaré de mil maneras;
        y vosotros gruñendo de placer
        id con la madre, puercos.

CORIFEO.

Pues a ti, esa Circe / que los venenos mezcla,
que practica artes mágicas / y ensucia a mis amigos, 31
        con placer agarrándote
        como Odiseo, de los / huevos te colgaremos
        y enmerdaremos tu nariz
        de cabrón[33]; y dirás, Aristilo[34]:
        id con la madre, puercos.   31

CARIÓN.

Pero, ea, dejaos / ya de esas bromas vuestras,
        pasando ya ahora a otro juego.
        Yo voy a escondidas, ahora,

---

[32] Ahora se pasa a parodiar el personaje de Circe, en la Odisea:
Carión hace su papel, pero el coro (que sigue encarnando a los compañeros de Odiseo) no olvida su sexo. Pero Circe es, al tiempo, la he-
tera de Corinto Lais, de la que ya se habló; y Odiseo es Filónides,
amante de ella. Estaba posiblemente en el contingente ateniense en
Corinto y Lais le hacía pasar los peores tragos, e igual a sus amigos.

[33] Parece, según el escoliasta, que había la costumbre de untar de
excrementos la nariz de los machos cabríos, para evitar en ciertos mo-
mentos que se sintieran atraídos por el olor de las cabras.

[34] Carión-Circe es ahora identificado con Aristilo, personaje atacado en Asamblea 647 ss.

del amo, a entrar y a procurar,
cogiendo algo de pan y carne,   320
mientras me lo manduco, / hacer ya mi trabajo.

Coro.
(*Sigue la danza del* Coro.)

Crémilo. El deciros "buenos días", compañeros de demo,
suena a viejo y pasado de moda: "os saludo" porque 325
habéis venido con diligencia y con bríos y sin pere-
za. Ojalá seáis en todo lo demás mis amigos y los
verdaderos salvadores del dios.

Corifeo. Ten confianza: vas a verme exactamente igual a
Ares[35]. Pues sería terrible que por causa de un trió-
bolo[36] nos diéramos empujones cada vez que hay 330
Asamblea y en cambio dejáramos que alguien se
apoderara de Pluto.

Crémilo. Estoy viendo que se acerca Blepsidemo. Es bien
claro por su andar y por su prisa que ha oído algo de
nuestro asunto.

(*Entra* Blepsidemo *desolado.*)

Blepsidemo. ¿Qué sucede? ¿De dónde y cómo se ha he- 335
cho rico Crémilo de repente? No me lo creo. Y, sin
embargo, por Heracles, había entre la gente sentada
en las barberías[37] muchos rumores de que el individuo se ha hecho rico. Pero lo que me admira es que 340
cuando le va bien llame a los amigos. Hace algo que
no es costumbre del país[38].

Crémilo. Voy a hablarte sin ocultarte nada, por los dioses. Oh Blepsidemo, me va hoy mejor que ayer, de
forma que puedo darte parte: pues eres amigo mío.   345

---

[35] El dios de la guerra.
[36] El salario dado por la asistencia a la Asamblea, véase más arriba.
[37] Era costumbre hacer allí tertulias.
[38] Alude a la escasa aplicación práctica del proverbio griego que
decía "las cosas de los amigos son comunes".

BLEPSIDEMO. ¿De verdad te has hecho rico, como dicen?

CRÉMILO. Lo seré enseguida, si dios lo quiere. Pero hay un peligro, uno, en el asunto.

BLEPSIDEMO. ¿Cuál?

CRÉMILO. Que...

BLEPSIDEMO. Di de una vez lo que quieres contarme.

CRÉMILO. ...si tenemos éxito, nos irá bien siempre; pero si 350 fracasamos, quedaremos machacados del todo.

BLEPSIDEMO. Parece mala esa mercancía y no me gusta nada. Pues el hacerse riquísimo así de repente y luego tener miedo, es cosa de un hombre que no ha hecho nada bueno. 355

CRÉMILO. ¿Cómo que nada bueno?

BLEPSIDEMO. Si es que vienes de allí[39] después que robaste al dios un poco de plata o de oro y luego, quizá, te arrepientes.

CRÉMILO. ¡Apolo que guardas de males!, yo no, por Zeus.

BLEPSIDEMO. Deja de charlar, amigo, estoy bien enterado. 360

CRÉMILO. No sospeches de mí nada de eso.

BLEPSIDEMO. ¡Ay! ¡Hasta qué punto no hay nada bueno en nadie, sino que todos sucumben al deseo de ganancia!

CRÉMILO. Por Deméter, me parece que no estás en tus cabales.

BLEPSIDEMO. (*Aparte*.) ¡Cuánto ha cambiado de su forma 365 de ser de antes!

CRÉMILO. Estás loco, amigo mío, por el cielo...

BLEPSIDEMO. (*Aparte*.) Ya no tiene la mirada en su sitio, sino que muestra que ha cometido alguna fechoría.

CRÉMILO. Bien sé lo que graznas: crees que he robado 370 algo y quieres tu parte.

BLEPSIDEMO. ¿Que quiero mi parte? ¿De qué?

CRÉMILO. Pues la cosa no es así, es de otro modo.

BLEPSIDEMO. ¿A lo mejor no has robado, has rapiñado?

CRÉMILO. Te posee un mal espíritu.

---

[39] Del oráculo de Delfos.

Blepsidemo. ¿Y no has quitado nada a nadie?

Crémilo. Yo no, de verdad.

Blepsidemo. Oh Heracles, vamos, ¿a quién volverse? No 375
quiere decir la verdad.

Crémilo. Me acusas antes de conocer mi asunto.

Blepsidemo. Querido, yo quiero arreglar esto con muy
poco gasto tuyo antes de que lo averigüe la ciudad,
con solo tapar con moneditas la boca de los políticos.

Crémilo. Me parece que, amistosamente, vas a gastar tres 380
minas y a pasarme la cuenta de doce.

Blepsidemo. Veo a un individuo que va a sentarse en la
tribuna llevando un ramo de suplicante y acompañado de sus niños y su mujer, a uno que no va a distin-
guirse en nada de los Heraclidas de Pánfilo⁴⁰. 385

Crémilo. No es eso, desdichado, a los buenos ellos solos
y a los justos y temperantes los haré enriquecerse en
seguida.

Blepsidemo. ¿Qué estás diciendo? ¿Tanto has robado?

Crémilo. ¡Ay qué desgracia, vas a matarme! 390

Blepsidemo. Tú a ti mismo, me parece.

Crémilo. No en verdad, pues tengo a Pluto, desgraciado⁴¹.

Blepsidemo. ¿Tú a Pluto? ¿A cuál?

Crémilo. Al propio dios.

Blepsidemo. ¿Y dónde está?

Crémilo. Dentro.

---

⁴⁰ En su amenaza, Blepsidemo se imagina a Crémilo ante el tribunal de la Heliea, subiendo a defenderse acompañado de su mujer e
hijos para dar lástima a los jueces. Así era habitual en Atenas, según
Aristófanes, así en la escena del juicio del perro en *Avispas*. La segunda comparación es con los hijos de Heracles, refugiados en Atenas a la
muerte de su padre y suplicantes, según los presenta la tragedia de
Eurípides a ellos dedicada. Había una famosa pintura de esta súplica,
el cuadro de Filónides (no el mencionado antes, el pintor maestro de
Apeles), quizá en el Pórtico de las Pinturas (*poikíle*) del ágora de Atenas, pero no es seguro.
⁴¹ Recuérdese siempre que puede también entenderse "dinero",
"riqueza".

BLEPSIDEMO. ¿Dónde?

CRÉMILO. En mi casa.

BLEPSIDEMO. ¿En tu casa?

CRÉMILO. Sí.

BLEPSIDEMO. ¿No te irás a los cuervos? ¿Pluto en tu casa?

CRÉMILO. Sí, por los dioses.   395

BLEPSIDEMO. ¿Dices la verdad?

CRÉMILO. Te lo aseguro.

BLEPSIDEMO. ¿Lo juras por Hestia[42]?

CRÉMILO. Sí, por Posidón[43].

BLEPSIDEMO. ¿Hablas del marino?

CRÉMILO. Y si hay otro Posidón más, del otro.

BLEPSIDEMO. ¿Y no nos lo mandas también a nosotros, a tus amigos?

CRÉMILO. Todavía las cosas no están en ese punto.

BLEPSIDEMO. ¿Qué dices? ¿En el de dar parte?   400

CRÉMILO. Así es, por Zeus. Porque primero hace falta...

BLEPSIDEMO. ¿Qué?

CRÉMILO. ...que nosotros dos le hagamos recobrar la vista.

BLEPSIDEMO. ¿Que recobre la vista quién? Dímelo.

CRÉMILO. Pluto, como antes, del modo que sea.

BLEPSIDEMO. ¿De verdad que es ciego?

CRÉMILO. Sí, por el cielo.

BLEPSIDEMO. No es raro, entonces, que no haya venido nunca a mi casa.

CRÉMILO. Pues si los dioses quieren, ahora irá.   405

BLEPSIDEMO. ¿No convendría llamar a un médico?

CRÉMILO. ¿Y qué médico hay ahora en la ciudad? Ya no son nada ni el salario ni el arte[44].

BLEPSIDEMO. Veamos. (*Recorre a los espectadores con la vista.*)

CRÉMILO. No lo hay.

BLEPSIDEMO. Tampoco a mí me lo parece.

---

[42] La diosa del hogar.

[43] El dios del mar.

[44] Se refiere a los médicos públicos, cuyo salario había sido, sin duda, recortado por las circunstancias económicas.

CRÉMILO. Por Zeus, eso que hace rato estaba yo meditando, 410
hacerle dormir en el templo de Asclepio, es lo mejor[45].
BLEPSIDEMO. Con mucho, por los dioses. No te entreten-
gas, toma una decisión.
CRÉMILO. Ya estoy poniéndome en marcha.
BLEPSIDEMO. Date prisa.
CRÉMILO. Es lo que estoy haciendo.

(*Va a salir por la derecha, pero entra* POBREZA, *con ves-
tiduras y aspecto lamentable, que se planta ante los dos.*)

POBREZA. ¡Oh hombrecillos miserables que osáis realizar 415
una acción mal pensada, impía, criminal!, ¿a dónde, a
dónde escapáis? ¿No os vais a quedar quietos?
BLEPSIDEMO. ¡Por Heracles!
POBREZA. Voy a destruiros malamente, ya que sois malos:
pues osáis una osadía intolerable, una que jamás osó
ninguno, dios ni hombre. Estáis perdidos.   420
CRÉMILO. Y tú, ¿quién eres? Estás macilenta, a lo que veo.
BLEPSIDEMO. Quizá sea una Erinis sacada de una trage-
dia[46]: su mirada es de locura o de tragedia.
CRÉMILO. Pero no tiene antorchas.   425
BLEPSIDEMO. Pues va a pasarlo mal.
POBREZA. ¿Sabéis quién soy?
CRÉMILO. Una dueña de pensión o una vendedora de
puré de lentejas[47]. Si no, no nos gritarías de ese
modo sin que te hayamos hecho nada.
POBREZA. ¿De verdad? ¿Y no habéis hecho lo peor al in- 430
tentar expulsarme del país?
CRÉMILO. ¿No te queda el barranco de los criminales?[48].
Pero deberías decir ahora mismo quién eres.

---

[45] Véase la Introducción, pág. 207.
[46] Son las diosas infernales que arrastran consigo a los criminales,
recuérdese la escena de las *Euménides* de Esquilo.
[47] Siempre aparecen en la comedia como gritonas y desvergon-
zadas.
[48] Sus cadáveres eran arrojados allí en Atenas.

POBREZA. Soy la que voy a hacer que hoy mismo paguéis la pena por buscar hacerme desaparecer de aquí.

BLEPSIDEMO. ¿Acaso es la tabernera de mi vecindad que siempre me defrauda al servirme un cuartillo?

POBREZA. Soy Pobreza, que vivo con vosotros hace muchos años.

BLEPSIDEMO. ¡Señor Apolo y los demás dioses! ¿A dónde huir? (*Emprende la huida.*)

CRÉMILO. Tú, ¿qué haces? Bestia cobarde, ¿no vas a estarte quieto?

BLEPSIDEMO. De ninguna manera.

CRÉMILO. ¿No vas a quedarte quieto? ¿Dos hombres huiremos de una sola mujer?

BLEPSIDEMO. Es que es Pobreza, estúpido, no ha nacido bicho más pernicioso.

CRÉMILO. Detente, te lo suplico, detente.

BLEPSIDEMO. Por Zeus, yo no.

CRÉMILO. Te digo de verdad, vamos a realizar una acción que es la más indigna de todas las acciones, si dejando solo al dios huimos por miedo a ésta y no luchamos con ella.

BLEPSIDEMO. ¿Confiando en qué armas o en qué ejército? Pues, ¿qué coraza, qué escudo no ha empeñado la maldita?

CRÉMILO. Ten confianza: sé muy bien que sólo este dios es capaz de erigir un trofeo frente a las mañas de ésta.

POBREZA. ¿Os atrevéis a gruñir, canallas, cuando os han pillado infraganti realizando maldades?

CRÉMILO. Y tú, mueras de mala muerte, ¿por qué has venido a insultarnos sin que hayamos hecho nada?

POBREZA. ¿Creéis, por los dioses, que no me hacéis injusticia al intentar que Pluto recobre la vista?

CRÉMILO. Pero, ¿en qué te agraviamos si procuramos felicidad a todos los hombres?

POBREZA. Pero ¿de qué felicidad podéis hablar?

CRÉMILO. ¿Que de cuál? Lo primero, expulsarte de Grecia.

POBREZA. ¿Expulsarme a mí? ¿Qué mal mayor que éste pensáis que podéis hacer a los hombres?

[230]

CRÉMILO. ¿Que cuál? Si intentando hacer esto luego nos olvidamos.

POBREZA. Pues bien, sobre esto mismo quiero, antes de nada, daros mis razones. Y si demuestro que de los 470 bienes todos soy yo la causante para vosotros y que gracias a mí vivís vosotros ... pero si no, haced lo que queráis.

CRÉMILO. ¿Y osas tú, canalla, decir esto?

POBREZA. Aprende de mí: pues estoy segura de que con la mayor facilidad demostraré que estás equivocado en todo cuando dices, que vas a hacer ricos a los hombres justos. 475

CRÉMILO. Oh cepos y picotas, ¿no vais a ayudarme?[49].

POBREZA. No hay que desesperar ni que gritar antes de enterarse.

CRÉMILO. ¿Y quién es capaz de no gritar ¡iú, iú! oyendo tales cosas?

POBREZA. Todo el que sea cuerdo.

CRÉMILO. ¿Y qué pena pediré para ti en el juicio si eres 480 condenada?[50].

POBREZA. La que te parezca.

CRÉMILO. Dices bien.

POBREZA. Pero vosotros dos debéis sufrir la misma pena si sois vencidos.

CRÉMILO. ¿Crees suficientes veinte penas de muerte?

BLEPSIDEMO. Para ella; para nosotros, nos bastarán dos.

POBREZA. No vais a tardar en sufrir ese destino. Pues ¿qué 485 cosa justa podría nadie contestarme ya?

CORIFEO.

Debéis ya decir alguna cosa sabia con la cual derrotarla

refutándola en el debate; no hagáis ninguna concesión.

---

[49] Instrumentos de tortura, la traducción es aproximada.
[50] El acusador pedía una pena, el acusado otra; y los jueces decidían.

CRÉMILO.

Creo que para todos por igual es fácil saber esto,   4
que es justo que sean ricos los hombres honrados
y los malos y los ateos al revés que éstos.
Deseando esto nosotros con apuros conseguimos
   hallar
un plan hermoso y noble y útil para todo.
Pues si Pluto ahora vuelve a ver y no va deambulan-
   do ciego,
irá en busca de los hombres honestos y no los dejará   4
y de los malos y de los ateos huirá; y los hará
buenos a todos y ricos por supuesto y devotos de lo
   divino.
Pues bien, ¿quién podría encontrar nada mejor que
   esto para los hombres?

BLEPSIDEMO.

Ninguno: de esto soy yo testigo. No le preguntes a
   ésa.

CRÉMILO.

Según es ahora la vida para los hombres,   5
¿quién no pensaría que es locura y desgracia y peor
   que esto?
Pues muchos hombres, siendo malos, son ricos
habiendo logrado el dinero injustamente; y muchos
   que son muy buenos
lo pasan mal y son pobres y (*mirando a* POBREZA.)
   están contigo las más veces.
No hay, lo aseguro, si Pluto recobra la vista y acaba
   con ésta,   5
ningún camino que, recorriéndolo, pueda dar mayor
   felicidad a los hombres.

POBREZA.

Pero, ¡oh los dos hombres más fáciles de convencer
   para hacer insensateces,
los dos viejecitos, compañeros de comparsa del delirio y la locura!,
si sucediera eso que queréis, os aseguro que no os
   aprovecharía.

Porque si Pluto ve de nuevo y se reparte por igual   510
ningún hombre ejercerá un oficio ni una industria;
y desaparecidas ambas cosas entre vosotros, ¿quién
    querrá
ser herrero o constructor de barcos o coser o ser ca-
    rrero
o ser zapatero o fabricar ladrillos o lavar o curtir
    pieles
o, tras abrir el suelo de la tierra con arados, cosechar
    el fruto de Deméter[51],   515
cuando os sea posible vivir en la holganza, descuida-
    dos de todo eso?

CRÉMILO.

Dices tonterías. Pues todo eso que has dicho
lo trabajarán nuestros servidores.

POBREZA.

                    ¿Y de dónde sacarás servidores?

CRÉMILO.

Es claro, los compraremos con nuestro dinero.

POBREZA.

                        ¿Y quién será el
                              [vendedor
si también él tiene dinero?   520

CRÉMILO.

                Alguien que quiera sacar ganancia,
un mercader que venga de Tesalia, de donde hay in-
    saciables tratantes de esclavos.

POBREZA.

Pero, para empezar, no habrá ni un tratante de escla-
    vos,
según las razones que nos cuentas. Pues ¿qué rico va
    a querer
hacer eso, poniendo en riesgo su vida?

---

[51] Parodia de tragedia o lírica.

[233]

De modo que, forzado a arar tú mismo y a cavar y a
    los otros trabajos,   5
vas a pasar una vida más penosa que la de ahora.

CRÉMILO.

                                Caiga sobre
                                [tu cabeza.

POBREZA.

Y luego, no podrás ni dormir en una cama —pues
    no las habrá
ni sobre tapices —¿pues quién va a querer tejerlos, si
    tiene oro?
Ni con perfumes vertidos gota a gota podréis los dos
    perfumar a la novia, cuando os la llevéis a casa,
ni adornarla con gran gasto en vestidos de púrpura,
    de bellos dibujos.   9
Y sin embargo, ¿para qué ser rico si uno carece de
    todo eso?
En cambio, yo puedo procuraros fácilmente todo eso
    de que carecéis; pues yo
estoy sentada como un ama que al artesano le obliga
a buscar, por su necesidad y su pobreza, de dónde
    se ganará la vida.

CRÉMILO.

¿Pero qué bienes puedes tu procurarnos sino ampo-
    llas sacadas de los baños[52]
y que un enjambre de niños hambrientos y de vieje-
    citas?
Y el número de piojos y de mosquitos y de pulgas ni
    te lo cuento,
de tantos que son, bichos que zumbando en torno a
    tu cabeza te dan la lata,
despertándote y diciéndote: "Vas a pasar hambre: le-
    vántate."
Y además, en vez de un vestido tienes harapos; y en
    vez de cama

---

52 De calentarse los indigentes en la estufa de la casa de baños.

un jergón de juncos lleno de chinches, que despier-
     tan a los que duermen;
y una estera podrida en vez de un tapiz; y en vez de
     almohada,
una gran piedra junto a la cabeza; y para comer, en
     vez de panes
tallos de malva, y en vez de galleta, hojas de rábanos
     escuálidos,
y en vez de un escabel, la cabeza de un cántaro roto,
     y en vez de una artesa,   545
el costado de un tonel también roto. Entonces,
¿voy a mostrar que eres causante para todos los
     hombres de muchos bienes?

POBREZA.

Tú no has hablado de mi vida, has machacado sobre
     la de los mendigos.

CRÉMILO.

¿Pero no decimos que la pobreza es hermana de la
     miseria?

POBREZA.

Eso vosotros, los que decís que Dionisio es semejan-
     te a Trasíbulo[53].   550
Pero mi vida no ha tenido que sufrir esto, por Zeus,
     ni va a sufrirlo.
Pues la vida del mendigo, de la que hablas, es vivir
     sin tener nada;
mientras que es cosa del pobre el vivir escatimando
     y aferrado al trabajo
y que no le sobre nada, pero tampoco le falte.

CRÉMILO.

¡Qué feliz, oh Deméter, has descrito su vida   555
si tras escatimar y trabajar no va a dejar ni para el en-
     tierro!

---

[53] Los que comparan a Trasíbulo, jefe de partido moderado ateniense que hizo la paz con Esparta y luego restauró la democracia,
con el tirano Dionisio de Siracusa.

POBREZA.

    Intentas burlarte y ridiculizarme olvidándote de toda
        seriedad,

    sin darte cuenta de que crío hombres mejores que
        Pluto

    por su espíritu y su cuerpo. Pues junto a él hay go-
        tosos

    y panzudos e hinchados de piernas y ultrajantemen-
        te gordos;   50

    y junto a mí hay hombres enjutos y de talle de avispa
        y peligrosos para los enemigos.

CRÉMILO.

    Ese talle de avispa quizá se lo des con el hambre.

POBREZA.

    Voy a concluir ahora sobre la temperancia y os ense-
        ñaré

    que la modestia vive conmigo y lo de Pluto es la in-
        solencia.

CRÉMILO.

    Sin duda es cosa de modestia el robar y el perforar
        los muros.   55

BLEPSIDEMO.

    Sí, por Zeus, si va a pasar inadvertido, ¿como no es
        cosa de modestia?[54]

POBREZA.

    Mira pues a los políticos en las ciudades, como
        cuando

    son pobres, son justos para el pueblo y la ciudad,

    pero cuando se enriquecen de los fondos públicos,
        en seguida se os han convertido en injustos:

    conspiran contra la democracia y se enfrentan al
        pueblo.

CRÉMILO.

    No mientes en nada de esto, aunque eres una mala
        lengua.

---

[54] Verso declarado espurio por varios editores.

Pero no vas a llorar menos —no presumas de eso
porque tratas de convencernos de que es mejor
la pobreza que la riqueza.

POBREZA.

Y tú no eres capaz de refutarme
[en esto,
te limitas a charlar y a agitar las alas.   575

CRÉMILO.

¿Y cómo es que todos
[te huyen?

POBREZA.

Porque los hago mejores. Esto se puede ver sobre
    todo
en los niños: pues huyen de sus padres que quieren
    lo mejor
para ellos. Así, es difícil conocer lo que es justo.

CRÉMILO.

Vas a decir que Zeus no sabe lo que es mejor:
puesto que tiene a Pluto[55].   580

BLEPSIDEMO.

Y a ésta (*señala a* POBREZA.) nos
[la manda a nosotros.

POBREZA.

Pero, ¡oh vosotros dos que tenéis legañas del tiempo
    de Crono en la mente!,
Zeus es pobre y esto voy a mostrároslo bien claro.
Pues si fuera rico, ¿cómo cuando fundó él mismo los
    Juegos Olímpicos,
allí donde reúne a todos los griegos cada cinco años[56],
habría proclamado a los atletas vencedores coronán-
    dolos   585
con una corona de acebuche? Habría debido hacerlo
    con oro, si es que era rico.

---

[55] Tiene riqueza. En lo que sigue se traduce a veces "Pluto", a veces "riqueza".

[56] El intervalo es, pues, de cuatro años.

CRÉMILO.

Pero, ¿no demuestra con esto mismo que honra la
    riqueza?
Pues ahorrando y no permitiendo que se gaste nin-
    guna parte de ella,
ciñendo a los atletas con una corona de naderías,
    deja a Pluto junto a sí.

POBREZA.

Pretendes atribuirle algo más vergonzoso que la po-
    breza   590
si siendo rico es tan tacaño y codicioso.

CRÉMILO.

Pues a ti, que Zeus te extermine tras ceñirte una co-
    rona de acebuche.

POBREZA.

¡Que tú intentes argumentar que no todos los bienes
    proceden para nosotros
de la pobreza!

CRÉMILO.

                    A Hécate le podéis preguntar
qué es mejor, si ser rico o ser pobre. Pues afirma   59
que los que tienen y son ricos envían una comida
    cada mes
y que los pobres la arrebatan antes incluso de que la
    hayan dejado[57].
Revienta pues y no me gruñas
    pero nada de nada.
Aun si convences, no convences.   60

POBREZA.

Ciudad de Argos, ¿ois qué dice?[58].

CRÉMILO.

Llamad a Pausón, mi invitado[59].

---

57 Alude a las ofrendas a Hécate, diosa infernal, dejadas el treinta
del mes en sus capillas en las encrucijadas de los caminos.
58 Verso de Eurípides, citado también en *Caballeros* 813.
59 Un prototipo de miseria.

POBREZA.

    ¡Ay de mí, desgraciada!

CRÉMILO.

    Vete a los cuervos, de aquí lejos

POBREZA.

    ¿Y a dónde voy a ir?   605

CRÉMILO.

    Al cepo, pero no te tardes,
        pues debes darte prisa.

POBREZA.

    Un día vosotros todavía
        me pediréis que venga.

(*Se marcha desesperada.*)

CRÉMILO.

    Entonces vuelve, ahora revienta.   610
    Pues es mejor que yo sea rico
    y tú te hieras la cabeza.

BLEPSIDEMO.

    Por Zeus, yo quiero, siendo rico,
    darme festines con mis hijos
    y mi mujer, y tras bañarme,   615
    saliendo lustroso del baño,
        sobre los artesanos
    y la Pobreza tirar pedos.

CRÉMILO. Esta maldita se ha largado. Tú y yo vamos a lle- 620
var a toda prisa al dios para acostarle en el templo de
Asclepio.

BLEPSIDEMO. Y no nos tardemos, no sea que venga alguien y nos estorbe en lo que conviene que hagamos.

CRÉMILO. ¡Chico, Carión! Debes sacar la ropa de cama y 625
llevar al propio Pluto, como se acostumbra, y las cosas que tenemos preparadas dentro.

Coro.
(*Danza del* Coro.)

Carión. Oh viejos que tantas veces habéis comido en las fiestas de Teseo con ayuda de una corteza de pan, con bien poco alimento[60], ¡qué afortunados sois, qué felicidad os ha cabido, e igual a los demás que tienen igual que vosotros una conducta honrada!

Corifeo. ¿Qué les sucede, querido, a tus amigos? Pues parece que vienes como mensajero de una buena noticia.

Carión. Mi amo ha tenido una fortuna extraordinaria, pero aún más el propio Pluto: pues en vez de estar ciego, ha recobrado la vista y brillan sus pupilas desde que encontró favorable a Asclepio sanador[61].

Coro.
Me dices alegría, / me dices griterío.

Carión. Podéis estar alegres, si lo queréis como si no.

Coro.
Voy a lanzar mis gritos / por el de hermosos hijos,
que es para los mortales / una gran luz, Asclepio.   6

(*Sale de la casa la mujer de* Crémilo.)

Mujer. ¿Qué griterío es éste? ¿Se anuncia alguna cosa buena? Esto es lo que anhelaba yo hace tiempo, sentada dentro, esperando a ese hombre.

Carión. Rápido, rápido, señora, tráenos vino para que tú bebas también —bien te gusta hacer eso— porque son felicidades, en resumen, las que te traigo.

Mujer. ¿Y dónde están?

Carión. En mis palabras: lo sabrás pronto.

---

60 En las fiestas de Teseo, que celebraban el sinecismo o unificación del Ática, había una comida pública no muy abundante, en la que un plato de gachas era comido con ayuda de una corteza de pan convertida en una especie de cuchara.

61 Hay aquí dos versos de tragedia.

MUJER. Di de una vez lo que quieres contarme, acaba.

CARIÓN. Óyeme pues, que yo los sucesos te los voy a 650
contar de pies a cabeza.

MUJER. No, a la cabeza no. (*Hace gesto de protegerla con
las manos.*)

CARIÓN. ¿Ni siquiera esa felicidad que te ha venido?

MUJER. No, los sucesos.

CARIÓN. En cuanto llegamos al santuario del dios condu-
ciendo a ese hombre entonces muy desgraciado y
ahora dichoso y feliz si hay alguno, primero lo lleva- 655
mos al mar, luego lo bañamos.

MUJER. Vaya felicidad, la de un viejo bañado en agua he-
lada.

CARIÓN. Luego fuimos ya al recinto sagrado del dios.
Y luego que en el altar fueron dedicadas tortas y
ofrendas, "alimento para la llama de Hefesto"[62], acos- 660
tamos a Pluto, como era ritual; y cada uno de los dos
se hizo un jergón de hierbas.

MUJER. ¿Y había más gente que fuera a hacer peticiones
al dios?

CARIÓN. Uno era Neocles[63], que es ciego, pero da ciento 665
y raya en el robo a los videntes; y otros muchos, con
toda clase de enfermedades. Y cuando, tras apagar
las lámparas, el servidor del dios nos ordenó dormir, 670
añadiendo que si alguien oía un ruido, callara, todos
nos acostamos modosamente. Y yo dormir no podía,
sino que me volvía loco por una marmita llena de
gachas que estaba un poco más allá de la cabeza de
una viejita: endiabladamente deseaba deslizarme hacia ella. Después miré hacia arriba y divisé al sacer- 675
dote, cómo se llevaba los pasteles[64] y los higos secos
de la mesa sagrada. Luego, recorrió los altares todos

---

[62] Trágico.

[63] Un político acusado de corrupción. En *Asamblea* 254, 398 es llamado simplemente legañoso.

[64] Pasteles especiales, hechos de la mejor harina blanca, miel y
queso.

en círculo, por si había alguna torta que hubiera sido 680
olvidada; y a continuación consagraba esto... en una
bolsa. Yo, viendo una gran santidad en ese comportamiento, me levanté en busca de la marmita de las
gachas.

MUJER. ¡Sinvergüenza! ¿Y no temías al dios?

CARIÓN. Sí, por los dioses, no fuera a anticipárseme en el 685
viaje a la marmita, llevando sus guirnaldas. Pues su
sacerdote me había enseñado esto. Pero la vieja
cuando me sintió, echó la mano; pero yo silbé y le 690
cogí la marmita con los dientes, como si fuera una
serpiente sagrada[65]. Y ella retiró al punto la mano y
se quedó acostada tras arroparse sin rechistar y por
miedo al dios tiraba pedos más acres que los de
una comadreja. Entonces yo ya me di un atracón de 695
gachas; y cuando me quedé lleno, me eché a descansar.

MUJER. ¿Y el dios no se os aparecía?

CARIÓN. Todavía no. Pero luego hice una cosa de risa. En
el momento en que se acercaba, me tiré un gran
pedo, porque mi vientre estaba lleno de aire.

MUJER. Y sin duda a causa de esto el dios te cogió repug- 700
nancia.

CARIÓN. No, sólo que una tal Iaso que le seguía se puso
colorada y Panacea volvió la cabeza tapándose las
narices[66]; pues no son incienso mis pedos.

MUJER. ¿Y él?

CARIÓN. No hizo ni caso, por Zeus.

MUJER. ¿Estás diciendo que el dios es un macarra? 705

CARIÓN. Por Zeus, yo no, sólo un tragacacas[67].

---

65 Un tipo especial de serpientes amarillas, inofensivas, consagradas al dios. En la *tholos* o edificio circular de Epidauro se ve el laberinto en que vivían las serpientes sagradas del dios.

66 Iaso y Panacea son hijas de Asclepio, la etimología de ambas alude a la "curación".

67 Seguramente, como un médico que investiga los excrementos para diagnosticar la enfermedad.

MUJER. ¡Ah miserable!

CARIÓN. Después de esto, yo me tapé todo de puro mie- 710
do, mientras que él iba en torno examinando las enfermedades todas, muy calladamente. Luego, un esclavo puso junto a él un mortero de piedra y una
mano de almirez y una arqueta.

MUJER. ¿De piedra?

CARIÓN. No, por Zeus, no la arqueta.

MUJER. Y tú, maldito, que dices que estabas bien tapado,
¿cómo lo veías?

CARIÓN. A través de mi sayo: tenía, por Zeus, no pocos 715
agujeros. Y primero para Neoclides encargó machacar un emplasto triturado, echándole tres cabezas de
ajos de Tenos. Luego, lo machacó en el mortero,
mezclando jugo de higuera y lentisco; y a continuación lo diluyó con vinagre de Esfeto[68] y lo aplicó a 720
sus párpados, dándoles la vuelta, a fin de que sintie-
ra más dolor. Y él, dando gritos y chillando, se puso
a huir de un salto. El dios, entonces, rió y dijo: "Sién- 725
tate ahí bien untado, a fin de que dejes de interponer
juramentos y de asistir a la Asamblea"[69].

MUJER. ¡Qué amante de la ciudad y qué sabio es el dios!

CARIÓN. Tras esto, el dios se sentó junto a Pluto; y, lo primero, le acarició la cabeza y, cogiendo un paño bien
limpio, le enjugó los párpados. Y Panacea cubrió su 730
cabeza y todo el rostro con un paño púrpura; seguidamente, el dios dio un silbido. Dos serpientes enor-
mes salieron del templo.

MUJER. ¡Dioses amigos!

CARIÓN. Las dos, entrando despacio debajo del paño púr- 735
pura, le estuvieron lamiendo los párpados, según me
pareció; y en menos de lo que tú tardas en beberte

_____

[68] Un demo del Ática.

[69] Me aparto de la edición de Coulon y sigo el texto de los manuscritos AM[1], que introduce una doble construcción: Neoclides, en la
situación en que Pluto le ha puesto, no va a poder ir a la Asamblea e
interponer allí juramentos, con diversos pretextos, para aplazarla.

diez cuartillos de vino[70], Pluto, mi ama, se levantó ya con vista. Yo batí palmas de placer y desperté al amo. Al punto, el dios desapareció, e igual las ser- [740] pientes, dentro del templo. Y los peregrinos que estaban acostados junto a él felicitaron a Pluto, no veas cómo, y durante toda la noche estuvieron en vela, hasta que despuntó el día. Y yo alababa gran- [74] demente al dios porque hizo que Pluto recobrara rápidamente la vista y a Neoclides le hizo aún más ciego.

MUJER. ¡Qué poder tienes, oh señor y dueño! —Pero dime, ¿dónde está Pluto?

CARIÓN. Ya viene. Pero había en torno suyo una multitud [75] enorme. Pues los que antes eran justos y tenían pocos recursos de vida, le abrazaban y le daban la mano todos de puro placer; mientras que los que [75] eran ricos y tenían una gran fortuna, pero habían adquirido su riqueza de manera no justa, fruncían las cejas y ponían mala cara. Pero los primeros seguían detrás de él coronados, riendo, lanzando palabras de buen agüero; y la zapatilla de los viejos resonaba con sus rítmicos pasos[71]. Pero ea, todos a [76] una palabra bailad y saltad y danzad, porque nadie va a deciros al volver a casa que no queda harina en el saco.

MUJER. Por Hécate, quiero coronarte, por haber traído [76] estas noticias, con una sarta de panecillos.

CARIÓN. Date prisa, que ya llegan junto a las puertas.

MUJER. Bien, voy dentro y traeré golosinas como para unos ojos recién comprados[72]. (*Entra en la casa.*)

CARIÓN. Pues yo quiero salirles al encuentro. (*Sale.*)   [77]

---

[70] Ya antes (644 s.) se habló de la afición de la mujer de Crémilo a la bebida; es un tópico muy repetido en relación con las mujeres.

[71] Parodia de tragedia o lírica que describía una procesión.

[72] Solían echarse encima de la cabeza de un esclavo recién comprado, como bienvenida; aquí lo "recién comprado" son los ojos.

(*Entra* PLUTO, *seguido de* CRÉMILO *y del* CORO, *que hace de cortejo.*)

CORO
(El CORO *danza.*)

PLUTO. Adoro lo primero al Sol, luego el suelo glorioso de Palas[73] y toda la tierra de Cécrope[74], que me ha acogido. Y me avergüenzo de mis desdichas: con 775 qué hombres trataba, sin darme cuenta, mientras que huía de los que eran dignos de mi compañía. No sabía nada. Desdichado de mí, que no hacía bien ni aquello ni esto. Pero dándole a todo la vuelta, mostraré en adelante a todos los hombres que era contra 780 mi voluntad como me entregaba a los malos.

CRÉMILO. (*A uno del* CORO.) Vete a los cuervos. (*A los espectadores.*) ¡Qué cosa más molesta son los amigos que aparecen de repente cuando a uno le van bien las cosas! Porque dan codazos y machacan las espi- 785 nillas, mostrando cada uno una causa de amistad. Pues a mí, ¿quién no me ha saludado? ¿Qué multitud de viejos no me ha coronado en el ágora?

MUJER. (*Reapareciendo.*) Oh amigo muy querido, y tú y tú, salud. (*A* PLUTO.) Ea, estas golosinas —es la costumbre— las echo sobre ti. (*Hace el gesto.*) 790

PLUTO. De ningún modo. Pues ahora que entro en la casa por primera vez después que he recobrado la vista, no es conveniente sacar nada, más bien meter.

MUJER. ¿No vas a aceptar, entonces, las golosinas?

PLUTO. Dentro junto al hogar, según es costumbre. Ade- 795 más, así evitaremos la acusación de vulgaridad. Pues no está bien visto que el maestro de coro lance higos secos y aperitivos a los espectadores, para hacerles luego reír de esto[75].

---

[73] De Atenea. Es decir, a Atenas.
[74] Primer rey de Atenas. Se refiere al Ática.
[75] Aristófanes critica varias veces la costumbre de algunos maestros

MUJER. Dices bien, porque Dexinico[76], al que estás vien- 80
do, ya se levantaba para apoderarse de los higos
secos.

(*Entran todos en la casa.*)

CORO.
(*Danza del* CORO.)

(CARIÓN *sale de la casa.*)

CARIÓN. ¡Qué agradable es, amigos, nadar en la abundancia, sobre todo sin haber puesto uno nada de su parte! Pues a nosotros un montón de felicidades se nos
ha metido en casa y eso sin haber sido deshonestos.
Así es de agradable el ser rico. El arca está llena de 8
blanca harina, los cántaros de oloroso vino tinto. Y
todos nuestros utensilios domésticos están llenos de
plata y oro, hasta producir admiración. Y la cisterna 8
está llena de aceite; y los esencieros están llenos de
perfume y el granero de higos secos. Toda vinagrera,
todo plato, toda marmita se ha hecho de bronce; y
las fuentes desportilladas del pescado, se puede verlas de plata. Y nuestra lámpara, de repente, se ha he- 8
cho de marfil. Los servidores jugamos a pares y
nones con monedas de oro[77]; y nos limpiamos el
culo no con piedras[78], sino con tallos de ajo, de puro
refinamiento. Y ahora el amo sacrifica dentro, coronado, un cerdo, un macho cabrío y un carnero. A mí 8
me ha echado fuera el humo, pues no era capaz de
seguir dentro; me mordía los párpados.

_____

de coro (directores de escena) que arrojaban frutos y golosinas al público, para ganárselo así.
   [76] Un espectador.
   [77] El juego consistía en acertar si lo guardado en la mano era en
número par o impar.
   [78] Como era usual, cfr. *Paz* 1230.

(*Entra un* HOMBRE JUSTO, *acompañado de un esclavo que lleva un sayo y unas zapatillas.*)

HOMBRE JUSTO. Ven conmigo, chico, vamos a buscar al dios.

CARIÓN. ¡Vaya! ¿Quién es ese que se acerca?

HOMBRE JUSTO. Un hombre antes desgraciado, ahora dichoso. 825

CARIÓN. Bien claro es, me parece, que eres un hombre honrado.

HOMBRE JUSTO. Así es.

CARIÓN. ¿Y qué quieres?

HOMBRE JUSTO. Vengo a visitar al dios, porque es causa para mí de muchos bienes. Pues yo recibí de mi 830 padre una hacienda considerable y me dediqué a socorrer a los amigos que me lo pedían. Pensaba que era una cosa útil para la vida.

CARIÓN. Y sin duda bien pronto se agotó tu dinero.

HOMBRE JUSTO. Bien cierto.

CARIÓN. Y entonces, tras esto, fuiste desgraciado.

HOMBRE JUSTO. Bien cierto. Y yo creía que iba a tener por amigos de verdad seguros, a los que antes hice favores 835 cuando me los pedían, si iba a pedirles algo yo algún día. Pero ellos volvían la cabeza y hacían como que no me veían.

CARIÓN. Y se burlaban de ti, bien lo sé.

HOMBRE JUSTO. Bien cierto: la sequía que había en mis 840 vasijas me perdió[79]. Pero eso ya no me pasa. Por ello vengo aquí a visitar al dios para rendirle homenaje, con toda justicia.

CARIÓN. ¿Y qué significa, por los dioses, ese sayo que lleva junto a ti ese chico? Dímelo.

HOMBRE JUSTO. Vengo a dedicárselo al dios.

---

[79] Alude, quizá, a un *cuba seca* que se abre y deja escapar el líquido; en todo caso, a la pobreza del personaje.

CARIÓN. ¿Es que lo llevabas puesto cuando te iniciaste en los Grandes Misterios[80]?

HOMBRE JUSTO. No, pero pasé frío con él durante treinta años.

CARIÓN. ¿Y las zapatillas?

HOMBRE JUSTO. También éstas invernaban conmigo.

CARIÓN. ¿Entonces, también éstas las has traído para dedicarlas?

HOMBRE JUSTO. Sí, por Zeus.

CARIÓN. Bonitas ofrendas traes al dios.

(*Entra un* SICOFANTA, *acompañado de un* TESTIGO.)

SICOFANTA. Desgraciado de mí, ¡cómo estoy acabado el infeliz! Y tres veces desgraciado y cuatro y cinco veces y diez y diez mil: ¡ay, ay! ¡Con qué abundoso dios estoy mezclado![81]

CARIÓN. Apolo alejador de males y dioses queridos, ¿qué desgracia le ha sucedido a este hombre?

SICOFANTA. ¿Es que no he sufrido sucesos desgraciados cuando he perdido todas las cosas de mi casa por causa de ese dios, que va a ser ciego otra vez de nuevo si no me fallan los procesos que le voy a intentar?

HOMBRE JUSTO. Me parece que casi entiendo la cosa. Ese que llega es un hombre al que le va mal y me parece que es del cuño falso[82].

848

850

85?

860

---

80 Era costumbre consagrar a algún dios el vestido que se llevaba al iniciarse en los Misterios de Eleusis (aquí se habla de los Grandes Misterios, los de Eleusis en septiembre-octubre, para distinguirlos de los Pequeños, celebrados en Agras previamente). Pero se trata de una broma, los iniciados llevaban un manto blanco e impoluto y no un sayo agujereado, como nuestro personaje.

81 Doble sentido: el directo se refiere a la desgracia a que está unido, la alusión es al vino muy fuerte mezclado con agua.

82 Moneda falsa o contrahecha. Como es sabido, cualquier ciudadano podía intentar a otro un proceso por violar las leyes de la ciudad. Esto llevaba a abusos. Había profesionales de estos procesos, que ex-

CARIÓN. Por Zeus, hace entonces bien en reventar.

SICOFANTA. ¿Dónde, dónde está el que prometió hacernos ricos él solo a todos enseguida si volvía a ver de nuevo? Lo que ha hecho es, más bien, arruinar a algunos. 865

CARIÓN. ¿Y a quién le ha hecho eso?

SICOFANTA. A mí, que estoy aquí.

CARIÓN. ¿Es que eras de los canallas y de los horadamuros?

SICOFANTA. No, por Zeus, es que no hay nada honrado en ninguno de vosotros y sin duda os habéis quedado con mi dinero. 870

CARIÓN. ¡Qué impetuoso, por Deméter, ha entrado el sicofanta!. Está bien claro que pasa hambre canina.

SICOFANTA. Tú, vete al ágora inmediatamente. Pues es preciso que, recibiendo tormento allí en la rueda[83], digas qué maldades has hecho. 875

CARIÓN. Vas a pagármelas.

HOMBRE JUSTO. Por Zeus Salvador, es digno de gratitud para todos los griegos ese dios si acaba con los malditos sicofantas malamente.

SICOFANTA. ¡Desdichado de mí! ¿Acaso también tú tienes parte y te burlas de mí? Porque, ¿de dónde has sacado ese manto? Ayer te vi que llevabas un sayo. 880

HOMBRE JUSTO. No te presto atención: porque llevo este anillo, que ayer le compré a Eudamo por una dracma[84].

CARIÓN. Pero no dice "contra la mordedura de sicofanta"[85]. 885

---

torsionaban así a los ricos, y que eran conocidos habitualmente como sicofantas, "denunciadores de higos" (supuestamente, a los que los pasaban de contrabando, pura irrisión).

[83] Como los esclavos cuando se les tomaba declaración.

[84] Ciertos anillos, se creía, tenían propiedades contra las mordeduras de serpientes y escorpiones.

[85] Sigo el texto de los manuscritos. El anillo no lleva una inscripción que garantice su utilidad contra un sicofanta, evidentemente peor que una serpiente.

SICOFANTA. ¿No es esto un gran ultraje? Vosotros os bur-
     láis, pero no habéis dicho qué estáis haciendo aquí.
     Porque no estáis aquí para bien de nadie.

CARIÓN. Por Zeus, no para el tuyo, puedes estar seguro.

SICOFANTA. Seguro que vais a cenar de mi dinero.   890

HOMBRE JUSTO. Ojalá revientes junto con tu testigo.

CARIÓN. Y eso, sin haber probado bocado.

SICOFANTA. ¿Negáis? Pues dentro tenéis, malhechores, una
     barbaridad de salazón de pescado y de carne asada. 895
     (*Olfateando.*) ¡Hum, hum ...!

CARIÓN. Desgraciado, ¿hueles algo?

HOMBRE JUSTO. Quizás el frío, con ese sayo que viste.

SICOFANTA. ¿Es soportable, Zeus y otros dioses, que éstos
     se burlen de mí? ¡Cuánto sufro porque después de 900
     que soy honrado y patriota padezco desgracias!

HOMBRE JUSTO. ¿Tú patriota y honrado?

SICOFANTA. Como nadie.

HOMBRE JUSTO. Bien, voy a preguntarte, contesta.

SICOFANTA. ¿A qué?

HOMBRE JUSTO. ¿Eres labrador?

SICOFANTA. ¿Crees que estoy tan loco?

HOMBRE JUSTO. Entonces, ¿comerciante?

SICOFANTA. Sí o al menos lo alego, cuando me viene
     bien[86].

HOMBRE JUSTO. Sigamos. ¿Aprendiste algún oficio?   905

SICOFANTA. No, por Zeus.

HOMBRE JUSTO. ¿Y cómo vivías o de dónde, si no hacías
     nada?

SICOFANTA. Soy procurador de las cosas del pueblo y de
     todas las mías.

HOMBRE JUSTO. ¿Tú? ¿Por qué?

SICOFANTA. Porque quiero.

HOMBRE JUSTO. ¿Y cómo puedes ser honrado, horada-mu- 910

---

86 Para lograr el aplazamiento de un proceso, cosa que era legal en
el caso de los comerciantes que estaban embarcados. Algún escoliasta
habla también de la exención del servicio militar.

ros, si por cosas que ni te van ni te vienen te creas
odios?

SICOFANTA. ¿Es que no me va ni me viene hacer favores a
mi ciudad, petrel[87], en todo lo que puedo?

HOMBRE JUSTO. ¿Llamas "hacer favores" al meterse en
cosas ajenas?

SICOFANTA. Se lo llamo al ir en ayuda de las leyes en vigor 915
y no dejar que nadie falte a ellas.

HOMBRE JUSTO. ¿Es que la ciudad no establece, con buen
motivo, jueces para que ejerzan su función?

SICOFANTA. ¿Y quién hace de acusador?

HOMBRE JUSTO. El que lo desea.

SICOFANTA. Pues ése soy yo. Así que los asuntos de la ciudad vienen a parar a mí.

HOMBRE JUSTO. Pues mal patrono tiene, por Zeus. ¿Y no 920
preferirías vivir tranquilo, sin hacer nada?

SICOFANTA. Hablas de una vida de oveja, si la vida no va a
tener algún entretenimiento.

HOMBRE JUSTO. ¿Y no podrías aprender otra cosa?

SICOFANTA. Ni aunque me entregaras al propio Pluto y el 925
silfio de Bato[88].

CARIÓN. Pronto, deja en el suelo tu vestido.

HOMBRE JUSTO. Tú, te dice a ti.

CARIÓN. Y ahora, descálzate.

HOMBRE JUSTO. Todo eso te lo dice a ti.

SICOFANTA (*Sin hacer caso. Amenazador.*) Que el que de
vosotros quiera, que se me acerque.

CARIÓN. Pues ése soy yo. (*Le quita el vestido y las sandalias.*)

SICOFANTA. ¡Ay de mí, me quitan mis prendas en pleno día! 930

CARIÓN. ¿Y tú pretendes vivir de meterte en lo ajeno?

---

87 No queda muy claro por qué el sicofanta compara al Hombre
Justo con este ave marina que vuela sobre las olas y, según los antiguos, se alimentaba de su espuma. Viene a equivaler, parece, a "estúpido".

88 El silfio era una planta de Cirene cuyo jugo era muy apreciado
como comida y alimento. Bato es el fundador de Cirene.

[251]

Sicofanta (*Al* Testigo.) ¿Ves lo que está haciendo? Te tomo por testigo de esto. (*El* Testigo *sale corriendo.*)

Carión. Ese testigo que traías, se ha largado corriendo[89].

Sicofanta. Ay de mí, me he quedado solo, rodeado de enemigos. 930

Carión. ¿Y ahora chillas?

Sicofanta. Ay de mí, otra vez.

Carión. (*Al* Hombre justo.) Dame el sayo para poder vestir a este sicofanta.

Hombre justo. Imposible, hace rato que está dedicado a Pluto.

Carión. ¿Y dónde quedará mejor dedicado que en torno a un malvado, un horada-muros? A Pluto hay que adornarlo con vestidos elegantes. 940

Hombre justo. ¿Y qué haremos con las sandalias, dime?

Carión. Se las voy a colgar ahora mismo de la frente con un clavo, como si lo hiciera de un acebuche.

Sicofanta. Me marcho, porque me doy cuenta de que soy mucho más débil que vosotros. Pero si encuentro un compañero, aunque sea de madera de higuera[90], hoy mismo haré que ese dios poderoso sufra 94 castigo, porque destruye abiertamente, él solo, la democracia sin haber persuadido al Consejo de los ciudadanos ni a la Asamblea[91]. (*Se marcha.*) 95

Hombre justo. Ya que te vas llevándote toda mi armadura, corre a la casa de baños; y allí ponte el primero de la fila y caliéntate[92]. Yo mismo tenía ese puesto en otro tiempo.

Carión. Pues me creo que el bañero va a llevarle a rastras a la puerta cogiéndole de los cojones, porque en 95

---

[89] Sin testigo, el sicofanta es impotente ante el tribunal al que quiere denunciar al Hombre Justo.

[90] Como se sabe, es de mala calidad. Pero aquí se alude a que se busca un segundo sicofanta para que haga de testigo.

[91] Acusaciones usuales de los demagogos.

[92] Se refiere a la fila de los que se calientan en la estufa, véase nota 52.

cuanto le vea le reconocerá como a uno del falso cuño. Nosotros dos vamos a entrar en casa para que hagas tu homenaje al dios. (*Entran en la casa.*)

CORO.
(*Danza del* CORO.)

(*Entra por la derecha una* VIEJA *muy peripuesta, acompañada de una criada que lleva una bandeja.*)

VIEJA. ¿He llegado de verdad, ancianos queridos, a la 960
casa de ese nuevo dios o me he extraviado completamente en el camino?

CORIFEO. Sabe que has llegado a la misma puerta, jovencita. Preguntas muy amablemente.

VIEJA. Ea, quiero llamar a alguien de dentro. (*Sale* CRÉMILO.)

CRÉMILO. No, ya he salido aquí yo. Pues bien, deberías 965
decir por qué has venido exactamente.

VIEJA. Me han pasado cosas terribles e ilegales, cariño: desde que ese dios comenzó a ver, me ha hecho la vida invivible.

CRÉMILO. ¿Qué pasa? ¿Es que eras una sicofantisa entre las 970
mujeres?

VIEJA. Yo no, por Zeus.

CRÉMILO. ¿O es que bebías en tu letra sin haberte correspondido en el sorteo?[93]

VIEJA. Te burlas. La pobre de mí sufro fuerte comezón[94].

CRÉMILO. ¿Por qué no dices de una vez qué comezón es ésa?

VIEJA. Escúchame. Yo tenía un jovencito amigo, pobre 975
pero de buen rostro y bello y buena persona; pues si

---

93 Véase nota 27. Crémilo pregunta si la vieja se había introducido fraudulentamente en el tribunal que no le correspondía. Habla de "beber" siguiendo el viejo tópico contra las mujeres (que, por lo demás, no formaban parte de los tribunales).

94 Hay un doble sentido de "arañar", "torturar" y de "deseo erótico".

yo necesitaba algo, todo me lo hacía con modestia y buenos modos; y yo a mi vez, le ayudaba en todo.

CRÉMILO. ¿Y qué es lo que más te pedía siempre?

VIEJA. No mucho, pues me respetaba extraordinariamente. Me pedía veinte dracmas de plata para un vestido, ocho para sandalias; y me pedía que le comprase una camisa para sus hermanas y un vestidito para su madre; y me pidió a veces cuatro medimnos[95] de trigo.

CRÉMILO. No mucho en verdad, por Apolo, eso que has dicho. Es claro que te respetaba.

VIEJA. Y todo eso, aseguraba que no lo pedía por avaricia[96], sino por amor, para acordarse de mí al usar mi vestido.

CRÉMILO. Hablas de un hombre enamorado en forma extraordinaria.

VIEJA. Pero el maldito ya no tiene iguales sentimientos, sino que ha cambiado mucho. Yo le envié ese pastel y las otras golosinas que van en la bandeja, diciéndole que iría a su casa a la tarde.

CRÉMILO. ¿Qué hizo? Cuéntame.

VIEJA. Me lo devolvió acompañado de ese dulce de miel con la condición de que no volviera más por allí. Y, al devolvérmelo, añadió todavía: "Hace tiempo que eran valientes los milesios"[97].

CRÉMILO. Es claro que no era de mal carácter. Pero cuando ya fue rico no le gustaba el puré de lentejas, mientras que antes, por su pobreza, se lo comía todo.

VIEJA. Y antes todos los días, por las dos diosas, venía siempre a mi puerta.

CRÉMILO. ¿Al entierro?[98].

---

95 Poco más de 200 litros.

96 Hay un doble sentido que alude a "lujuria", "deseo sexual".

97 Proverbio referente a algo que pertenece definitivamente al pasado. El amante no quiere saber ya nada más de la Vieja.

98 De la Vieja, se entiende, recuérdese la escena de las tres Viejas en la *Asamblea*.

VIEJA. No por Zeus, queriendo sólo oír mi voz.

CRÉMILO. Para sacar algo, sin duda.

VIEJA. Y, por Zeus, si me veía un poco deprimida, me lla- 1010
maba cariñosamente patito o palomita.

CRÉMILO. Y luego, a lo mejor, te pedía para calzado.

VIEJA. Y en los Grandes Misterios, por Zeus, porque uno
me miró cuando iba en el carro[99], por causa de esto 1015
recibí golpes todo el día. Tan celoso era el jovencito.

CRÉMILO. Es que, me parece, le gustaba comer solo.

VIEJA. Y decía que yo tenía las manos muy bonitas...

CRÉMILO. ...cuando le ofrecían veinte dracmas.

VIEJA. ...y que mis manos olían muy bien... 1020

CRÉMILO. Con razón, si echabas en ellas vino de Tasos.

VIEJA. ...y que tenía la mirada suave y bella.

CRÉMILO. No era torpe el individuo, sino que sabía bien
comerse las provisiones de una vieja cachonda.

VIEJA. Esto lo hace el dios, amigo querido, sin acierto, él 1025
que dice que siempre ayuda a los que sufren injusticia.

CRÉMILO. ¿Y qué va a hacer? Dilo, que será hecho.

VIEJA. Es justo, por Zeus, que al que ha recibido favores
de mí le fuerce a devolvérmelos. ¿O no es justo que 1030
yo tenga alguna felicidad?

CRÉMILO. ¿Y no te pagaba cada noche?

VIEJA. Pero es que decía que no iba a abandonarme nunca, mientras viviera.

CRÉMILO. Con razón: ahora piensa que ya no estás viva.

VIEJA. Es que de puro amor me he derretido, amigo mío.

CRÉMILO. No, te has podrido, me parece. 1035

VIEJA. A través de un anillo podrías hacerme pasar.

CRÉMILO. Sí, si el anillo fuera una criba.

(Por la derecha entra un JOVEN, *con coronas y una antorcha.)*

---

[99] Se refiere a la procesión de los que iban a los Misterios en sus
carros, realizando o viendo acciones rituales.

VIEJA. Pero aquí viene el joven al que hace rato estoy haciendo reproches; parece que va de juerga. 10<

CRÉMILO. Es bien evidente, porque viene con coronas y antorcha.

JOVEN. Te saludo.

VIEJA. ¿Qué dice?

JOVEN. Antigua amiga, pronto te has puesto canosa, por el cielo.

VIEJA. Desgraciada yo por el ultraje que me ultrajan.

CRÉMILO. Parece que hace mucho que no te ve. 10<

VIEJA. ¿Qué mucho tiempo, desdichado, si estuvo ayer en mi casa?

CRÉMILO. Entonces, le pasa lo contrario que a la mayoría: cuando está borracho, parece, ve mejor.

VIEJA. No, es desvergonzado siempre en su manera de ser.

JOVEN. ¡Oh Posidón Marino y viejos dioses, cuántas arrugas tiene en la cara! (*Acerca la antorcha a la cara de la* VIEJA, *para verla mejor.*) 10<

VIEJA. ¡Ah, ah, no me acerques la antorcha!

CRÉMILO. Dice bien. Pues si la alcanza una sola chispa, va a quemarla como a un viejo ramo[100].

JOVEN. ¿Quieres jugar conmigo, después de tanto tiempo? 10<

VIEJA. ¿Dónde, desdichado?

JOVEN. Aquí, con nueces.

VIEJA. ¿Qué clase de juego?

JOVEN. A ver cuántos dientes tienes[101].

CRÉMILO. Lo voy a averiguar yo: tiene, seguramente, tres o cuatro.

JOVEN. Paga: sólo tiene una muela.

VIEJA. Desdichado, no estás bien de la cabeza metiéndome en el pilón delante de tantos hombres. 10<

JOVEN. Pues ganarías si alguien te restregara bien.

CRÉMILO. No en verdad, porque ahora está arreglada

---

[100] Se refiere a la *eiresione*, ramo adornado con lana y con frutos que se colgaba en la fiesta de las Targelias en las puertas de las casas.

[101] En vez de "cuántas nueces" (escondidas en la mano).

como para ser vendida, pero si le lavan todo ese albayalde, verás bien claras las ruinas de su rostro.   1065

VIEJA. Siendo un viejo como eres, me parece que no estás en tus cabales.

JOVEN. A lo mejor es que intenta seducirte y te agarra las tetitas creyendo que no le veo.

VIEJA. No a mí, por Afrodita, maldito.

CRÉMILO. No, por Hécate[102]: estaría loco. Pero, jovencito, 1070 no permito que esa chica te odie.

JOVEN. Yo la amo demasiado.

CRÉMILO. Pues la verdad es que te critica.

JOVEN. ¿Por qué me critica?

CRÉMILO. Afirma que eres insolente y que dices que "Hace 1075 tiempo que eran valientes los milesios".

JOVEN. Yo, por ésa, no voy a discutir contigo.

CRÉMILO. ¿Por qué?

JOVEN. Por respeto a tu edad, porque a ningún otro se lo permitiría hacer. Vete pues contento con la chica.

CRÉMILO. Entiendo, entiendo lo que piensas: seguro que 1080 ya no quieres acostarte con ella.

VIEJA. ¿Y quién va a permitírselo?

JOVEN (*Señalando a los espectadores.*) No quiero ni hablar con una mujer a la que han jodido estas trece mil personas.

CRÉMILO. Sin embargo, ya que aceptaste beberte el vino, 1085 tienes que beberte las heces también.

JOVEN. Son heces viejas y podridas.

CRÉMILO. Un filtro para vino puede curar eso[103]. Entra dentro.

JOVEN. Bien, quiero consagrar al dios estas coronas que llevo.

VIEJA. Y yo quiero decirle una cosa.   1090

JOVEN. Entonces no entro.

CRÉMILO. Valor, no tengas miedo: no va a violarte.

---

[102] Diosa infernal que conviene mejor a una vieja.
[103] En las heces puede quedar algo de vino, en la vieja algo de placer.

[257]

JOVEN. Dices bien: la he calafateado antes durante mucho tiempo[104].

VIEJA. Anda: yo entro detrás de ti.

CRÉMILO. ¡Con qué vigor, Zeus rey, la viejecita, igual que una lapa, se agarraba al joven!

CORO.
(*Danza del* CORO.)

(*El dios* HERMES *entra por la izquierda; llama a la puerta de* CRÉMILO *y luego se esconde.*)

CARIÓN. ¿Quién es el que golpea la puerta? (*Mira y no ve a nadie.*) ¿Qué era esto? Nadie, parece. Sin duda que la puerta, sonando a lo tonto, tiene ganas de llorar. (*Hace gesto de amenazar a la puerta.*)

HERMES (*Se deja ver.*) A ti te digo, Carión, espera.

CARIÓN. Tú, dime, ¿eras tú el que golpeaba la puerta tan fuerte?

HERMES. No por Zeus, iba a hacerlo, pero tú te adelantaste abriéndome la puerta. Pero corre y llama al amo y luego a su mujer y a sus niños y luego a los criados y luego al perro y luego a ti mismo y luego al cerdo.

CARIÓN. Dime, ¿qué es esto?

HERMES. Zeus, maldito, quiere, después de poneros a todos en el mismo plato, arrojaros a todos al barranco de los condenados.

CARIÓN. Al mensajero de estas cosas se le corta la lengua. Pero, ¿por qué planea hacernos eso?

HERMES. Porque habéis hecho la cosa peor de todas. Desde que Pluto comenzó a ver de nuevo, nadie ni incienso ni laurel, ni pasteles ni víctimas ni ninguna otra cosa nos ofrece a nosotros, los dioses, en sacrificio.

_____

104 La compara con un barco cuyos agujeros ha calafateado con pez (con alusión sexual, al tiempo).

CARIÓN. Por Zeus, ni va a ofrecéroslas; porque en otro tiempo os cuidabais mal de nosotros.

HERMES. Y de los demás dioses me importa menos, pero yo estoy acabado y deshecho.

CARIÓN. Tienes razón.

HERMES. Porque antes yo tenía, en casa de las tenderas, 1120 toda clase de bienes: de mañana, enseguida, una torta de vino, miel, higos secos, todo lo que es de esperar que coma Hermes. Pero ahora, hambriento, permanezco acostado con los pies en alto.

CARIÓN. ¿No es con justicia, puesto que a veces las castigabas mientras tenías tú tanta abundancia? 1125

HERMES. ¡Ay de mí desgraciado, ay del pastel que me cocían el día cuatro[105]!

CARIÓN. Echas de menos al ausente y lo llamas en vano[106].

HERMES. ¡Ay de la pata que yo comía!

CARIÓN. Salta a la pata coja sobre el odre al aire libre[107].

HERMES. ¡Ay de las tripas calientes que yo comía! 1130

CARIÓN. Parece que un dolor te retuerce las tripas.

HERMES. ¡Ay de la copa mezclada por mitades![108].

CARIÓN (*Suelta un pedo.*) Bébete éste y no dejes de salir corriendo.

HERMES. ¿No podrías ayudar a tu amigo?[109].

CARIÓN. Sí, si me pides algo en que pueda ayudarte. 1135

HERMES. Si me procuras un pan bien cocido y me lo das a comer y una carne abundante, la que ahí dentro sacrificáis.

CARIÓN. No puede sacarse nada[110].

HERMES. Pues cuando tú sustraías algún cacharrito del 1140 amo, yo hacía siempre que pasaras sin ser visto[111].

---

[105] Día del nacimiento de Hermes.
[106] Verso trágico.
[107] Juego practicado en varias fiestas.
[108] Mitad de agua y mitad de vino.
[109] Verso trágico.
[110] Como en ciertos sacrificios.
[111] Se refiere más que al cacharro a su contenido. Hermes es el dios de los ladrones.

CARIÓN. Con la condición de llevarte tu parte, horada-muros; pues siempre te tocaba un pastel de queso bien cocido.

HERMES. Y luego tú te lo comías.

CARIÓN. Es que tú no recibías tantos golpes como yo cuando era sorprendido haciendo alguna fechoría.

HERMES. No me guardes rencor, si de verdad tomaste File[112]. Recibidme a mí para vivir con vosotros, por los dioses.

CARIÓN. ¿Y vas a abandonar a los dioses y a quedarte aquí?

HERMES. Las cosas son entre vosotros mucho mejores.

CARIÓN. ¿Y te parece bonito el desertar?

HERMES. Es patria todo lugar donde a uno le va bien[113].

CARIÓN. ¿Y qué ventaja sería para nosotros el que estuvieras aquí?

HERMES. Ponedme a la puerta como "dios del gozne"[114].

CARIÓN. ¿Del gozne? No hay cosa alguna que nos haga de gozne.

HERMES. O "de los comerciantes".

CARIÓN. ¡Pero si somos ricos! ¿Para qué vamos a dar de comer a un Hermes revendedor?

HERMES. Entonces, "el engañoso".

CARIÓN. ¿Engañoso? De ningún modo: no es engaño, sino costumbres honradas lo que necesitamos.

HERMES. O bien, "guía".

CARIÓN. El dios ya tiene vista. Así, no vamos a precisar ya de ningún guía.

HERMES. Seré, entonces, "el del certamen". ¿Qué vas a decir ahora? Para Pluto esto es lo más oportuno, organizar certámenes musicales y gimnásticos.

---

[112] Alusión al decreto de amnistía del 403, cuando Trasíbulo, al frente de los desterrados, tomó la fortaleza de File y luego se apoderó de Atenas.

[113] Verso trágico.

[114] Hermes va enumerando, a continuación, una serie de epítetos o advocaciones suyas, para ver si de alguna manera puede ser útil. "Dios del gozne" lo es en cuanto se colocaba junto a la puerta, para proteger contra los ladrones.

CARIÓN. ¡Qué bueno es tener muchas advocaciones! Éste 1165
se ha ganado ya una vidorra. No en vano todos los
que son jueces muchas veces se afanan por quedar
inscritos en muchas letras[115].

HERMES. Así, ¿entro con esa condición?

CARIÓN. Sí, y una vez que entres lava las tripas en el pozo 1170
para que se vea al punto que eres "servidor"[116].

(*Ambos entran en la casa. Llega un* SACERDOTE *de Zeus.*)

SACERDOTE. ¿Quién podría decirme con certeza dónde
está Crémilo?

CRÉMILO (*Sale de su casa.*) ¿Qué sucede, amigo?

SACERDOTE. Que todo son desgracias. Desde que ese Pluto comenzó a ver, perezco de hambre. Pues no ten- 1175
go para comer y eso que soy sacerdote de Zeus Salvador.

CRÉMILO. ¿Y cuál es la causa, por los dioses?

SACERDOTE. Nadie quiere ya sacrificar.

CRÉMILO. ¿Por qué?

SACERDOTE. Porque todos son ricos. En cambio en aquel
tiempo, cuando no tenían nada, venía un comerciante y, salvado del mar, sacrificaba una víctima ¡y tam- 1180
bién uno que había sido absuelto en un proceso!, y
otro sacrificaba con agüeros favorables y me invitaba
a su casa, a mí el sacerdote. Ahora en cambio, ninguno sacrifica nunca ni se acerca, salvo más de diez mil
que vienen a cagar.

CRÉMILO. ¿Y tú recibes de eso lo que es acostumbrado? 1185

SACERDOTE. Por eso me parece que voy a mandar a paseo
al Zeus Salvador y a quedarme aquí mismo.

CRÉMILO. Ten confianza: todo irá bien si dios quiere. Pues
Zeus Salvador está aquí mismo, llegado de por sí. 1190

SACERDOTE. Hablas de una felicidad completa.

---

115 Haciendo trampa, evidentemente. Véase nota 93.
116 Otra advocación de Hermes, servidor de Zeus.

CRÉMILO. Vamos pues a consagrar a Pluto —espérate— allí donde estaba anteriormente consagrado, guardando el opistodomo de la diosa[117]. Que alguien me entregue antorchas encendidas a fin de que tú guíes la procesión del dios.

SACERDOTE. Así ha de hacerse.

CRÉMILO. Que alguien llame a Pluto para que salga fuera.

(Sale PLUTO, *seguido de la* VIEJA.*)*

VIEJA. Y yo, ¿qué debo hacer?

CRÉMILO. Las marmitas con las que vamos a consagrar al dios[118], cógelas y llévalas solemnemente en la cabeza. Has venido con vestidos bordados[119].

VIEJA. ¿Y el asunto por el que vine?

CRÉMILO. Todo se te arreglará. El joven irá a buscarte a la tarde.

VIEJA. Pues si realmente tú me garantizas, por Zeus, que vendrá conmigo, llevaré las marmitas.

CRÉMILO. La verdad es que estas marmitas hacen lo contrario que las otras. Pues en las otras marmitas la vieja[120] está encima, mientras que encima de esta vieja están las marmitas.

(Se organiza la procesión, seguida de la VIEJA.*)*

CORIFEO. Ya no debemos tardarnos nosotros, sino retirarnos hacia atrás. Pues debemos marchar cantando detrás de éstos.

---

[117] En el opistodomo o cámara posterior del Partenón se guardaba el tesoro de Atenas.

[118] Era costumbre ofrecerlas en estas ceremonias.

[119] La vieja va a hacer de canéfora y lleva vestidos bordados, como era usual en estas ceremonias.

[120] La costra que se forma encima del caldo y de la leche hervida.

ÍNDICE